SON LUMINEUSE AUX COURBES GÉNÉREUSES

UNE ROMANCE DE PETITE VILLE AVEC UNE HÉROÏNE AUX COURBES VOLUPTUEUSES

À LA RECHERCHE DU HÉROS LITTÉRAIRE PARFAIT
TOME DIX-HUIT

MARY E THOMPSON

À LA RECHERCHE DU HÉROS LITTÉRAIRE PARFAIT

Comment ne pas tomber sous le charme d'une petite ville pittoresque ? Pour elle, tout y est parfait. Pour lui, il n'y a aucun autre endroit où il préférerait être. Mais comment le lieu idéal pour elle peut-il être si inadéquat pour lui ? Peut-être y a-t-il un compromis à trouver. Ou un malentendu. Ou quelques cadavres à faire sortir du placard. Quoi qu'il en soit, attendez-vous à du drame, de la passion et une fin heureuse.

LIVRE 18

Son Lumineuse aux Courbes Généreuses

Kingsley

— *Ton père a fait une crise cardiaque.*

Ces mots auraient dû susciter une réaction. Ils auraient dû me nouer les entrailles. Ils auraient dû me faire courir vers ma ville natale pour être à ses côtés.

Au lieu de cela, la pensée qui m'a traversé l'esprit était *J'espère qu'il est mort.*

Voici le fils de l'année.

Mais il n'était pas mort, et il avait besoin de moi pour maintenir son cabinet vétérinaire à flot. Je n'y retournerais pas pour lui, mais pour ma mère. C'était elle l'innocente, celle dont je me souciais encore. Et Dieu merci, elle restait à ses côtés.

J'ai donc chargé mes affaires avec mon enfant de quatre ans et je suis retourné dans cette petite ville que j'avais prévu de faire mienne jusqu'à ce que mensonges et vérités détruisent mon bonheur. J'accorderais à mon père un été. Puis je retournerais à ma vie. Sans lui dedans.

Daisy

Pour la première fois de ma vie, j'avais l'impression d'avoir un foyer. Déménager dans la petite ville de L'anse MacKellar était un pari, mais pas un gros puisque cela signifiait être colocataire avec ma meilleure amie. Des années plus tard, j'ai trouvé tout ce que je cherchais. Un foyer, une famille d'amis, et l'endroit parfait pour ouvrir mon entreprise.

Pas besoin de parler de ce qui manquait à ma vie. Je n'avais pas besoin d'un homme. J'étais parfaitement bien toute seule.

Mais le nouveau gars avec qui j'avais matché sur mon application de rencontres préférée était drôle, intéressant, père célibataire, et...

Sa mère ?

J'avais été piégée. Par sa mère.

Ne cessez jamais de chercher votre lumière...
Et laissez-la toujours briller

KINGSLEY

Les phrases de drague ont été inventées par un connard qui voulait voir les autres se tortiller d'embarras. Qui cherchait à emmerder le plus de monde possible, tout ça en même temps.

Je tambourinais des doigts sur le volant et résistais à l'envie de klaxonner la voiture devant moi.

Les phrases de drague dans un bar, c'était tellement mieux que la file d'attente devant une école primaire. Surtout le dernier jour. On pourrait penser qu'ils seraient organisés le dernier jour, mais non. C'était pire.

Non pas que je blâmais l'école. Tout était de la faute des parents dans la file. Ceux qui voulaient discuter avec d'autres parents et retarder tout le monde. Ceux qui ne suivaient pas les foutues règles et s'arrêtaient en plein milieu de la voie de sortie au lieu de rester dans la file et d'attendre leur foutu tour.

Parce que leur précieux enfant était plus important que tous les autres qui attendaient d'être récupérés.

— Connard, marmonnai-je alors qu'un autre parent nous doublait tous et s'arrêtait pour récupérer son gamin, bloquant toute la circulation qui essayait de partir pendant que son élève super spécial prenait tout son temps pour monter dans le véhicule trop gros pour y grimper seul, obligeant le parent à la con à se mettre au point mort et à contourner la voiture pour aider son gosse à s'installer. Retardant encore plus tout le processus.

Je levai les yeux au ciel et avançai de quelques centimètres, une voiture parvenant à sortir de la file interminable pendant que je cherchais Isla.

J'avançai encore de quelques centimètres, presque capable de voir la porte où les maîtresses gardaient les élèves de petite section jusqu'à ce qu'elles puissent voir les parents, quand mon téléphone sonna.

Un coup d'œil au tableau de bord m'indiqua que ma mère m'appelait. — Salut, maman. Je suis sur le point de récupérer Isla. Tu pourras lui dire bonjour dans une minute. Comment vas-tu aujourd'hui ?

— Kingsley ? Le mot sortit comme un souffle, à peine assez fort pour que je l'entende.

— Qu'est-ce qui ne va pas ? L'adrénaline déferla dans mes veines. Mes mains se crispèrent sur le volant. Je scrutai la foule d'élèves, ignorant les parents connards et me préparant à me battre si nécessaire.

— Ton père a eu une crise cardiaque.

L'air se précipita dans mes poumons, le soulagement et la colère se disputant la première place. *J'espère qu'il est mort*, traversa mon esprit, les mots filtrés par une vieille rancune que je ne laisserais jamais tomber.

Mais je ne pouvais pas dire ça à ma mère.

— Tu m'as entendu, Kingsley ? Ton père est à l'hôpital.

Donc, il n'était pas mort.

— Désolé, maman. Je viens juste d'apercevoir Isla. Tu vas bien ? Qu'est-ce qui se passe ?

Elle a reniflé et a pris une inspiration tremblante. Je sentais sa douleur à près de cinq cents kilomètres de là.

— Il… Il s'est effondré au travail. Sheila a appelé les urgences, et ils sont arrivés à temps, mais le médecin parle d'une opération, de médicaments et d'un nouveau régime et…

— Maman, respire un bon coup. La panique commençait à s'installer. Pour nous deux. Je savais ce qui allait suivre.

— Salut, papa ! a dit Isla en ouvrant la portière arrière avec l'aide de sa maîtresse.

Maman a reniflé au téléphone, le son retentissant dans les haut-parleurs de la voiture.

— Salut, ma puce. Comment s'est passée ta dernière journée ? Bonjour, madame Dickson.

— Bonjour, docteur Harris. Passez un excellent été.

— Vous aussi ! Je lui ai fait un signe de la main pendant qu'elle fermait la portière et retournait à l'école pour s'occuper des autres enfants avant les vacances d'été.

Maman a gémi pendant que je m'éloignais du trottoir, après avoir vérifié qu'Isla était bien attachée sur son rehausseur.

— C'est quoi ce bruit, papa ? a demandé Isla.

— Bonjour, ma petite Isla. Comment vas-tu ? a dit maman, signalant sa présence au téléphone à ma fille.

— Mamie ! Salut ! Tu as appelé pour me souhaiter de bonnes vacances ? Tout le monde me l'a dit toute la journée. Je suis tellement contente que ce soit l'été. Ça va être génial. Papa va prendre des jours de congé parce que je suis à la maison tout l'été, et on va bien s'amuser. Tu vas venir nous voir ?

J'atteignis le bout du parking et attendis que la circulation se fluidifie avant de m'engager dans la rue du quartier où se trouvait l'école. Le trafic était principalement constitué de parents venant chercher leurs enfants, et je me sentais mal pour les familles qui vivaient dans le quartier. Au début, elles avaient probablement trouvé ça génial, mais avoir un millier de voitures supplémentaires dans son quartier chaque jour devait devenir vite lassant.

— Je ne vais pas pouvoir venir te voir, Isla. Mais peut-être que tu pourras venir ici, toi. Papi est malade.

— Pourquoi il est malade ?

— Il a des problèmes de cœur, et il pourrait avoir besoin d'une opération.

— Il faut absolument qu'on y aille, alors. Papa, on peut y aller ? demanda Isla en me regardant dans le rétroviseur.

— Je ne sais pas, dis-je, cherchant un équilibre entre la conversation que je ne voulais pas avoir devant ma fille et celle que je ne pouvais pas avoir avec ma mère.

— Kingsley, je ne peux pas gérer son cabinet. Tu le sais bien. Il n'y a pas d'autre médecin dans le coin. J'ai besoin de toi. Isla vient de dire que tu es en vacances une partie de l'été. Peux-tu venir ici ? S'il te plaît ? Je ne peux pas y arriver toute seule.

Ses sanglots étouffés me serrèrent le cœur. Ma mère était la seule raison pour laquelle j'avais encore des contacts avec mes parents. Je ne m'étais jamais résolu à la rayer de ma vie, ni de celle d'Isla, mais je ne parlais pas à mon père.

— On doit y aller, Papa. Tu dis toujours que quand les gens ont besoin de notre aide, on doit faire tout ce qu'on peut pour les aider. Mamie, ce n'est pas n'importe qui. C'est Mamie.

La logique d'une enfant de quatre ans était difficile à contredire, surtout quand elle n'avait pas tort.

Mais je n'avais toujours pas envie de le faire.

— S'il te plaît, Kingsley. Je sais que c'est beaucoup te demander. S'il te plaît.

Je pris une profonde inspiration, sachant que je n'avais pas le choix. Pas quand c'était elle qui demandait. — Nous ferons nos valises en rentrant et nous serons là ce soir. Si ça te va.

— Youpi ! cria Isla depuis la banquette arrière. Elle tapa dans ses mains, l'air absolument ravie à l'idée de rendre visite à ses grands-parents.

— Merci, Kingsley. Vraiment, merci. Maman a ravalé un sanglot et a laissé échapper un autre souffle tremblant. — Ça compte énormément pour moi. Tu peux rester ici. Avec moi. Ton père va être à l'hôpital pendant au moins une semaine, peut-être plus.

— On trouvera un autre endroit où loger d'ici à ce qu'il rentre. Je ne resterais pas sous le même toit que cet homme. Pas si je pouvais l'éviter.

— D'accord. Je comprends, a dit maman.

— On va chez mamie. On va chez mamie, a chantonné Isla depuis la banquette arrière. — Youpi !

Maman a ri doucement. — J'ai hâte de te voir, ma puce.

— Moi aussi.

Au moins, il y avait quelqu'un d'enthousiaste.

LE TEMPS qu'on fasse les dix minutes de route pour rentrer, Isla était déjà en train de planifier tout son été. Elle avait juste oublié le petit détail que je devais travailler, mais je n'avais pas le cœur de lui dire que je ne pourrais pas prendre beaucoup de congés si je m'occupais du cabinet de mon père. Ce n'était pas comme celui que j'avais rejoint à la fin de mes études de vétérinaire. Là-bas, il y avait sept autres vétérinaires avec moi, et les jours de congé étaient assez faciles à obtenir.

Pas quand on est le seul et unique vétérinaire de la ville.

Mais j'avais une dette envers ma mère. Une dette que je ne pourrais jamais rembourser.

— Je peux prendre mon maillot de bain, Papa ? a demandé Isla en se faufilant dans la petite maison que nous louions, manquant de laisser son sac à dos derrière elle.

— Oui, mamie a une piscine dans son jardin. — Youpi ! Isla s'est élancée dans le couloir vers sa chambre, en face de la mienne.

Je me suis dirigé dans sa chambre, sachant qu'elle viderait ses tiroirs dans la valise qui se trouvait dans son placard. La maison était petite, mais nous n'avions pas besoin de plus. On formait une équipe, juste nous deux.

Ça ne devait pas se passer comme ça. La seule personne qui aurait pu comprendre ce que je ressentais à l'idée de retourner dans ma ville natale n'était plus là. Volée par un chauffard trop impatient pour la laisser passer avant de lui couper la route.

— Je suis prête, papa ! s'écria Isla en traînant sa valise hors de sa chambre.

— Qu'est-ce que tu as mis là-dedans ?

Elle haussa les épaules, ses yeux bruns, les mêmes que ceux de sa mère, fixés sur le sol plutôt que sur mon visage.

— Isla Elizabeth Harris, qu'est-ce que tu as mis dans ta valise ?

Elle soupira comme une adolescente plutôt que comme une enfant de maternelle et lâcha la poignée de la valise. — Juste ce dont j'ai besoin.

— Et de quoi as-tu besoin ? Je fis un pas dans le couloir et jetai un œil dans sa chambre, remarquant son lit entièrement nu et ses tiroirs fermés. — Tu as pris des vêtements ou tu as juste emporté ta literie ?

— Mais j'en ai besoin ! Son ton geignard était celui de l'épuisement, un épuisement qui, je le savais, était la raison principale pour laquelle elle voulait son lit. La plupart du temps, elle s'effondrait en rentrant à la maison.

— C'est vrai que tu en as besoin, Isla, mais tu as aussi

besoin de vêtements. Retournons dans ta chambre pour mettre des habits dans la valise, puis tu pourras amener ton oreiller et ta couverture sur le canapé pendant que je finis de tout emballer.

— Et Sabie ?

— Oui, tu peux prendre Sabie.

Son sourire revint lorsqu'elle sortit son précieux tigre à dents de sabre de derrière son dos. C'était la dernière chose que Faith avait achetée pour Isla avant de mourir. Un cadeau pour son premier anniversaire. Un anniversaire que Faith n'a jamais pu fêter.

Nous sommes retournés dans la chambre d'Isla et avons ouvert sa valise. Elle a attrapé son oreiller et s'est assise sur son lit pendant que je préparais ses affaires pour l'été. Il y avait tant à faire. Tant de choses auxquelles penser. Mais nous devions partir.

J'ai fini de faire la valise d'Isla, puis je lui ai mis un dessin animé dans le salon pendant que je me concentrais sur ce que je devais faire. J'avais déjà posé le reste de la semaine pour pouvoir la passer avec elle avant l'ouverture du camp d'été auquel elle devait participer. Mon premier appel était tout de même pour mon patron, l'associé directeur du cabinet.

— Comment s'est passé le dernier jour de garde ? demanda Harry en répondant.

— Ces parents sont horribles, lui ai-je dit.

Harry a eu un petit rire. Père lui-même, il ne connaissait que trop bien l'enfer de la sortie des classes pour les enfants de primaire. — Oui. Le dernier jour, c'est le pire. Vous devriez passer du temps avec Isla. Que se passe-t-il ?

— Mon père a fait une crise cardiaque.

— Oh, merde. Vous allez bien ? De quoi avez-vous besoin ?

— Ma mère m'a demandé si je pouvais m'occuper de sa clinique pendant l'été.

— Il est aussi vétérinaire ?

— Oui.

— Oh. Je ne savais pas. Pourquoi ne travaillez-vous pas avec lui ? La question de Harry était posée sur un ton léger, mais je n'avais pas le cœur à plaisanter.

— On ne s'entend pas bien.

— Merde, je suis désolé. Euh, oui. Prenez tout le temps dont vous avez besoin. Tenez-nous au courant de l'évolution des choses, et nous vous couvrirons jusqu'à ce que vous puissiez revenir. Ne vous inquiétez de rien.

— Merci, Harry. Ça compte beaucoup.

— Bien sûr. J'espère que vous pourrez passer un peu de temps avec Isla, aussi.

— Je l'espère aussi.

Harry a raccroché, et j'ai passé l'appel suivant à la colonie de vacances pour suspendre la place d'Isla. Je leur ai dit que nous reviendrions peut-être dans quelques semaines ou pas du tout, et ils ont accepté de nous laisser nous décider de semaine en semaine, vu les circonstances.

Mon dernier appel a été pour notre propriétaire. Elle a accepté de récupérer le courrier jusqu'à ce que je puisse le faire suivre ou le suspendre. Et elle a dit qu'elle surveillerait la maison pendant notre absence, et qu'elle sortirait les poubelles et le recyclage dans deux jours pour que rien ne reste dans la maison à empester.

— Soyez prudent sur la route, m'a-t-elle dit avant de raccrocher.

Je le fais toujours. Je ne voulais pas perdre quelqu'un d'autre dans un accident de voiture.

Isla dormait sur le canapé le temps que je fasse ma valise, charge l'arrière du véhicule utilitaire sport et vide le frigo. Je n'aimais pas me précipiter et j'avais l'impression d'oublier quelque chose, mais je n'arrivais pas à mettre le doigt dessus.

L'anxiété.

Je ne voulais pas partir.

Mais nous trouverions un endroit à louer une fois que papa rentrerait. C'était une petite ville, mais il devait bien y avoir des logements à louer.

Isla s'est réveillée après une heure de route. Elle s'est mise à pleurer parce qu'elle avait faim, alors nous nous sommes arrêtés pour dîner dans un fast-food qui avait une petite aire de jeux où elle pouvait courir partout.

Une heure plus tard, nous étions de retour sur la route, son flot de paroles incessant pour seule compagnie, jusqu'à ce qu'elle se rendorme.

La deuxième moitié du trajet a été calme, mais plus je me rapprochais de ma ville natale, plus je me sentais tendu. J'avais toujours prévu de construire ma vie à L'anse MacKellar. Faith et moi, nous nous étions rencontrés à l'université, et elle était tombée follement amoureuse de ma ville natale. Nous savions que c'était l'endroit idéal pour élever notre famille. Une petite ville parfaite pour nous tous. Un endroit où les voisins se connaissaient et veillaient les uns sur les autres. Sûr, simple, et un véritable chez-soi.

Avant que je ne commence mes études de vétérinaire, nous nous promenions en ville et choisissions les maisons que nous achèterions un jour. Une première maison juste pour nous deux, une plus grande pour quand nous aurions des enfants, puis un plain-pied pour notre retraite.

Quitter la ville pour mes études de vétérinaire a été difficile, mais faire le choix de ne pas revenir a été encore plus dur. Faith ne s'y est pas opposée. Elle savait que je ne pouvais pas rester. Pas après ce qui s'était passé.

Nous pensions que ça irait. J'ai trouvé un poste dans un excellent cabinet, nous avons eu Isla, et nous parlions d'avoir d'autres enfants.

Puis Faith est morte, et tout a changé. Tous les projets que nous avions pour l'avenir, tout ce que nous voulions, avaient disparu, tout comme lorsque nous avions quitté L'anse MacKellar.

Remonter vers le nord le long du fleuve Saint-Laurent, dépasser les petites villes qui parsemaient les rives et me diriger vers L'anse MacKellar a ravivé toute la douleur de la perte que j'éprouvais. Faith n'était pas là. Isla ne connaissait pas la ville. La vie que nous étions censés avoir avait disparu.

Mais nous étions de retour. Pour un petit moment.

Je me suis garé dans l'allée de la maison où j'ai grandi. La peinture de la façade s'écaillait. La voiture de maman était dans l'allée fissurée. Le jardin avait connu des jours meilleurs, un buisson à moitié mort étant la seule chose dans le parterre devant la maison.

Beaucoup de choses avaient changé.

J'ai garé le véhicule utilitaire sport et coupé le moteur juste au moment où la porte d'entrée s'est ouverte. Maman m'a fait un signe depuis le porche, descendant prudemment les marches dans l'obscurité, sans lumières extérieures pour l'éclairer.

Je suis sorti, vérifiant qu'Isla dormait toujours avant de refermer la portière. — Salut, maman.

— Oh, Kingsley. Merci d'être venu. Elle a passé ses bras autour de mon cou et m'a serré fort contre elle. Elle tremblait, et un sanglot lui a échappé pendant que je la serrais dans mes bras. — J'ai eu si peur.

— Je sais, maman.

Elle a reniflé de nouveau, puis s'est reculée. — Comment est-ce que je peux t'aider ?

— Prends tout ce que tu peux. J'ai apporté une glacière avec la nourriture de mon frigo que je ne voulais pas jeter, et on a beaucoup trop d'affaires, mais Isla ne voulait rien laisser.

— On va s'arranger. Est-ce qu'elle sera bien dans la chambre d'amis ?

J'ai hoché la tête. La chambre d'amis était le bureau de papa, mais maman y avait mis un lit simple à la naissance d'Isla. Nous n'y avions jamais dormi, mais elle voulait s'assurer qu'il y avait de la place pour nous si nous venions en visite. Au lieu de ça, c'est maman qui était restée avec Isla et moi à la mort de Faith, dormant avec Isla et m'aidant à m'occuper de ma fille en bas âge alors que j'avais à peine la force de sortir du lit.

Oui, je lui devais beaucoup.

Maman et moi avons rentré toutes nos affaires dans la maison, gardant Isla pour la fin. J'ai détaché sa ceinture de sécurité et l'ai prise dans mes bras, la serrant contre moi en la portant à l'intérieur.

J'ai descendu le couloir jusqu'à la chambre d'amis, et j'ai déposé Isla sur le lit que j'avais déjà préparé avec ses affaires. Elle a fait claquer ses lèvres plusieurs fois, puis s'est blottie contre Sabie et a continué à dormir.

— Elle est si précieuse, a chuchoté maman.

J'ai hoché la tête en regardant ma fille. — Elle l'est.

— J'apprécie vraiment que tu sois venu.

— Bien sûr, maman.

— Ton père va passer d'autres examens demain, et le médecin essaie de décider d'un plan d'action d'ici le week-end.

— Vraiment ? Ils mettent autant de temps à trouver une solution ?

Maman a eu un petit rire. — Ton père a dit la même chose. Il a hâte de sortir de là.

J'ai grommelé quelque chose dans l'espoir qu'elle le prendrait pour un accord. La dernière chose que je voulais, c'était qu'on me dise à quel point je ressemblais à mon père.

— Je suis sûre que tu es épuisé. Je sais que je le suis. Et il se fait tard.

J'ai hoché la tête. — Oui, c'est vrai. À quelle heure dois-je être à la clinique, demain ?

— Papa commence généralement sa journée à sept heures.

— D'accord, alors il faut que j'aille dormir un peu.

— Bonne nuit, Kingsley. Et merci. Tu ne sauras jamais à quel point ça signifie beaucoup pour moi, et pour L'anse MacKellar. Je sais que tu ne veux pas être ici, mais cette ville est spéciale, et ton père est le seul vétérinaire à cent soixante kilomètres à la ronde. Il aide les gens.

— Je sais, maman, ai-je grommelé. La dernière chose que je voulais, c'était un sermon sur à quel point mon père était formidable.

Maman m'a serré la main et m'a laissé fermer la porte de la chambre d'amis pour qu'Isla ne s'égare pas. J'ai traversé le couloir pour aller dans la chambre qui avait été la mienne pendant mon enfance. La seule chose qui avait changé, c'est que le lit une place était devenu un grand lit après que Faith et moi nous soyons mariés. Autrement, c'était la même chambre, avec les mêmes souvenirs qui m'avaient hanté pendant des années.

Des souvenirs avec lesquels je devais vivre tout l'été.

2

DAISY

J'ai déverrouillé la porte de derrière de mon endroit préféré au monde et j'ai appuyé sur l'interrupteur pour éclairer la pièce. Je suis entrée et j'ai refermé la porte derrière moi, la verrouillant à nouveau pour éviter que des parents impatients n'essaient d'entrer avant l'ouverture.

Jouets Lincoln était mon rêve devenu réalité. L'endroit dont j'avais toujours rêvé quand j'étais enfant. Un magasin magique où les enfants pouvaient être des enfants et où les parents pouvaient souffler un peu.

Non pas que je comprenne ce dont les parents avaient besoin, mais ça semblait fonctionner. Les familles adoraient venir chez Jouets Lincoln. Elles pouvaient jouer avec les jouets avant de les acheter dans l'immense salle de jeux principale, un espace sécurisé et adapté à tous les enfants, quelles que soient leurs capacités, ou dans la salle de jeux calme, destinée aux enfants qui avaient besoin d'un endroit avec moins d'agitation et de distractions.

Cette deuxième salle m'avait été inspirée par ma meilleure amie et la personne que j'aime le plus, Natalie. Nat adorait les enfants, mais elle avait parfois besoin de calme et de tranquillité, et elle était loin d'être la seule. Elle a pleuré quand je lui ai dit que c'était elle qui m'avait inspiré cet espace.

Natalie comprenait ce que Jouets Lincoln représentait pour moi, et pourquoi j'avais créé un espace qui me permettrait de vivre l'enfance que je n'avais pas eue. Pourquoi j'avais besoin d'un endroit où le jeu était au centre de tout, et où chaque enfant comptait.

Je traversais l'entrepôt à l'arrière du bâtiment en direction de mon bureau quand j'ai remarqué de nouveaux cartons près du quai de chargement qui n'avaient pas été rangés. Heureusement, les cartons étaient à l'intérieur et n'avaient pas été laissés dehors sous la pluie de la nuit, mais ils se trouvaient en plein milieu du passage.

J'ai attrapé un cutter et j'ai découpé le film plastique qui maintenait les cartons sur la palette, puis j'ai ouvert le ruban adhésif du carton du dessus en souriant en voyant les ballons de football que j'avais commandés.

Le camp d'été de Natalie organisait une grande inauguration ce week-end, et elle avait invité les entreprises locales axées sur les enfants à y assister et à rencontrer les parents et les familles du coin. Les ballons de football faisaient partie des goodies que j'avais commandés pour les distribuer lors de l'événement.

J'ai posé le carton de ballons de football par terre et j'ai ouvert le suivant. Les deux cartons suivants contenaient des ballons de plage colorés et dégonflés. Il y avait des autocollants dans un autre carton. Des tatouages temporaires dans un autre. Puis il y avait cinq autres cartons de ballons de football.

Je n'ai pas pu retenir mon sourire en examinant toutes les fournitures. Un millier de chaque serait largement suffisant pour les enfants présents à l'inauguration, je l'espérais. S'il m'en restait, j'allais les garder à la caisse pour les offrir pendant l'été.

La seule chose qui me dérangeait, c'était que les cartons avaient été laissés là et que personne ne s'était donné la peine de les ranger ou de me prévenir.

— Il me faut un responsable des stocks, ai-je marmonné pour moi-même. Ça faisait des mois que je luttais contre cette évidence, mais j'avais fini de résister. Depuis les fêtes, six mois plus tôt, je l'avais vu venir. Suivre le rythme de tout devenait de plus en plus difficile pour moi.

C'était le genre de problème que j'aimais avoir, cela dit. Ma boutique était en pleine croissance. Les gens venaient faire des achats tous les jours. Jouets Lincoln était devenu une destination pour les familles de toute la région des Mille-Îles. Et si je voulais que ça continue, j'avais besoin d'aide.

Une clé a glissé dans la serrure de la porte de derrière, et je me suis retournée pour voir qui était arrivé en avance. Le magasin ouvrait dans une heure, alors j'ai supposé que ce serait la responsable de service du jour, car les employés n'arrivaient généralement qu'un quart d'heure avant le début de leur service.

— Bonjour, a dit Penny avec un sourire avant de verrouiller la porte. Elle était avec moi depuis le premier jour et avait été ma première directrice de magasin.

— Salut, Penny. Comment vas-tu ?

Elle a regardé les cartons en faisant la moue. — Je suis vraiment désolée. Ils ont été livrés à la fin du service hier soir, et je voulais arriver tôt pour les ranger. J'espérais arriver avant toi.

— Ce n'est pas grave, je lui ai dit. — Je me suis doutée qu'il s'était passé quelque chose comme ça. C'est pour l'inauguration de Retraite avec vue sur la montagne. Tu veux voir ?

— Oh oui. Ça va être un événement tellement amusant.

Penny s'est approchée, laissant son sac à main et ses clés sur une étagère.

— Je pense aussi. Natalie a travaillé si dur pour que tout soit prêt pour l'été. Je lui ai tendu un ballon de football américain.

— C'est trop mignon. Mon neveu va participer à la colonie de vacances. Il est super excité. C'est une aubaine pour ma sœur aussi. Elle stressait vraiment de ne pas savoir quoi faire de lui. Elle et mon beau-frère travaillent tous les deux à plein temps.

— C'est pour ça que Natalie s'est tant battue pour que ce soit ouvert et opérationnel cet été. Elle a vu qu'il y avait un besoin l'année dernière. C'est super qu'il y aille. Est-ce qu'ils seront à l'inauguration ?

Penny a hoché la tête en remettant le ballon dans le carton et a attrapé un autocollant. — Oh, j'adore les autocollants. Bien vu, le logo de Jouets Lincoln sur chaque article. Comme ça, les parents se souviendront où ils ont eu ces cadeaux.

— C'est ce que je me suis dit aussi. Les tatouages sont les mêmes que les autocollants. Mais j'ai pensé que certaines familles préféreraient peut-être l'un à l'autre.

— Bien pensé. Ça va être amusant. Penny a reposé l'autocollant et a regardé autour d'elle. — Je ne savais pas trop où tu voulais mettre les cartons. Comme tu vas devoir les emmener à l'événement dans quelques jours, je ne voulais pas les mettre trop loin, mais je me suis aussi dit qu'ils devaient être un peu à l'écart. Elle a montré un coin de l'entrepôt. — J'allais les mettre là-bas, mais c'est toi qui décides.

J'ai regardé l'espace et je n'avais pas de meilleure idée. — C'est logique. Le plus gros problème que je vais avoir, c'est de transporter tout ça jusqu'à Retraite avec vue sur la montagne.

— Je peux t'aider, si tu veux. J'y serai de toute façon avec ma sœur.

— Ah oui ?

Penny a hoché la tête en prenant un carton. — Absolument. Tu comptes venir ici samedi matin pour charger ta voiture ?

— C'est ce que je comptais faire. J'ai porté un carton dans le coin et je l'ai posé à côté de celui que Penny avait déposé.

Penny a pris un autre carton. — Je te rejoindrai ici, et si on a besoin de mettre des choses dans ma voiture, on pourra le faire, ensuite, j'irai simplement au Retreat avec toi pour décharger.

— Ce serait vraiment super, Penny. Merci.

— Bien sûr.

Nous avons fini de déplacer les cartons et avons mis la palette près de la porte pour pouvoir la sortir pour le recyclage une fois que nous aurions ouvert. Penny a parcouru le magasin avec moi, allumant les lumières et vérifiant les présentoirs. Je suis allée à l'arrière et j'ai récupéré la caisse pour approvisionner les registres pour la journée. Quand j'ai retrouvé Penny à l'avant, elle avait sorti un bloc-notes.

— Qu'est-ce que c'est ? lui ai-je demandé.

— Oh, j'ai remarqué que certaines choses commençaient à manquer. Désolée si je dépasse les bornes, mais je me suis dit que je te le ferais savoir pour que tu puisses les commander.

— Merci, ai-je dit en acceptant la feuille de papier qu'elle a arrachée de son bloc-notes. — C'est vraiment utile.

Penny a souri et a rougi.

— Dis, je pensais ce matin que j'avais besoin d'une gestionnaire de stock. Est-ce que le poste t'intéresserait ?

— Oh, euh, je ne sais pas. Qu'est-ce que ça impliquerait ?

J'ai brandi la liste des jouets qui commençaient à manquer. — Des choses comme ça. Vérifier les stocks et commander les nouveaux articles qui diminuent, rechercher les nouveautés qui sortent, évaluer les ventes du stock actuel et déterminer si nous devrions cesser de proposer un article ou en avoir moins.

— Je pourrais probablement faire tout ça.

— J'embaucherais un nouveau directeur de magasin, donc tu n'aurais plus les responsabilités que tu as actuellement. Je te demanderais de gérer toutes les livraisons pour que tu saches ce qu'il y a, ce qui déchargerait les directeurs de magasin de cette tâche. Mais ça pourrait signifier plus de soirées ou de week-ends.

— Oh. Je peux y réfléchir ?

— Absolument. On pourra tout discuter, aussi. Si tu as besoin d'un week-end de congé, ou si tu ne peux pas travailler de nuit, on pourra s'organiser au besoin. Mais je pense que ce sera une bonne chose pour le magasin d'avoir quelqu'un comme toi qui s'occupe de l'inventaire. Depuis qu'on a plus de travail, j'ai l'impression d'être dépassée et d'avoir besoin d'aide.

Penny a souri. — Je comprends. Laisse-moi y réfléchir aujourd'hui et on en reparle après mon service ?

— Ça marche. Merci, Penny. J'espère vraiment que tu vas accepter.

Son sourire était un peu forcé, mais ce n'était pas grave. Elle déciderait ce qui était le mieux pour elle, et ce qui importait vraiment, c'était de ne pas perdre une bonne employée.

Penny a déverrouillé la porte de derrière vingt minutes avant l'ouverture pour que les employés puissent ranger leurs affaires personnelles et être prêts pour le début du service. À dix heures, j'ai ouvert la porte d'entrée et accueilli nos premiers clients de la journée.

Ça allait être une bonne journée.

J'AI COMMENCÉ l'inventaire et la comptabilité au début de mon service, pendant que c'était un peu plus calme. Quand l'activité a repris, je suis allée dans le magasin pour donner un coup de main.

Au moment où le service de Penny s'est terminé, j'espérais vraiment qu'elle allait accepter le poste. Je n'avais pas fini les commandes du jour, et je savais que si je ne trouvais pas d'aide rapidement, j'allais avoir de plus gros problèmes. Surtout si l'inauguration du Retraite avec vue sur la montagne nous amenait de nouveaux clients.

Penny m'a fait un signe de tête en se dirigeant vers l'arrière, et je l'ai suivie pour qu'on puisse parler à l'abri des regards. Elle est allée jusqu'à mon bureau et a souri quand je suis entrée derrière elle.

— Oui, a-t-elle dit. — Oui ? Tu acceptes le poste ? Elle a affiché un grand sourire. — Je l'accepte. Il y aura des moments où je ne pourrai pas travailler le week-end ou de nuit, mais si on peut s'arranger, je pense que ça ira.

— Oh, super ! Merci beaucoup. Je suis trop contente.

Le sourire de Penny s'est élargi. — Moi aussi. Quand veux-tu que je commence ?

— Quand tu pourras, ai-je dit. — Je suis en train de m'occuper des nouvelles commandes, si tu veux venir voir comment ça se passe, et je peux aussi faire changer ton titre officiel.

— Aujourd'hui ?

— C'est toi qui vois. Si tu ne peux pas rester, on pourra faire tout ça pendant ton prochain service.

— Et qu'est-ce que tu vas faire pour le poste de gérant du magasin ?

— Je pensais à promouvoir Jeff, si tu penses que ça pourrait l'intéresser. Il est super avec les familles, et il comprend bien comment les choses fonctionnent ici.

Penny a hoché la tête. — Je pense que c'est une excellente idée.

— Bien. Alors, aujourd'hui ou pendant ton prochain service ?

— Hum, faisons ça à mon prochain service. Je dois y aller, aujourd'hui.

— Ça me va. Merci, Penny. Je pense que ce sera super.

— Moi aussi. À vendredi, Daisy.

— Oh, tu es en congé jusqu'à vendredi ?

— Oui. Ça pose un problème ? Penny s'est arrêtée et m'a observée attentivement.

J'ai secoué la tête. — C'est bon. Je n'avais juste pas réalisé que tu ne serais pas là le reste de la semaine.

— J'aide ma sœur. Comme je te l'ai dit, elle et son mari travaillent tous les deux à temps plein. Mon beau-frère a des horaires rotatifs et il est de nuit cette semaine. Ils n'ont personne pour garder mon neveu. Aujourd'hui, c'est son dernier jour d'école.

— Oh, c'est logique. Euh, d'accord. On en parle vendredi, et tu es toujours d'accord pour m'aider samedi ?

— Oui. Merci, Daisy. Salut !

Je lui ai fait un signe de la main alors qu'elle sortait en coup de vent, et le claquement de la porte m'a fait sursauter.

Tout allait bien se passer. Penny était une bonne gérante de magasin, et elle était consciencieuse. Elle ferait une excellente responsable des stocks. On devait juste régler quelques détails. Tout irait bien.

J'ai terminé la commande avant de retourner en magasin, où j'ai rencontré une nouvelle famille et aidé un bambin stressé à se défouler en jetant un poulet en peluche contre le mur jusqu'à ce qu'il se mette à rire.

C'était une super journée.

L'INAUGURATION du Retraite avec vue sur la montagne a été un immense succès ! Penny a assuré et m'a aidée à tout apporter au Retreat, et j'ai donné presque tous les jouets que j'avais emportés avec moi, laissant la poignée de jouets restants sur place au lieu de les ramener chez Jouets Lincoln.

J'ai rencontré tellement de familles, et tous les parents ont dit qu'ils passeraient bientôt au magasin pour y jeter un œil. Mettre Penny au poste de responsable des stocks était la bonne décision. Si ne serait-ce que la moitié de ces parents achetaient quelque chose, nous commanderions rapidement de nouveaux articles.

Je suis rentrée à la maison le sourire aux lèvres, l'épuisement m'envahissant peu à peu. Natalie et Omar m'ont invitée à dîner avec eux, mais je voulais que Natalie puisse célébrer son succès avec Omar. Je les aimais tous les deux, et j'étais tellement heureuse que Natalie ait trouvé sa moitié. Un jour, je trouverais la mienne.

Après être passée au magasin, je suis rentrée chez moi, j'ai enfilé des vêtements confortables et j'ai commencé à préparer le dîner. Un regain d'énergie m'a frappée, et j'ai dansé dans le salon pendant que mon repas cuisait.

Le « ding » de mon téléphone m'a ramenée à la cuisine. J'ai vérifié mon plat avant de regarder la notification sur mon téléphone.

Une nouvelle compatibilité. J'ai souri en ouvrant À la Recherche du Héros Littéraire Parfait.

— Docteur Grincheux ? Qui s'appellerait comme ça ?

Son profil était nouveau, mais intrigant. Un père célibataire qui, de toute évidence, adorait son enfant. Veuf signifiait qu'il n'y avait pas de drame avec une ex à gérer, mais ça m'a serré le cœur pour le mari et l'enfant qui avaient perdu leur personne. Intelligent, vif d'esprit, un peu étrange d'après certaines choses sur son profil, mais ne l'étions-nous pas tous ?

— Qu'est-ce qui pourrait arriver de mieux ? j'ai souri et j'ai tapé un message pour lui dire salut. J'avais eu plein de compatibilités qui n'avaient pas fonctionné, mais une finirait bien par marcher. Peut-être que ce serait lui.

J'ai posé mon téléphone et j'ai sorti mon dîner du four. Le plat unique était parfait pour moi et serait incroyable pour un futur repas. Il sentait super bon et mon estomac gargouillait tandis que je prenais une assiette et que je me servais une bonne portion. J'avais une faim de loup.

J'ai attrapé mon téléphone pour l'emmener dans le salon juste au moment où il a sonné avec une autre notification. Avant de la vérifier, j'ai éteint la musique et j'ai lancé un film. Une comédie romantique que j'avais gardée pour une soirée où je n'aurais aucune autre distraction.

Je me suis installée sur le canapé, puis je me suis souvenue de la notification et j'ai regardé mon téléphone. « Il a déjà répondu ?» Ça, c'était nouveau. Et j'ai senti un frisson me parcourir. C'était un père célibataire et sans aucun doute très occupé, mais il avait répondu rapidement. Ça m'a plu.

DOCTEUR GRINCHEUX

Bonsoir. Merci d'avoir accepté notre compatibilité.

Très formel, mais bon.

JOUER POUR TOUJOURS

Salut. Ravie de faire ta connaissance. Je suis contente que ça ait matché entre nous.

DOCTEUR GRINCHEUX

Moi aussi. Comment vas-tu ?

JOUER POUR TOUJOURS

Je vais bien, merci. Dis-moi quelque chose sur toi. Quelque chose qui n'est pas sur ton profil. Si tu pouvais récupérer un jouet de ton enfance, lequel ce serait et pourquoi ?

J'ai posé mon téléphone et j'ai attaqué mon poulet ranch et mes légumes. Je posais toujours cette question quand j'apprenais à connaître quelqu'un. Ça m'en disait long sur une personne de comprendre comment elle jouait et ce qu'elle aimait.

J'aurais récupéré ma poupée préférée. Elle s'appelait Bella, et je l'adorais. Elle m'accompagnait partout quand j'étais petite. Elle me ressemblait, et c'était ma meilleure amie lorsque nous voyagions pour le hockey. Mes frères jumeaux jouaient depuis qu'ils savaient marcher, et ils étaient doués. Tellement doués qu'ils participaient à des matchs dans tout l'État avant même d'avoir fini l'école primaire.

Bella a été oubliée dans l'une des nombreuses chambres d'hôtel. Mes parents ont insisté sur le fait qu'elle était rangée dans une valise quand je ne l'ai pas trouvée un matin alors que nous quittions un hôtel pour nous rendre à un autre, mais quand nous sommes arrivés au second hôtel, Bella n'était pas dans la valise. Ni nulle part ailleurs.

Ça m'a brisé le cœur. Mes parents m'ont acheté une nouvelle poupée, mais ce n'était pas la même. Ma mère a appelé l'hôtel, mais les femmes de chambre ne l'avaient pas vue.

J'ai choisi de croire qu'une autre petite fille l'avait trouvée et aimée, mais à l'époque, il a été difficile de renoncer à ce que j'aimais le plus au monde.

DOCTEUR GRINCHEUX

Je n'avais pas beaucoup de jouets, mais je ramènerais mon chien.

JOUER POUR TOUJOURS

Tout le monde ramènerait ses animaux de compagnie.

DOCTEUR GRINCHEUX

Et toi ?

JOUER POUR TOUJOURS

Je n'avais pas d'animaux de compagnie. Ma famille voyageait beaucoup et n'était pas à la maison pour s'en occuper. J'ai essayé de faire entrer un chat en douce une fois, c'était un chat errant, mais ma mère était allergique et n'arrêtait pas d'éternuer. Ça n'a pas duré longtemps.

DOCTEUR GRINCHEUX

Tu as un chat maintenant ?

JOUER POUR TOUJOURS

Non. Mais j'y ai pensé. Une amie a un chien, et il est super. Ma vie est bien remplie en ce moment, mais j'espère pouvoir le faire bientôt.

DOCTEUR GRINCHEUX

Il y a toujours des animaux qui ont besoin d'un bon foyer.

JOUER POUR TOUJOURS

C'est vrai. Tu as des animaux de compagnie ?

DOCTEUR GRINCHEUX

Désolé, je dois y aller.

J'ai fixé le message. C'était soudain. Et bizarre. Mais bon. Il s'est déconnecté de l'application, et j'ai fait de même, relançant le film depuis le début, car j'avais prêté plus d'attention à notre conversation qu'au film que j'avais tant hâte de voir.

Ce n'était pas rien. J'espérais avoir des nouvelles de Docteur Grincheux très bientôt.

3

KINGSLEY

J'étais assis dans le fauteuil qui sentait mon père et j'essayais de ne pas y penser. Les quatre premiers jours que j'ai passés à travailler dans sa clinique ont été chargés. Après deux jours d'annulations à cause de sa crise cardiaque, j'étais constamment sur pied et j'avais à peine le temps de penser à où j'étais, et encore moins de m'asseoir dans le fauteuil.

Mais j'avais rattrapé mon retard, et je devais relire les transcriptions de la semaine précédente pour m'assurer que rien n'avait été oublié. C'était un travail fastidieux, mais important, surtout que je n'allais pas tarder à quitter le cabinet et que quelqu'un d'autre allait gérer les soins des animaux que j'avais vus.

Un coup frappé à la porte m'a fait lever la tête. — Oui ?

La poignée a tourné et Sheila est entrée. — Bonjour, a-t-elle dit en s'arrêtant sur le seuil. — Avez-vous besoin de quelque chose avant de commencer les consultations ?

Je me suis levé brusquement. — Non. Je suis passé vivement à côté d'elle et je suis sorti dans le couloir, la laissant dans le bureau.

— D'accord, eh bien…

— Je n'ai pas besoin que vous me disiez comment faire mon travail. Je sais très bien comment fonctionne un cabinet vétérinaire.

Elle s'est mordu la lèvre inférieure et a hoché la tête une fois.

Je lui ai lancé un regard noir en m'éloignant, prêt à commencer la journée, avec le moins d'implication de sa part possible, de préférence.

Malheureusement, je n'ai pas eu cette chance. L'assistante vétérinaire était sur mes talons lorsque j'ai rencontré les propriétaires du premier animal de la journée. Un jeune couple avec une petite fille qui avait récemment adopté un nouveau chien et l'amenait pour un contrôle.

— Voyons voir comment ça se passe, ai-je dit, principalement à moi-même et un peu au chien. Il tremblait sur la table en métal, se dirigeant vers la petite fille qu'il avait clairement choisie comme protectrice.

Je me suis accroupi et j'ai parlé doucement au chien, Buster, en incluant la fillette dans ma conversation. — Qu'est-ce que Buster préfère faire ?

— Il adore jouer à la balle dans le jardin. Et il est très doué, en plus. Il me la rapporte toujours. Elle rayonnait comme une fière maman.

— C'est très intelligent de sa part. Tous les chiens ne savent pas faire ça. Depuis quand l'avez-vous ?

— Deux semaines, a-t-elle dit, en levant les yeux vers ses parents pour chercher leur confirmation. « Il était au refuge, mais personne ne voulait de lui. Jusqu'à ce que j'y aille. »

— Parfois, il faut une personne très spéciale pour voir à quel point un animal est formidable. Je lui ai souri et j'ai vérifié les pattes de Buster.

— Il y a tellement d'animaux qui ont besoin d'un bon foyer, a dit Sheila.

J'ai soulevé l'oreille du chien pour regarder à l'intérieur et j'ai lutté contre ma rage. Je ne voulais pas qu'elle soit là. En train d'interrompre ma conversation avec la famille. « C'est pourquoi il est important de stériliser vos animaux de compagnie. Et pourquoi la clinique où je travaille est en partenariat avec le refuge local pour s'occuper de tous les animaux errants qu'on y amène. Trop d'animaux sont négligés par des gens qui ne se soucient pas des conséquences de leurs actes. »

— C'est pourquoi nous encourageons les gens qui cherchent à adopter à se rendre au refuge local. Nous faisons la même chose ici. Ce n'est pas aussi grave dans la région que dans certaines grandes villes, mais nous avons quand même des animaux errants et des animaux dont les gens ont du mal à s'occuper qui sont déposés au refuge. » La voix de Sheila m'agaçait les nerfs.

J'ai soulevé l'autre oreille de Buster et j'ai regardé à l'intérieur, ne réalisant pas assez vite qu'il avait perçu ma colère. Le chien s'est retourné et m'a pincé, ses dents effleurant l'articulation de mon doigt. Il a couiné et a reculé, allant vers la petite fille pour chercher sa protection.

— Oh, mon Dieu. Je suis vraiment désolé, a dit le père rapidement, en s'avançant. « Il n'a jamais été comme ça avec nous. »

J'ai examiné mon doigt et secoué la tête. « Ce n'est pas sa faute. Je vous le promets. Je vais bien. La peau n'est même pas percée. Il est juste un peu mal à l'aise. C'est normal quand un chien vient pour la première fois, ou rencontre un nouveau vétérinaire. Ils ne savent pas à quoi s'attendre. »

— Pensez-vous que nous devions nous inquiéter ? a demandé la mère.

— Pas du tout. C'est un chien merveilleux, et il adore clairement votre fille. Elle est sa protectrice, et il en sera de même pour elle. Ce sera un chien très loyal. Son comportement ne m'inquiète absolument pas, leur ai-je dit.

Les parents ont échangé un regard, mais je me suis de nouveau concentré sur le chien.

— Qu'en penses-tu, Buster ? On peut réessayer ? ai-je demandé au chien.

La petite fille s'est collée contre le flanc de Buster et lui a caressé le dos. « Il veut t'aider, Buster. Tu devrais le laisser faire. »

Buster a levé les yeux vers elle, puis a baissé la tête dans ma direction, comme pour me donner sa permission.

— C'est aussi un chien intelligent. Il vous a comprise, lui ai-je dit.

— Il écoute très bien.

— Je vois ça.

Le reste de l'examen de Buster s'est bien passé. Je suis resté concentré sur lui, et Sheila est restée silencieuse. Buster était en pleine forme, et les vaccins qu'il avait reçus avant de quitter le refuge étaient suffisants. Je leur ai demandé de prendre rendez-vous pour le faire stériliser dans quelques mois et je les ai remerciés de l'avoir amené.

— Votre doigt va bien ? a demandé Sheila alors que nous nous dirigions vers la salle d'examen suivante.

— Bien.

— Je peux y jeter un œil, si vous voulez.

— Je ne veux pas que vous m'approchiez, ai-je lâché d'un ton sec.

— Docteur Harris, je ne suis pas sûre…

— Vous n'êtes pas sûre ? Vous ne vous souvenez vraiment pas pourquoi j'ai quitté la ville ?

Sheila a reculé d'un pas, puis a baissé les yeux vers le sol. — Je vous présente mes excuses.

J'ai ricané. — Trop tard pour ça. Pourquoi n'essayez-vous

pas de rester à l'écart pendant que je suis ici ? Puis, quand je partirai, nous ne nous reverrons plus jamais.

Elle a hoché la tête.

J'ai inspiré et je l'ai contournée pour entrer dans la salle d'examen suivante. J'étais vaguement conscient qu'elle me suivait, mais au moins, elle a gardé sa bouche fermée cette fois.

J'ÉTAIS ÉPUISÉ quand je suis rentré chez ma mère ce soir-là. Le travail était le même que celui que je faisais tous les jours, mais la tension dans mon corps était bien pire. C'était la raison pour laquelle j'avais quitté L'anse MacKellar. Près d'une décennie d'absence n'avait pas été assez longue.

Pas quand je devais retourner à la clinique et côtoyer Sheila tous les jours.

— Papa ! s'écria Isla quand j'ai passé la porte. Elle s'est précipitée vers moi, enlaçant ma taille de ses bras et posant sa tête contre mon ventre.

Je lui ai caressé la tête et lui ai souri. Elle était tout pour moi. Elle l'était depuis le jour de sa naissance, mais la perte de Faith m'avait prouvé à quel point la vie pouvait être fragile. Je m'efforçais d'être présent pour ma fille.

Et aider à la clinique de mon père mettait cela en péril.

— Comment s'est passée ta journée avec Mamie ? lui ai-je demandé, la prenant dans mes bras pour l'installer sur ma hanche.

Elle a joué avec le col de ma chemise et haussé les épaules. — C'était bien. On n'a pas fait grand-chose, par contre. Mamie n'a pas beaucoup de jouets.

— Je sais. On devrait peut-être t'acheter de nouvelles choses pour que tu aies de quoi t'occuper. Tu n'as pas apporté de livre de coloriage ?

Isla a hoché la tête en agitant les pieds. — Si, mais c'est ennuyeux.

— D'accord, alors qu'est-ce qui serait amusant ?

— Tu avais dit qu'on irait au zoo, à l'aquarium, au parc et à la piscine, et qu'on ferait des trucs amusants.

J'ai ravalé un soupir. J'avais une dette envers ma mère, mais l'aider signifiait faire passer Isla au second plan. Je n'aimais pas ça. — On fera quand même des trucs amusants. Tu t'es baignée aujourd'hui ? Tu peux sauter dans la piscine quand tu veux.

— Mamie a dit non. Elle ne voulait pas se baigner aujourd'hui.

J'ai inspiré, réalisant que je devais parler à ma mère. Elle ne savait pas qu'Isla était une excellente nageuse. Elle suivait des leçons depuis avant même de savoir marcher. Évidemment, elle devait être surveillée, mais elle n'avait pas besoin de quelqu'un dans la piscine avec elle. — Je vais parler à Mamie. Où est-elle ?

— Elle est allée aux toilettes.

— D'accord. Bon, qu'est-ce que tu veux pour dîner ? On pourrait peut-être commencer à préparer quelque chose.

— On peut avoir des enchiladas ?

— Ça me va. Assurons-nous que Mamie a tout ce qu'il nous faut. J'ai ouvert le frigo, posant Isla par terre pour qu'elle puisse ouvrir les tiroirs et enquêter avec moi. — Qu'est-ce que tu as mangé à midi ?

— Un sandwich à la dinde.

— C'était bon ?

— Ça allait.

Il était temps de changer. En moins d'une semaine, Isla s'ennuyait déjà. Je devrais me battre avec elle pour qu'elle reste si je ne trouvais pas des moyens de la divertir.

— Oh, Kingsley, tu es rentré. Super. On a passé une

bonne journée, dit maman en nous rejoignant dans la cuisine.

— Tant mieux. On pensait faire des enchiladas pour le dîner. Ça te va ?

— Ça me va très bien. Je devrais avoir tout ce qu'il faut. Sinon, regarde dans le congélateur. Maman regardait son téléphone, souriant à quelque chose. — Ce serait ton dernier repas ?

— Mon quoi ? Est-ce que j'avais bien entendu ?

— C'est un truc sur Internet. Quel serait ton dernier repas si tu pouvais choisir ? Est-ce que tu choisirais des enchiladas ?

Je plissai les yeux en la regardant, mais elle ne fit pas attention à moi. — Je suppose, peut-être.

— Et ton dessert préféré ?

— Le gâteau au chocolat ! s'écria Isla.

Je ris à mi-voix. Elle était une fan de chocolat depuis avant sa naissance. Faith ne se lassait jamais de chocolat quand elle était enceinte d'Isla. Rien n'avait changé pour Isla depuis.

— J'aime bien le gâteau au chocolat aussi, dit maman. — Et toi, Kingsley ?

— Je crois que j'opterais pour un cheesecake caramel et noix de pécan.

Maman pinça les lèvres. — Ça, je ne le savais pas.

— Faith en faisait parfois.

— Oh, fit maman, son regard dérivant vers Isla.

— Mais Maman préférait le chocolat, comme moi, a déclaré Isla.

— Oui, c'est vrai, ai-je acquiescé.

Maman a souri et a glissé son téléphone dans sa poche. Elle s'est lavé les mains, puis nous a rejoints pour nous aider à faire les enchiladas.

Isla menait les opérations, nous donnant des instructions, à Maman et à moi, à chaque étape. C'était une chef en herbe, qui choisissait toujours de s'impliquer en cuisine et qui prêtait attention à tout ce que je faisais.

Au moment où j'ai enfourné les enchiladas, j'ai demandé à Isla si elle voulait aller nager après le dîner.

— Oui ! s'est-elle réjouie.

— Parfait. Va mettre ton maillot de bain, et dès que tu auras fini de manger, on pourra y aller.

— Elle devrait attendre trente minutes pour digérer, a objecté Maman pendant qu'Isla se précipitait pour aller se changer.

— En fait, ce n'est pas vrai, Maman. Il n'y a aucune preuve scientifique pour l'étayer.

— Toi, tu le faisais toujours.

— Je sais, mais il n'y a aucune raison de le faire. Elle adore l'eau, et elle a dit que tu ne voulais pas aller dans l'eau avec elle aujourd'hui, donc elle n'a pas nagé. C'est une excellente nageuse, Maman. Elle n'a pas besoin de toi dans l'eau.

— Je ne vais pas laisser ma petite-fille de quatre ans nager toute seule. Le reniflement indigné de Maman m'a presque fait rire.

Presque.

— Je ne dis pas de t'asseoir sur le canapé pour regarder un film pendant qu'elle est dehors, mais elle peut aller dans la piscine seule si tu es juste à côté. Elle s'ennuie, Maman. Elle ne peut pas rester assise ici toute la journée.

— Nous sommes allées à l'hôpital aujourd'hui.

— Tu as fait quoi ? ai-je demandé, la voix basse.

Maman a pincé les lèvres. — Je voulais voir ton père, Kingsley. Je n'avais pas d'autre choix que d'emmener Isla avec moi. Je ne pensais pas que ce serait un problème pour elle de voir son grand-père.

Je serrai les dents à m'en faire mal à la mâchoire. Et c'était bien là le problème. Maman ne savait pas pourquoi je détestais mon père. Elle ne comprenait pas, car elle n'avait aucune idée de ce qu'il avait fait. J'étais tout aussi fautif que lui de ne jamais lui avoir parlé de la liaison de mon père.

Je ne voulais pas qu'Isla soit près de lui. Je ne voulais pas être près de lui. Il ne faisait plus partie de ma vie. Plus depuis ce jour-là. Et il ne le serait plus jamais.

— Le médecin veut garder ton père à l'hôpital plus longtemps, dit Maman, comme si elle avait raison et que j'étais ridicule de m'opposer à ce qu'Isla voie mon père. Il va y rester une semaine de plus, alors toi et Isla, vous pouvez rester ici plus longtemps.

— D'accord, dis-je. De toute façon, je n'avais pas eu le temps de chercher une location de courte durée, donc ça tombait bien. Mais avant sa sortie, il fallait que je trouve un logement. — Tu as une idée du temps qu'il lui faudra avant de pouvoir reprendre le travail à plein temps ?

Maman secoua la tête et alluma la lumière du four.

— Eh bien, quand tu sauras, tiens-moi au courant.

— Pour que tu puisses encore t'enfuir ? Maman croisa les bras sur sa poitrine et me lança un regard noir.

— Pour que je puisse retourner à mon travail, Maman. J'ai une carrière, une vie. J'ai de la chance que mes patrons aient accepté de me laisser prendre un congé, mais ce n'est pas pour toujours.

— Je sais. J'ai accepté le fait que tu n'as jamais voulu être ici. J'ai juste toujours pensé que Faith et toi vous installeriez à L'anse MacKellar.

La douleur à la mâchoire était de retour. Mes dents me faisaient mal à force de retenir la vérité. Combien de fois avais-je pensé à tout lui dire ?

Mais est-ce que ça faisait de moi quelqu'un d'aussi

mauvais que lui ? Le dire à ma mère ne ferait que la blesser. Lui cacher la vérité signifiait qu'elle vivait dans un mensonge, mais si c'était un mensonge dans lequel elle était heureuse, alors comment pouvais-je faire voler tout ça en éclats ?

Surtout que la liaison avait pris fin le jour où je l'avais découverte. C'est ce que mon père avait dit. Il m'avait promis que c'était fini.

J'avais choisi de croire qu'il était honnête. Mais je portais toujours le poids du mensonge. Un mensonge qui avait détruit tous mes projets d'avenir.

Si mon père n'avait pas trompé ma mère, j'aurais rejoint son cabinet. Nous serions revenus à L'anse MacKellar après l'école vétérinaire. Faith serait peut-être encore en vie. Mais rien de tout cela ne s'est produit, et ma fille grandissait sans sa mère.

— Je suis prête ! cria Isla en sautant dans la cuisine, vêtue de son maillot de bain.

Je lui ai souri et j'ai hoché la tête. — Tu es prête. Allez, on va servir pour qu'on puisse manger et que tu puisses aller nager."

— Tu vas nager avec moi ?

— J'y pensais.

— Youpi ! Papa va nager !

J'ai gloussé et lui ai fait signe de reculer. J'ai posé le plat d'enchiladas sur la cuisinière et j'ai attrapé des assiettes pour nous tous. Isla a aidé maman à remplir les verres d'eau. Nous nous sommes assis à table ensemble et avons attaqué nos assiettes ; on n'entendait que nos grognements de plaisir et le bruit des fourchettes sur les assiettes.

Dès qu'Isla a eu fini de manger, elle a sauté sur ses pieds et m'a tiré par le bras. — On y va, papa.

J'ai ri. — Attends une minute. On doit aider mamie à ranger la cuisine."

— Je peux aider.

— Bien. Mets ton assiette et ton verre dans le lave-vaisselle.

Isla a fait ce que je lui ai demandé, puis elle a pris mon assiette et mon verre et les a rangés aussi. Je l'ai laissée avec maman pendant que j'allais enfiler mon maillot de bain.

Quand je suis revenu dans la cuisine, maman avait rangé les restes et essuyait les comptoirs pendant qu'Isla nettoyait la table. Isla a terminé sa tâche, puis m'a tiré vers la porte de derrière et dehors.

À peine dehors, Isla a filé, courant vers la piscine et y sautant à toute vitesse. Elle est remontée à la surface, un immense sourire aux lèvres. — Saute, papa !"

Je n'ai pas couru, mais j'ai sauté après elle. Ma bombe l'a éclaboussée et a envoyé de l'eau par-dessus le bord, sur la terrasse de la piscine. — Ne cours plus, d'accord ? C'est mouillé maintenant. Et toi aussi, tu es toute mouillée."

— D'accord. Je peux plonger ?

— Bien sûr. Va dans le grand bain.

Isla a nagé jusqu'à l'autre bout et s'est hissée hors de la piscine, son petit corps souple et léger. Elle s'est mise debout au bord de la piscine et a placé ses mains en triangle au-dessus de sa tête. Elle a regardé l'eau, puis s'est penchée en avant et a à moitié fait un plat, à moitié plongé dans la piscine.

Quand elle est remontée à la surface, elle a froncé les sourcils. — Ce n'était pas réussi."

— Il faut de l'entraînement, lui ai-je dit. Tu le sais bien. Essaie encore.

Elle est sortie et a réessayé, s'améliorant un peu plus à chaque tentative.

— Essaie de plier les genoux et de pousser un peu avec tes pieds. Comme si tu sautais, ai-je suggéré après une douzaine de plongeons.

Isla a hoché la tête, puis s'est placée tout au bord, les orteils crispés sur le rebord. Elle a plié les genoux, puis a pris son impulsion et a plongé, entrant dans l'eau bien plus les mains en avant que lors de ses autres tentatives.

Cette fois-là, elle est remontée avec un grand sourire, sortant de l'eau en vitesse pour répéter le processus une douzaine de fois de plus avant de rester dans l'eau pour nager un peu partout.

C'était un vrai poisson dans l'eau, toujours contente de barboter dans une piscine, une flaque ou n'importe quoi qui contenait de l'eau. Depuis sa naissance, elle adorait l'heure du bain et refusait de prendre des douches pour pouvoir s'asseoir dans la baignoire.

Le soleil déclinait dans le ciel et l'air à l'extérieur de la piscine se rafraîchissait. Pourtant, je ne voulais pas sortir pour aller dormir. Je voulais plus de temps avec Isla. Plus de temps pour être un père au lieu de travailler. Plus de temps pour voir ma fille.

Quand Isla a commencé à ralentir, j'ai su que nous devions y aller. — Tu es prête pour un bain ? lui ai-je demandé.

Elle a hoché la tête, a nagé jusqu'au bord et en est sortie sans discuter.

Je me suis enroulé une serviette autour de la taille et j'ai suivi une petite fille très endormie jusqu'à la salle de bain. Maman rodait près de la porte, mais Isla ne s'est pas attardée dans la baignoire. Pas alors qu'elle était déjà en train de s'endormir.

Je l'ai aidée à s'habiller, puis je l'ai bordée. — Je t'aime, Isla. Maman aussi.

— Mamie et Papi aussi, a dit Maman depuis le seuil de la porte.

— J'aime Papa et Maman et Mamie et Papi, a murmuré Isla, sa voix s'éteignant tandis que ses yeux se fermaient.

J'ai éteint sa lumière et refermé la porte de sa chambre, me forçant à sourire à Maman avant de retourner à la salle de bain pour prendre une douche en vitesse et me traîner, épuisé, jusqu'à mon lit.

Uniquement pour savoir que j'allais devoir recommencer la même chose le lendemain.

4

DAISY

Je sirotais mon café en lisant le dernier message de Docteur Grincheux. Je n'arrivais pas à le cerner. J'aimais parler avec lui, et il me donnait l'impression que c'était réciproque, mais il y avait quelque chose d'étrange que je n'arrivais pas à définir.

— Salut, grogna Natalie en me rejoignant dans la cuisine, se dirigeant directement vers le café.

— Bonjour. Comment vas-tu aujourd'hui ? J'adorais les matins. J'étais excitée de commencer ma journée et heureuse d'avoir un travail qui m'apportait de la joie. Natalie ne partageait pas mon enthousiasme matinal.

Sa réponse grognée me fit sourire derrière ma tasse.

— Comment se sont passés les premiers jours de la colonie ? ai-je demandé. Elle était restée chez Omar la première nuit, et j'étais au travail tard la deuxième nuit pour gérer une livraison, donc je n'avais pas eu de nouvelles.

Un sourire illumina ses yeux. — Très bien. Les campeurs sont si heureux d'être là, et le personnel est incroyable. Ces jeunes s'amusent et rendent l'expérience encore meilleure pour les campeurs.

— C'est génial. Je t'avais dit que tout finirait par se mettre en place.

Natalie sourit et prit une gorgée de son café. Elle ferma les yeux et soupira. — Tu sais que je suis loin d'être aussi optimiste que toi.

Je gloussai. — Personne ne l'est.

Natalie rit.

Mon téléphone sonna, signalant une nouvelle alerte.

— C'est À la Recherche du Héros Littéraire Parfait ? Tu as un profil compatible ?

Je hochai la tête et posai mon café pour pouvoir lire mon message. — Oui. C'est un père célibataire, mais il est assez rapide pour m'envoyer des messages. Et il a des réponses très intéressantes à mes questions.

Natalie renifla. — Jouet préféré, dernier repas et super-pouvoir ?

— Ouais. Je lus sa réponse en penchant la tête.

— Quoi ?

— Je ne le cerne pas. Certaines de ses réponses sont logiques, mais pour d'autres, on dirait que c'est une toute autre personne qui répond.

— Son gamin ?

J'ai plissé le nez. — J'en doute. On dirait que l'enfant est jeune.

— Quand même.

J'ai haussé les épaules. — Peu importe. C'est amusant de discuter avec lui. J'aime bien.

— C'est ça le plus important, a dit Natalie. Elle avait trouvé le grand amour grâce à À la Recherche du Héros Littéraire Parfait. Elle avait presque renoncé à rencontrer quelqu'un, mais le lien qu'elle avait créé avec Omar avait été suffisant pour la faire sortir de sa coquille et l'avait forcée à surmonter l'anxiété contre laquelle elle luttait. Elle serait toujours anxieuse, mais Omar était le soutien solide dont elle avait besoin pour se prouver à elle-même qu'elle était bien plus capable qu'elle ne l'avait jamais cru.

— Il a dit que son super-pouvoir serait de guérir par le toucher.

— Oh…, a dit Natalie.

— Je sais, hein ? C'est génial, non ?

— C'est vraiment adorable.

J'ai hoché la tête et envoyé une autre question, puis j'ai troqué mon téléphone contre mon café.

— Pourquoi es-tu debout si tôt aujourd'hui ? a demandé Natalie.

— Je dois ouvrir le magasin aujourd'hui.

— D'accord, mais pas à six heures.

J'ai pincé les lèvres et j'ai hésité à dire à Natalie ce qui se passait. Je savais ce qu'elle dirait.

Natalie a croisé les bras et s'est appuyée contre le comptoir, en me lançant un de ces regards qui signifiaient « accouche ».

J'ai soupiré. — Penny ne peut pas être là pour superviser la livraison ce matin.

— Je pensais qu'elle ne pouvait pas être présente pour la livraison hier soir ?

— Ouais.

Nat a haussé les sourcils. — Et ce matin ?

— C'est un changement. Elle va prendre le coup de main. Ça fait moins d'une semaine qu'elle a ce poste.

— Et elle ne l'a fait aucune fois.

J'ai soupiré. Je n'aimais pas me disputer, et je n'aimais vraiment pas avoir à défendre mes choix. Surtout quand mon choix signifiait donner sa chance à quelqu'un. — Penny est très capable. Elle va trouver son rythme, et elle sera douée pour ça.

— Si tu le dis, a marmonné Natalie dans sa tasse. Elle a fini son mug et l'a mis dans le lave-vaisselle. Elle est allée au frigo, a pris son sac-repas, puis a sorti une boîte d'œufs.

— Un petit-déjeuner ?

J'ai vérifié l'heure sur mon téléphone et j'ai secoué la tête.

— Je dois y aller. Je mangerai un morceau après la livraison.

Natalie a soupiré, mais n'a pas insisté. — Sois prudente.

— Je le serai. Tout va bien.

— On se voit ce soir ?

— Oui, pas de livraison tardive ce soir.

— Quand est-ce que tu vas chez Chelsea et Derek ?

— Jeudi soir. Ils partent après le travail jeudi et rentrent lundi à l'heure du déjeuner.

— Ils sont contents ?

J'ai hoché la tête. — Je crois que oui. Ça leur fera du bien de s'évader un peu.

— Et ça te fera du bien de passer du temps avec Dozer, a dit Natalie.

J'ai ri. — J'adore ce chien. Il est tellement génial.

— Oui, il l'est.

— Bon, il faut que j'y aille. À ce soir.

— Salut ! a lancé Natalie alors que je me précipitais vers la porte.

Le soleil commençait à illuminer le ciel pendant que je me rendais chez Jouets Lincoln. Je me suis garée à l'arrière et me suis dépêchée d'entrer, même si je savais déjà que le quai de chargement était vide.

Dix minutes après mon arrivée, le klaxon à l'extérieur m'a alertée qu'un camion était en train de reculer. J'ai attendu que les verrous s'enclenchent pour immobiliser le camion, puis j'ai ouvert la porte du quai et déverrouillé la porte arrière pour le chauffeur.

— Bonjour, a dit Dick en me saluant de la main alors qu'il entrait.

— Salut, Dick ! Comment vas-tu ? Je ne savais pas que c'était toi qui faisais la tournée du matin aujourd'hui. Dick était marié à la mère de mon ami. Patrick a eu du mal quand sa mère a commencé à sortir avec le chauffeur de camion, mais ils se sont réconciliés quand Patrick a réalisé à quel point sa mère était heureuse avec Dick dans sa vie.

— J'ai vu ta livraison sur le planning et je me suis jeté dessus. Je ferais n'importe quoi pour t'aider.

— Merci. Ça compte énormément pour moi. Tu es prêt pour que je décharge ?

— Je vais m'en occuper. Je suis certifié pour conduire tes chariots élévateurs.

— Merci, lui ai-je dit en lui serrant l'avant-bras. Il savait que je n'étais pas toujours à l'aise pour conduire sur les rampes des camions et il m'aidait chaque fois qu'il était là.

— N'importe quoi pour toi, ma belle.

Je lui ai souri et j'ai signé les papiers qu'il me tendait, en examinant les articles qu'il livrait.

Pendant que Dick travaillait, j'ai déballé la livraison de la veille. Il allait me falloir toute la matinée pour mettre le nouveau stock en rayon, mais il fallait que ce soit fait.

— C'est tout bon, a dit Dick, en s'approchant alors que j'allais chercher une autre boîte à l'arrière. — Besoin d'un coup de main ?

— Non, c'est bon, merci.

— Tu es sûr ?

— Je m'en occupe. Rentre voir ta femme. Je suis sûre que tu lui as manqué.

Dick a fait un clin d'œil. — C'est réciproque. Passe une bonne journée, Daisy !

— Toi aussi ! À bientôt.

— Compte là-dessus !

Je l'ai suivi jusqu'à la porte et l'ai verrouillée une fois qu'il a été dehors. Il avait déjà fermé la porte du quai de chargement. J'ai écouté son camion vrombir, puis s'éloigner, avec un coup de klaxon en guise d'au revoir tandis qu'il partait.

Le silence a suivi. J'ai soupiré, puis je suis retournée remplir les rayons.

JEUDI MATIN, la maison était calme quand je me suis levée. Penny s'occupait de la livraison, j'ai donc eu le temps de faire mes valises avant d'aller chez Chelsea pour le week-end.

J'ai choisi quelques nouveaux jouets pour Dozer et les ai mis dans un sac, prêts à partir. J'ai hésité sur ce que j'allais porter, mais j'ai pris un sweat-shirt et un pyjama confortable pour le week-end, car je n'étais pas sûre de la température qu'il ferait dans la maison.

Chelsea m'avait dit de faire comme chez moi et que je pouvais manger tout ce que je voulais, mais j'apportais ma propre nourriture, et tout ce dont j'avais besoin pour le long week-end. Juste pour qu'ils n'aient pas à s'en préoccuper à leur retour.

J'ai chargé ma voiture, puis je suis allée au travail à temps pour l'ouverture du magasin. Penny m'a fait un signe de la main et est allée à l'avant pendant que j'entrais par l'arrière. Elle occupait encore son poste de directrice de magasin pour quelques jours de plus, mais Jeff avait accepté de commencer en tant que directeur la semaine suivante. La seule chose qu'il me restait à faire était d'embaucher un nouvel employé.

J'ai rejoint la surface de vente, j'ai redressé les présentoirs et vérifié les jouets dans les salles de jeux. Des familles sont passées dans le magasin, achetant, jouant et trouvant l'article parfait avant de repartir avec le sourire.

C'était exactement comme ça que je voulais que les choses se passent.

Après le déjeuner, j'ai entendu une petite fille pleurer dans l'allée à côté de celle où je marchais. J'ai changé de direction et je suis allée voir si je pouvais faire quelque chose pour aider.

— Bonjour. Comment ça va par ici ? ai-je demandé à la fillette, en souriant à la femme épuisée à côté d'elle, que j'ai supposée être sa mère.

— Elle n'a pas fait sa sieste ce matin. Je suis vraiment désolée pour le bruit.

J'ai secoué la tête. — Ne vous excusez pas, je vous en prie. C'est un magasin de jouets. C'est censé être bruyant, amusant et un peu chaotique. J'ai attrapé le jouet le plus assourdissant du rayon et j'ai appuyé sur un bouton pour qu'il fasse du bruit. — Les jouets aussi peuvent être bruyants.

La petite fille s'est arrêtée de pleurer et a regardé sa maman.

La maman a souri à la fillette, et mon cœur s'est serré. — Elle est invitée à la fête d'une camarade de classe ce week-end. Nous espérions trouver quelque chose.

— Le même âge ? Je dirais quatre ans ?

— Oui, elle va bientôt avoir cinq ans. L'entrée en maternelle l'année prochaine.

— C'est génial. Je me suis accroupie pour être à hauteur de ses yeux. — C'est quoi ton jeu préféré ? Ton jouet favori ?

La petite a de nouveau levé les yeux vers sa maman, qui a hoché la tête pour l'inciter à me répondre. — J'aime mes poupées.

— Ça a toujours été mon jouet préféré à moi aussi. Ton amie aime les poupées ?

La fillette a haussé les épaules.

— Quand j'offre un cadeau à quelqu'un, je pense toujours à ce qui lui ferait plaisir, mais si je ne suis pas sûre, je choisis quelque chose que j'aimerais avoir. Comme ça, la personne sait qu'elle est spéciale pour moi, parce que je lui ai offert quelque chose qui est une part de moi. On pourrait peut-être trouver une poupée qui ressemble à ton amie.

Elle a hoché la tête, son sourire illuminant tout son visage.

Je me suis relevée et j'ai fait un signe de tête vers l'allée voisine. — Il y a plein de poupées juste là. On va voir ?

La petite fille a tiré sur la main de sa maman, et toutes deux m'ont suivie jusqu'aux poupées.

— Ouah. Ses yeux étaient immenses tandis qu'elle contemplait les options qui s'offraient à elle.

Peu importait à quel point les poupées étaient sophistiquées, les enfants aimaient les poupées. Nous avions des poupées douces qui étaient rembourrées et parfaites pour les plus jeunes enfants ou ceux qui avaient du mal avec les jouets plus rigides. Nous avions des poupées plus réalistes et solides. Nous avions des poupées qui ressemblaient à des monstres et des poupées en costume, des poupées aux cheveux colorés et des poupées qui ressemblaient à des personnages de film, et des poupées qui avaient des capacités différentes. Chaque enfant s'identifiait à un style différent, et je voulais que tous se sentent reconnus et aimés en entrant dans le magasin.

La petite fille a été attirée par une poupée aux cheveux rose vif et une autre avec des lunettes. Elle a pris les deux, leur soulevant les cheveux et leur parlant comme si elles étaient ses amies.

— Merci beaucoup, a dit la mère.

— Je vous en prie. Je suis contente qu'elle ait trouvé quelque chose qui la fasse sourire.

— Moi aussi. Je n'étais pas sûre de combien de temps elle allait tenir.

— Ça nous arrive à tous.

La mère a gloussé et a hoché la tête. — C'est vrai.

— Si vous avez besoin de quoi que ce soit d'autre, n'hésitez pas à me le faire savoir. Sinon, je la laisse jouer.

— Merci. J'adore l'amener ici. C'est un endroit si accueillant pour les enfants.

— Cela me touche beaucoup. C'était ma vision des choses.

— Vous êtes la propriétaire ?

— En effet. Daisy Lincoln.

— Oh, waouh. Je suis vraiment désolée de vous avoir dérangée.

J'ai secoué la tête. — Il n'y avait rien de plus important à faire pour moi. J'ai ouvert ce magasin pour pouvoir être ici et profiter à nouveau de l'enfance.

— Vous avez dû en avoir une belle.

J'ai souri, choisissant de ne pas déverser mon enfance moins que parfaite sur une inconnue. — Merci d'être passée.

— Merci à vous. Dis au revoir, Michelle.

— Au revoir ! lança Michelle, qui jouait toujours avec les poupées.

— Au revoir, Michelle, lui ai-je dit. J'ai fait un signe de la main à sa mère, puis je les ai laissées à leurs jeux.

— Vous êtes si douée avec eux, m'a dit Penny en me rejoignant dans l'allée d'à côté.

J'ai souri. — Les enfants veulent juste qu'on les écoute. Les parents aussi.

Penny a hoché la tête. — C'est vrai. Alors, la livraison de ce matin s'est bien passée. Je pense que nous sommes prêtes pour la transition la semaine prochaine.

— Excellent. Merci. Je ne travaille pas demain. N'oubliez pas la livraison avant l'ouverture.

— Oh, a dit Penny.

Je me suis arrêtée de marcher et je me suis concentrée sur elle.

Penny s'est mise à piétiner. — Je ne m'en étais pas rendu compte. J'étais censée être en congé. C'est au tour de Wendy de travailler.

— Êtes-vous disponible pour venir réceptionner la livraison ?

Penny a secoué la tête. — Je ne peux vraiment pas. Je ne savais pas que je devais être là pour celle-là. Hum…

J'ai esquissé un sourire. — Je vais m'en occuper. Tout ira bien. La semaine prochaine, par contre, vous devrez être là pour réceptionner toutes les livraisons. Vous pouvez les programmer quand cela vous arrange, tant que tout arrive à temps.

— Ça se passera très bien. Je peux le faire. C'est promis.

— D'accord. Je suis contente que nous ayons parlé, sinon la livraison de demain aurait été manquée.

— Je m'occuperai du reste. C'est promis.

— Merci, Penny. Je sais que vous le ferez.

Elle a souri et s'est éloignée.

J'ai hoché la tête. Tout allait bien se passer. Je n'étais pas inquiète. Penny était compétente, et nous étions en train de prendre nos marques.

Dozer avait l'habitude d'être seul pendant la journée. Ce ne serait pas un problème de le laisser quelques heures le temps que je m'occupe de la livraison.

JE SUIS ARRIVÉE chez Chelsea et Derek au moment où ils rentraient, après avoir déposé Jude, le fils de Derek, chez les parents de Chelsea. Ses parents aimaient Jude comme s'il avait toujours fait partie de leur vie. Chelsea et Derek s'étaient rencontrés au début de l'année scolaire, quand Chelsea avait acheté la maison voisine. Leur première rencontre, ni même la deuxième, n'avait pas été des plus réussies, mais ils avaient fini par trouver un terrain d'entente et étaient tombés amoureux. Ils s'étaient mariés quelques semaines auparavant. Chelsea prévoyait d'adopter Jude dès que les formalités administratives seraient finalisées.

— Jude est bien installé ? ai-je demandé en les rejoignant sur le trottoir.

— Ouais. Il ne voudra jamais rentrer à la maison, a dit Derek en riant. Je crois que Cathy et Ken ont dévalisé toute ta boutique.

J'ai ri.

— Ils vont passer un super week-end. Et vous deux aussi.

Chelsea a souri, et Derek s'est approché d'elle, l'enlaçant et embrassant sa nouvelle épouse. Ils avaient opté pour un mariage en très petit comité dans leur jardin, avec seulement la famille, donc je n'y avais pas assisté, mais ils avaient réservé un week-end au Retraite avec vue sur la montagne pour une grande réception à la fin de l'été. J'avais hâte de fêter ça avec eux. Tout le monde avait hâte.

— On ne saura jamais comment te remercier de garder Dozer. Chelsea a déverrouillé la porte et est entrée la première, me la tenant ouverte pour que je la suive.

— Oui, vraiment. Je n'avais aucune envie de partager ma femme avec notre chien et notre fils pour notre lune de miel, a dit Derek en regardant Chelsea.

C'était ce qu'elle avait prévu, un plan que j'avais interrompu en me proposant pour garder Dozer.

— Salut, Dozer, ai-je dit en m'agenouillant devant cette bête de chien. Je lui ai gratté les oreilles et le dos, et il s'est tortillé pour avoir plus d'attention.

— Je suis impatiente de passer le week-end avec toi. Je dois aller travailler demain matin pour un petit moment, mais je serai là le reste du temps.

Derek et Chelsea ont tous les deux secoué la tête.

— Tu n'es pas obligée d'être là tout le temps avec lui, a dit Chelsea. Il se débrouille très bien tout seul à la maison.

— Je sais, mais je veux passer le plus de temps possible

avec lui. Je n'en profite jamais assez. Il m'a donné un coup de tête, me faisant presque tomber par terre. J'ai ri, en le repoussant gentiment.

— Tu portes bien ton nom.

— C'est clair que oui. Est-ce que tu veux que je prenne quelque chose pour toi ? demanda Derek. Il avait une valise dans chaque main et se tenait sur le pas de la porte.

— Tu n'es pas obligé. Je pourrai les récupérer plus tard.

Il haussa les épaules. — Je sors charger notre véhicule utilitaire sport. Ça ne me dérange pas de prendre tes affaires en rentrant.

— Tu es sûr ?

— Absolument.

— Merci. Tout est dans le coffre.

— Ça marche.

Je câlinai Dozer pendant que Derek sortait leurs affaires. — Tu as hâte ? demandai-je à Chelsea.

— Oh que oui. On n'a pas beaucoup de temps juste tous les deux. Ce ne sont que quelques jours, mais ça va nous faire vraiment du bien.

— C'est sûr. Et Dozer ira très bien. Natalie va passer samedi ici avec nous, et peut-être Omar aussi. Si ça te va.

— Bien sûr. Dozer les adore.

— Parfait. Je suis vraiment désolée pour le travail demain. Je dois aider à décharger un camion le matin, puis je serai de retour.

— Ne t'en fais pas pour ça. Il est plutôt sage quand on n'est pas là.

— Tant mieux.

— Tu as fait des courses ? demanda Derek, en entrant avec mes sacs de provisions, ma valise et le sac de Dozer.

— Oui. Je ne voulais pas manger votre nourriture, admis-je. — Et j'ai acheté des choses pour Dozer.

— Tu n'avais pas à faire ça, dit Chelsea. — Tu aurais pu manger tout ce qu'on avait.

J'ai secoué la tête. — Ça ne me disait rien de faire ça. Et je voulais qu'il ait quelque chose de neuf, puisque vous partez pour quelques jours. Je sais qu'on s'en sortira très bien tous les deux, mais je voulais qu'il m'apprécie.

— Il t'adore déjà, a dit Chelsea, en hochant la tête vers Dozer qui s'était affalé contre moi et me laissait lui gratter le ventre.

Derek a grogné. — Nos deux loulous vont être malheureux quand on rentrera à la maison.

— Non, lui ai-je dit en riant. — Ils vous adorent. Je m'assure juste qu'il ne soit pas malheureux à cause de moi.

— Je ne me fais aucun souci. On apprécie vraiment que tu sois là.

— Absolument. Allez, partez tous les deux, profitez de votre week-end et ne vous inquiétez de rien. Tout ira très bien.

Je me suis levée, délogeant Dozer de mon flanc. Il a sauté sur ses pattes en même temps que moi et a aboyé.

— Tu vois ? Il dit la même chose.

Chelsea et Derek ont ri.

Chelsea s'est laissé tomber à genoux et a serré Dozer dans ses bras, lui chuchotant de bien se comporter et de m'écouter. Il a posé sa tête sur son épaule comme pour la serrer dans ses bras à son tour.

Elle s'est relevée et Derek a caressé la tête de Dozer.

Je les ai serrés tous les deux dans mes bras, puis je les ai accompagnés jusqu'à la porte, que j'ai refermée derrière eux en leur faisant un signe de la main.

Dozer a aboyé et je me suis tournée vers lui. — Il n'y a plus que toi et moi, mon grand. Qu'est-ce que tu veux faire ?

Dozer a couru vers la porte-fenêtre et est sorti de lui-même pour aller gambader.

Je l'ai suivi, riant en le voyant profiter de son aire de jeux dans le jardin, un cadeau de Derek de l'époque où il avait failli tout gâcher avec Chelsea.

Mon téléphone a sonné pour m'annoncer une alerte et je l'ai sorti.

DOCTEUR GRINCHEUX

Tu es disponible ce soir ? J'aimerais te rencontrer en personne.

Mon cœur a raté un battement. Il voulait me rencontrer ? Nous ne nous parlions que depuis quelques jours. C'était vraiment rapide.

Mais je n'ai pas pu retenir mon sourire.

JOUER POUR TOUJOURS

Je peux me libérer. Tu connais le O'Kelley's à L'anse MacKellar ?

DOCTEUR GRINCHEUX

J'y serai à dix-huit heures.

JOUER POUR TOUJOURS

À tout à l'heure, alors.

Waouh. J'allais rencontrer Docteur Grincheux. Et passer le week-end avec Dozer. Ça commençait bien, mon été.

Il y avait foule chez O'Kelley quand je suis arrivée. Hudson était derrière le bar et je me suis dirigée vers lui. J'étais une femme adulte et assez grande pour être prudente, mais j'étais aussi très consciente que j'allais rencontrer un parfait inconnu et qu'être prudente impliquait de dire à quelqu'un ce que j'avais prévu.

— Salut, Daisy. Qu'est-ce que je te sers ? a demandé Hudson.

J'ai parcouru du regard la rangée d'hommes au bar, qui attendaient tous ma réponse. — Euh, qu'est-ce qui se passe ?

Hudson a fait un signe de tête dans leur direction. — Soirée entre mecs. Omar est venu quelques fois. Natalie ne t'en a pas parlé ?

J'ai secoué la tête et j'ai souri aux hommes. Je les connaissais tous, mais surtout par le biais de leurs femmes et petites amies. Peu d'hommes célibataires faisaient leurs achats dans ma boutique. Heureusement.

— Tu rejoins Natalie ici ? Omar n'a pas mentionné qu'il venait, a dit Patrick.

J'ai de nouveau secoué la tête. — Non. J'ai rendez-vous avec quelqu'un d'autre.

— Qui ? a demandé Hudson. J'ai souri. — Je ne sais pas. C'est une rencontre arrangée, alors j'avance un peu à l'aveugle.

— Donc quand je vois un type qui a l'air perdu, je te l'envoie ? a demandé Hudson.

J'ai gloussé. — Peut-être pas tous les hommes perdus. Je serais occupée toute la nuit.

Les hommes à ma gauche ont éclaté d'un rire qui m'a fait réaliser ce que je venais de dire.

— Franchement, vous vous comportez comme si vous étiez encore au collège, leur ai-je dit, en riant avec eux.

— On pense tout le temps au sexe. On n'y peut rien, a expliqué Hudson. — Mais ils pourraient être plus respectueux.

— Ça ne fait rien. J'aurais ri aussi.

— Tu as bien fait. Parce que c'était drôle, a dit Knox.

J'ai ri.

— Tu veux boire quelque chose ? a demandé Hudson, recentrant l'attention sur la raison de ma présence.

J'ai hoché la tête. — Sans alcool, par contre. Si ça ne te dérange pas.

La moitié des hommes ont levé leur verre, me montrant qu'ils ne buvaient pas d'alcool non plus.

Je leur ai souri en guise de remerciement, reconnaissante qu'aucun d'eux ne me juge.

Hudson a rempli un verre au distributeur. Il a ajouté un quartier de citron vert et un trait de quelque chose de rouge. — J'espère que ça te plaira. Et assieds-toi quelque part où je peux te voir. Il a indiqué de la tête les box à côté du bar. — Juste par sécurité.

— J'allais te demander de garder un œil sur moi. Merci, Hudson.

— De rien. Si tu as besoin de quoi que ce soit, on est tous là pour toi.

— J'apprécie. J'ai pris mon verre et j'ai bu une gorgée, réalisant que je n'avais pas payé. — Je peux ouvrir une ardoise ?

Hudson a secoué la tête. — C'est pour James.

— Hé ! s'est écrié James.

— Mec, c'est ton boulot de protéger les gens, a argumenté Ramsey.

— Ça ne veut pas dire que je dois payer les verres de tout le monde, a grommelé James.

— Hé, bonne idée. C'est James qui paie la tournée de tout le monde, a dit Rowan.

J'ai ri et je me suis éloignée avec mon verre, le levant pour remercier Hudson avant que la dispute ne s'envenime.

Ma jambe vibrait alors que j'attendais, assise, en surveillant la porte pour voir si je pouvais repérer le type qui devait me retrouver avant qu'il ne m'aborde.

Une foule de gens est entrée, bloquant l'entrée, et j'ai abandonné mon duel de regards avec la porte pour me concentrer sur mon verre et cesser de m'inquiéter de la personne qui allait s'asseoir en face de moi.

J'ai vérifié mon téléphone et j'étais sur le point de le ranger quand quelqu'un s'est arrêté à côté de la table. J'ai levé les yeux et souri. Il était mignon. Un peu jeune. Mais j'avais apprécié la plupart de nos conversations, alors j'allais garder l'esprit ouvert.

— Salut, ai-je dit.

— Salut. Hum, vous comptez rester longtemps ?

— Quoi ?

— Je me demandais juste si vous alliez utiliser la banquette encore longtemps. Il a fait un signe de tête en direction de trois autres personnes qui se tenaient à quelques mètres. — On voudrait s'asseoir.

— Euh… Ouah. Comment étais-je censée répondre ?
— Je…

— Excusez-moi, a dit un autre homme. Sa voix était profonde, vibrant à travers la pièce par-dessus le bruit des autres clients.

L'homme qui voulait ma banquette s'est retourné et s'est écarté, le regard fixé sur le nouveau venu.

Le mien aussi. Il était magnifique. Des cheveux bruns coupés court avec soin. Des yeux sombres qui ont croisé les miens et s'y sont accrochés. Une peau légèrement mate. Probablement proche de mon âge, avec de fines ridules autour des yeux et un joli costume qui m'a fait me demander quel genre de médecin il était vraiment.

— Tu es Jouer pour toujours ? a-t-il demandé, sa voix me frôlant.

J'ai résisté à l'envie de frissonner et j'ai hoché la tête, souriant d'une manière que j'espérais accueillante. — Tu es Docteur Grincheux ?

Il a grincé des dents et a hoché la tête en se glissant sur la banquette en face de moi. — Kingsley, en fait. C'est la raison de ma présence.

— Moi, c'est Daisy, ai-je dit, lui tendant la main et ignorant le fait qu'il ne l'avait pas demandé. Peut-être qu'il était nerveux. J'étais nerveuse.

— Daisy. Désolé. Enchanté. Il a secoué la tête et m'a serré la main une demi-seconde avant de me lâcher et de joindre les siennes sur la table.

— Moi aussi, Kingsley. Comment vas-tu ?
Il a pris une grande inspiration et m'a regardée.

Son regard était chargé d'émotion et m'a captivée. Je me suis penchée vers lui, comme si une force invisible m'attirait à lui. J'ai souri, heureuse qu'il ait proposé qu'on se rencontre. C'était rapide, mais c'était la bonne décision.

— Ce n'est pas à moi que vous écriviez, a-t-il dit.

— Quoi ? Recevoir un pichet de bière sur la tête m'aurait semblé plus logique. — Comment ça ?

— C'est ma mère qui a créé le profil.

— Votre mère ? J'ai secoué la tête. — C'est un coup monté par l'un de ces types ? J'ai jeté un coup d'œil dans leur direction, mais à part Hudson, aucun d'eux ne me regardait.

Hudson a haussé les sourcils vers moi, me demandant silencieusement si j'avais besoin d'aide.

J'ai secoué la tête et me suis reconcentrée sur Kingsley.

— Je ne les connais pas. Il les a regardés de plus près. — Je ne crois pas. Mais quoi qu'il en soit, personne ne m'a poussé à faire ça. Je suis en ville pour rendre visite à ma mère, et c'est elle qui a créé le profil. C'est elle qui a tout organisé, et c'est elle qui vous envoyait des messages. Elle ne m'a pas demandé mon avis.

— Mais vous êtes là ?

— Je l'ai découvert plus tôt aujourd'hui. J'étais… Ça n'a pas d'importance. J'ai découvert ce qu'elle avait fait et j'ai demandé à vous voir pour pouvoir vous expliquer en personne. Ça ne me semblait pas correct de faire autrement.

— Donc vous êtes là pour me dire que j'ai eu des conversations avec votre mère toute la semaine dernière. Que vous ne m'avez pas parlé du tout. Que tout ça n'était qu'une blague ou un malentendu, ou quelque chose du genre.

— Oui. Un malentendu. Ma mère est terriblement désolée. J'imagine qu'elle pensait qu'elle me trouverait la femme parfaite et que je plaquerais toute ma vie pour m'installer ici pour de bon, mais ça n'arrivera pas. Et elle vous a entraînée là-dedans, ce pour quoi elle s'est d'ailleurs excusée. Non pas que ça arrange les choses. Je vais vous dédommager pour votre temps, et pour votre verre. Il s'est penché sur le côté pour prendre son portefeuille, l'a ouvert et m'a regardée.

J'ai secoué la tête. — Mon verre était gratuit, et je n'habite pas loin. Je n'accepterai pas votre argent.

— Pour le préjudice moral ?

— Je pensais que tu étais médecin, pas avocat.

— Je le suis.

— Bon, sérieusement, ce n'est pas grave. En fait, c'est une histoire assez drôle. Ta mère s'est fait passer pour toi. Ça ne fait que quelques jours, et je vais bien. Tout va très bien.

— Mais ce qu'elle a fait n'était pas bien.

— Elle t'aime. Elle voulait que tu sois là. Je trouve ça assez exceptionnel qu'un parent aille aussi loin pour passer du temps avec son enfant. Même si tu es un adulte et que tu as ta propre vie.

— Ouais, mais…

J'ai posé ma main sur la sienne et j'ai souri. — Kingsley, ce n'est rien, je te le promets. Je ne suis pas en colère. Je ne dirai rien de mal sur ta mère ou sur toi. C'était un malentendu sans conséquence. Une attention très touchante. Tout va bien. Passe une bonne soirée.

Il a ouvert la bouche pour dire quelque chose, alors je me suis arrêtée. — Tu n'es pas en colère ?

J'ai secoué la tête. — Je te promets que non. Il n'y a pas de quoi être en colère. Ta mère est vraiment géniale. Profite bien de ta visite.

— Merci ?

Je lui ai souri et je me suis éloignée, me dirigeant vers le bar.

Hudson m'a rejointe sur le côté, à l'écart des autres hommes. — Tout va bien ?

J'ai hoché la tête. — Tout va bien. Ce n'est juste pas celui que je croyais.

— Il a dit ou fait quelque chose ?

— Non. Il a été gentil. Ça ne va juste pas le faire. Je vais chez Chelsea et Derek pour passer le week-end avec Dozer.

— Cool. Amuse-toi bien.

— Merci. Bonne nuit, Hudson. Salut, les gars ! J'ai fait un signe de la main aux autres et je me suis dirigée vers la porte.

Ils m'ont tous dit au revoir et je suis partie, prête à enfiler mon pyjama et à recevoir des câlins du meilleur chien du monde.

Dozer m'attendait quand je suis arrivée chez Chelsea et Derek. Il a sauté et aboyé pour me montrer à quel point il était content de me voir.

Ça faisait du bien après l'aveu de Dr Grognon. Je devais lui reconnaître le mérite de s'être excusé alors qu'il n'avait rien fait de mal. C'était plutôt chouette de sa part, mais il n'était manifestement pas l'homme qu'il me fallait, puisqu'il ne cherchait personne.

Dozer a couru dehors et a fait ses besoins dans le jardin avant que nous nous installions sur le canapé. Je me suis mise en pyjama et j'ai donné des nouvelles à Natalie, pour lui dire que j'étais chez Chelsea et que je ne ressortirais pas.

Dozer et moi avons regardé un film, puis nous sommes montés dans la chambre d'amis. Le panier de Dozer était à côté du lit une place. Il s'est couché pendant que je me brossais les dents et que je me glissais dans le lit.

J'ai mis mon réveil et j'ai caressé la tête de Dozer, puis je me suis blottie sous les couvertures et je me suis endormie.

J'ÉTAIS PRESQUE RÉVEILLÉE quand mon réveil a sonné le matin. Un nouvel endroit et des bruits différents ont rendu le sommeil plus difficile que je ne l'avais pensé. Mais ça valait le coup pour passer du temps avec Dozer.

— Tu as besoin de faire pipi dès le matin, toi ? lui ai-je demandé en me dirigeant vers la salle de bain. Moi, toujours.

Il s'est assis dans le couloir, mais il m'a regardée utiliser les toilettes.

— C'est bizarre, mon pote, lui ai-je dit en me lavant les mains. Mais au moins, tu ne me juges pas. Je vais te regarder dans une minute, alors j'imagine que c'est de bonne guerre.

Dozer a aboyé, puis m'a conduite à la porte de derrière.

J'ai ouvert la chatière et j'ai mis en marche la cafetière pendant que Dozer se promenait dehors. Quand il est rentré, le café était prêt, et je commençais à préparer le petit-déjeuner.

Dozer a partagé mon petit-déjeuner, avec l'approbation de Chelsea bien sûr, puis il m'a suivie jusqu'à la salle de bain pour que je prenne ma douche. C'était un peu gênant de me déshabiller devant lui, mais je n'avais pas d'autre choix que de m'y habituer.

Après ma douche, j'ai donné à Dozer l'un des nouveaux jouets que je lui avais achetés et je lui ai dit que je reviendrais bientôt. Il mâchouillait joyeusement son jouet quand je suis sortie dans la lumière du petit matin.

Je suis arrivée au magasin dix minutes avant le camion et j'ai pu le décharger sans aucun problème. Je finissais tout juste de ranger le stock quand Wendy est entrée.

— Salut, dit-elle en posant ses affaires. Je pensais que tu étais en congé aujourd'hui.

J'ai hoché la tête. — C'est le cas. Mais je devais réceptionner le camion.

— Tu aurais dû me le dire. J'aurais pu m'en occuper.

— Ce n'est pas ton travail.

Wendy a secoué la tête. C'était une employée formidable. Toujours à l'heure et désireuse d'apprendre. Sa promotion au poste de directrice du magasin avait été une décision facile. Elle avait sept ans de moins que moi, mais l'âge n'a rien à voir avec la compétence. Les gens avaient douté de moi toute ma vie, et je me refusais à faire la même chose à qui que ce soit d'autre.

De plus, Wendy était plus que capable de faire tout ce que je lui avais jamais demandé.

— On est toutes dans le même bateau, Daisy. J'adore travailler ici, et je ferais n'importe quoi pour t'aider. La prochaine fois, préviens-moi.

— J'espère qu'il n'y aura pas de prochaine fois. Penny va gérer les livraisons à partir de la semaine prochaine.

— Eh bien, alors je lui dirai de me le faire savoir. Ça ne m'aurait pas dérangée.

— Merci, Wendy. J'apprécie beaucoup.

— De rien. Y a-t-il quelque chose que je doive savoir ou dont je puisse m'occuper pour que tu puisses filer ?

J'ai secoué la tête. — En fait, j'étais sur le point de partir. J'ai un rendez-vous torride ce week-end.

— Oh, c'est marrant, ça. Wendy a joué avec son alliance. Les rendez-vous torrides, c'est toujours bien.

J'ai gloussé. — C'est un chien, littéralement, mais je l'adore.

— Euh, d'accord ?

— Je garde le chien d'amis. J'ai toujours voulu un chien, mais je n'en ai jamais eu en grandissant.

— Tu devrais en prendre un. Nous, on a un croisé terrier qu'on a adopté il y a deux ans. C'est une vraie pile électrique, mais je ne l'échangerais pour rien au monde. Je ne peux pas imaginer ma vie sans lui.

— Ah, c'est génial. J'y pense, justement. J'en parlais cette semaine… Je me suis interrompue en réalisant que j'avais eu cette conversation avec la mère de Kingsley.

— Cette semaine ? a demandé Wendy.

— Désolée. Hum, oui, je songe juste à prendre un chien. Peut-être un jour.

Jeff est entré, nous interrompant. — Salut. Daisy, qu'est-ce que tu fais là ?

— Elle n'est pas là ! a dit Wendy, en se plaçant devant moi

pour me cacher de Jeff. — Il n'y a que moi.

J'ai ri et Jeff a hoché la tête. — Ça marche. Ravi de ne pas te voir, patronne !

— Moi de même !

Jeff s'est dirigé vers la salle de pause pour poser ses affaires et Wendy s'est retournée vers moi. — Va-t'en avant que quelqu'un d'autre n'arrive et que tu te retrouves coincée à faire quelque chose. Profite bien de ton week-end.

— Merci, Wendy. Toi aussi.

Wendy m'a fait un signe de la main, puis a suivi Jeff.

Je suis sortie et j'ai expiré profondément quand je me suis retrouvée seule. Je pouvais retourner auprès de Dozer sans plus de retard.

Je chantais en suivant la radio sur le chemin du retour vers la maison de Chelsea. J'étais excitée à l'idée de jouer avec Dozer toute la journée. J'avais vu son aire de jeu dehors, mais je ne l'avais jamais regardée de près. J'étais impatiente qu'il me fasse visiter.

Je me suis garée dans l'allée et j'ai verrouillé ma voiture, me dirigeant vers la maison. J'étais surprise que Dozer n'aboie pas, mais je me suis dit que c'était une bonne chose qu'il soit habitué à moi.

À l'intérieur, la maison était silencieuse. Pas de bruit de pattes, pas d'aboiements, rien. Ça ne ressemblait vraiment pas à Dozer. J'ai fouillé la maison, me demandant où il pouvait bien être. Je suis sortie, pensant qu'il était en train de jouer, mais le jardin était vide.

Mon cœur battait la chamade alors que je me suis préci-pitée à l'intérieur et à l'étage. Il n'était ni dans ma chambre, ni dans celle de Chelsea et Derek. Il était dans celle de Jude, au milieu de son lit.

— Oh, mon grand. Ton ami te manque ?

Dozer a gémi et a reposé sa tête.

— Tu vas bien ? ai-je demandé, comme s'il pouvait me répondre. — Tu veux sortir ?

Il a levé la tête et m'a regardée, puis l'a reposée.

— Qu'est-ce qui se passe ? Je me suis approchée pour m'asseoir sur le lit avec lui.

Il a posé sa tête sur mes genoux et a soupiré lourdement.

Je lui ai caressé la tête. — Ça ne te ressemble pas. Qu'est-ce qui t'arrive, Dozer ?

Il ne m'a pas répondu, bien sûr.

— On descend, mon grand. Tu veux manger quelque chose ? Tu as faim ?

Je savais que ça le faisait toujours réagir, mais là, rien.

Je commençais à m'inquiéter sérieusement. Ce n'était pas son genre. Ça pouvait être la tristesse due à l'absence de Jude, mais ça pouvait aussi être bien pire.

— Allez, Dozer. Tu veux qu'on appelle Jude ?

Il a levé la tête, puis l'a reposée.

Quelque chose n'allait pas chez lui.

— Bon, il faut qu'on aille chez le vétérinaire, Dozer. Tu peux marcher ? Tu arrives à descendre ?

J'ai tiré sur son collier et, heureusement, il a sauté du lit pour me suivre en bas. Il s'est affalé par terre quand nous sommes arrivés dans le salon. J'ai hésité à appeler Chelsea, mais elle était en lune de miel. Je pouvais m'occuper de Dozer. Et si j'avais besoin de l'appeler, je le ferais.

J'ai attaché la laisse de Dozer. Il s'est levé et s'est dirigé vers la porte avec moi. Nous sommes sortis, et il s'est couché à mes pieds pendant que je fermais la maison à clé. Il m'a suivie jusqu'à ma voiture, est monté sur le siège passager et s'est allongé pendant que je me dépêchais de passer côté conducteur.

J'ai gardé une main sur lui pendant que je conduisais, le cœur battant la chamade pendant tout le trajet. Je savais où se trouvait la clinique du Dr Harris, mais je n'y étais jamais allée. Quand je me suis garée, j'ai été soulagée de voir qu'elle était ouverte et qu'il n'y avait que quelques voitures sur le parking.

Dozer est sorti lentement de la voiture, puis m'a suivie à l'intérieur, sans se déplacer très vite. Je suis allée directement à l'accueil, et il s'est couché à mes pieds.

— Puis-je vous aider ?

— Oui, je garde le chien de mon amie, et il ne se comporte pas comme d'habitude. D'habitude, il est très hyperactif et un peu trop remuant, mais là, il reste juste couché. J'ai baissé les yeux vers Dozer.

— D'accord, on va s'occuper de vous bientôt. Comment s'appelle le chien ?

— Bulldozer. Mon amie est Chelsea Bailey, ou peut-être Moss. Elle vient de se marier, donc je ne sais pas à quel nom il est enregistré.

— Je l'ai. Elle a encore cliqué sur deux ou trois trucs et a levé les yeux vers nous juste au moment où la porte de l'arrière-salle s'est ouverte. — Oh, Sheila, pouvez-vous emmener Bulldozer dans une salle d'examen ?

— Bulldozer ? Sheila a regardé autour d'elle. — Il ne peut pas y en avoir un deuxième. Où est-il ?

— Il est là, lui ai-je dit, en montrant la masse que formait le chien par terre à côté de moi. — Je crois qu'il est malade.

— Vous devez être l'amie de Chelsea. Elle a appelé la semaine dernière pour dire que quelqu'un serait avec lui pendant leur absence. Daisy ?

J'ai hoché la tête, me sentant mieux que quelqu'un le connaisse. — Oui. Merci beaucoup. Je ne sais pas si Jude lui manque ou s'il se passe autre chose.

— Il vaut vraiment mieux jeter un œil. Je vais vous installer dans une salle et le Dr Harris arrivera bientôt.

— Merci infiniment.

Dozer a marché avec Sheila, la suivant lentement. Je l'ai regardé fixement, inquiète. Il fallait qu'il aille bien.

Sheila a pris les constantes de Dozer et nous a parlé pendant quelques minutes. — A-t-il mangé quelque chose qu'il n'aurait pas dû ?

J'ai secoué la tête. — Pas que je sache."

— D'accord. On revient vite. On va découvrir ce qui se passe. Promis."

— Merci, Sheila."

— De rien." Sheila est sortie, me laissant seule avec le chien le plus pitoyable du monde.

J'ai caressé la tête de Dozer et j'ai essayé de nous calmer tous les deux. Je lui ai gratté les oreilles. Je lui ai parlé.

Et j'ai attendu.

Et attendu.

Et attendu.

Presque une heure s'est écoulée, et le Dr Harris n'était toujours pas entré.

Nous n'avions pas de rendez-vous, mais je pensais quand même que nous serions vus rapidement. Mes joues se sont empourprées. Nous n'étions pas importants. Le chien était malade, mais tout le monde s'en fichait.

Moi, je m'en souciais.

J'étais sur le point de quitter la pièce pour trouver quelqu'un qui ausculte Dozer quand j'ai entendu une voix dehors. Je n'étais pas sûre de ce qu'il disait, mais s'il n'entrait pas, j'allais sortir et le trouver.

La poignée de porte a tourné. La porte s'est ouverte.

Et mon cavalier de la veille est entré nonchalamment.

6

KINGSLEY

J'ai levé les yeux de ma tablette et je me suis arrêté net. La blonde de la veille, celle à qui j'avais failli ne pas me confesser, celle à laquelle j'avais pensé toute la nuit, était là.

Était-elle réelle ? Étais-je en train de faire un AVC et de l'imaginer ?

J'ai secoué la tête. Non. Elle était bien là. Et elle serrait un chien dans ses bras.

Le chien.

Je me suis éclairci la gorge. — Euh, bonjour. Il est écrit Chelsea, ici ?

Elle a eu un mouvement de recul, comme si elle était surprise. — Non. Je suis Daisy. Je garde le chien de Chelsea. Lui, c'est Dozer. Et il ne va pas bien du tout.

J'ai fermé la porte et j'ai essayé d'assimiler ce que je savais jusqu'à présent. La femme que j'avais rencontrée la veille était dans mon cabinet. Et je l'avais fait attendre une heure parce que Sheila avait tenté de me convaincre d'entrer, et que j'avais refusé.

Pas parce que je ne voulais pas aider, mais parce que nous

avions d'autres patients. Des patients avec des rendez-vous. Et Sheila n'allait pas m'influencer.

Mais il y avait une femme très inquiète que j'avais fait attendre à cause de ma mesquinerie.

— Je vous présente mes excuses pour avoir mis autant de temps. J'ai avancé vers le chien, mais elle a levé la main.

— Qu'est-ce que vous faites ici ? Je devais voir le Dr Harris.

Je me suis arrêté et j'ai pris une seconde. J'étais déjà passé par là de nombreuses fois, mais mon cerveau était parti en vrille en la voyant. — Navré. Je suis le Dr Harris. Enfin, l'un d'entre eux. C'est le cabinet de mon père, et je le remplace. Il a eu une crise cardiaque la semaine dernière.

— Oh. Je suis vraiment désolée. Je ne savais pas. Euh, donc vous êtes vétérinaire ?

J'ai hoché la tête et je me suis approché de l'énorme chien étendu sur le sol, l'air particulièrement pitoyable. — Oui. Cela vous convient-il que je m'occupe de lui ?

Daisy a hoché la tête et a reporté son attention sur le chien à ses pieds. — D'habitude, il est très actif. Amical et un peu fou, pour être honnête. Je ne l'ai jamais vu comme ça. Je ne sais pas ce qui ne va pas.

— D'accord, eh bien, nous allons l'examiner et peut-être faire quelques analyses. — Je me suis assis par terre devant le chien et je lui ai tendu la main.

Bulldozer a reniflé ma main, mais il ne s'est pas déplacé pour faire plus que ça.

Ce n'était pas bon signe. Même les chiens anxieux auraient réagi. Il n'était pas agressif, et les notes dans son dossier disaient que c'était un chien joueur et actif. Ce chien n'était ni l'un ni l'autre.

— Qu'est-ce qui se passe, Bulldozer ? Tu as mangé quelque chose que tu n'aurais pas dû ? ai-je demandé au chien.

Il a gémi, un son qui m'a serré le cœur. J'adorais mon travail, mais je savais reconnaître le son de la douleur. Et quand il s'agissait d'animaux, ce son était pire parce qu'ils n'avaient aucun moyen de dire ce qu'ils ressentaient jusqu'à ce que ça les cloue sur place.

— Il n'a jamais fait ce bruit. — Daisy s'est assise par terre à côté de moi, en frottant le dos du chien. — Il faut qu'il aille bien. Je leur ai promis que je prendrais soin de lui.

Les larmes dans sa voix ont provoqué une décharge en moi. Je voulais la protéger. Dissiper sa douleur.

Mais je ne pouvais pas. Pas encore. Je devais me concentrer sur le chien, pas sur la femme blonde qui me mettait dans tous mes états pour plus d'une raison.

J'ai regardé dans les oreilles et la gueule de Bulldozer. J'ai vérifié ses pattes, puis j'ai palpé son corps, en attendant un jappement. Quand j'ai appuyé sur son ventre, il a grogné.

— Il n'a jamais grogné sur personne, — a chuchoté Daisy.

— Il a mal. Je soupçonne qu'il a mangé quelque chose. J'aimerais faire une radio rapide pour confirmer et voir ce qui le dérange.

— Oh, non. Est-ce qu'il va s'en sortir ?

— La plupart du temps, les chiens évacuent ce qu'ils mangent. Votre amie vous a-t-elle dit qu'il aimait manger des choses bizarres ?

Daisy a secoué la tête, ses cheveux blonds dansant sur ses épaules. — Non. Elle n'a jamais rien dit. Je ne sais pas ce qu'il a mangé. Je n'ai pas... Je lui ai acheté de nouveaux jouets. Aurait-il pu en manger un ?

— C'est possible. On va jeter un coup d'œil rapide et on avisera à partir de là.

— D'accord. Merci, King-Docteur Harris.

J'ai hoché la tête, avec l'envie de la corriger. Je voulais entendre mon nom sur ses lèvres.

Ce qui signifiait que je devais m'éloigner de cette femme. Et vite.

Je m'étais juré d'aimer ma femme pour le reste de ma vie. Peu importait que sa vie ait été écourtée. J'aimais toujours Faith. Je n'avais pas de place dans mon cœur pour une autre femme.

J'ai fait sortir Bulldozer de la pièce, reconnaissant qu'il puisse marcher. C'était bon signe qu'il ne reste pas simplement couché là à refuser de bouger. La salle de radiographie était vide, alors je l'ai guidé sur la table et j'ai pris quelques clichés rapides.

J'ai soupiré, me sentant à la fois mieux et moins bien. Il avait clairement mangé quelque chose. Très probablement un jouet. Mais la bonne nouvelle, c'est que ça traversait son système digestif et que ça sortirait probablement d'ici la fin de la journée.

— Allons retrouver Daisy, Bulldozer. Le chien s'est levé quand j'ai pris sa laisse et m'a suivi hors de la salle de radiographie.

— Dozer ! s'est exclamée Megan, tombant à genoux devant le chien dès que nous sommes entrés dans le couloir. Elle travaillait à la clinique depuis des années, d'abord comme bénévole et maintenant comme technicienne. Elle apprenait encore, mais elle était intelligente et douée avec les animaux.

La queue de Bulldozer s'est mise à remuer quand elle lui a caressé la tête. C'était le premier signe de vie que je voyais de la part du chien.

— Une radio ? Il va bien ? a demandé Megan, sans me regarder, concentrée sur le chien.

— Il a mangé un jouet. Ça va sortir.

— Vous voulez que je le sorte une minute ?

Bulldozer s'est mis à danser sur place, un signe quasi certain qu'il avait besoin de faire ses besoins.

— Oui, c'est une bonne idée. Merci, Megan. On est dans la salle deux.

Elle a attrapé la laisse et s'est relevée. — Je reviens tout de suite. Elle s'est dirigée vers la porte de derrière, Bulldozer la suivant de près.

J'ai frappé à la porte de la salle d'examen, puis je suis entré.

Daisy a levé la tête. Elle a rapidement essuyé les larmes qui coulaient sur ses joues et a cherché Bulldozer du regard derrière moi. — Est-ce qu'il va bien ? S'il vous plaît, dites-moi qu'il va s'en sortir. Où est-il ? Oh mon Dieu, c'est si grave que ça ? Ses jolis yeux marron se sont écarquillés et la panique l'a envahie. Sa lèvre inférieure tremblait, et j'ai perdu toute capacité à lui résister.

Je me suis approché d'elle et l'ai prise dans mes bras. Elle tremblait, ses bras serrés autour de moi. Elle y était parfaitement à sa place. Sa tête arrivait juste en dessous de mon menton, ses courbes douces se moulant à mon corps. Elle sentait l'air frais et les boîtes en carton. Et la peur.

— Bulldozer va s'en sortir. Un des techniciens l'a emmené dehors pour voir s'il voulait faire ses besoins. Je ne voulais pas vous inquiéter.

— Il va bien ? Vous en êtes sûr ? Elle s'est éloignée de moi, et son absence a été une punition instantanée pour l'avoir tenue dans mes bras.

Je me suis raclé la gorge. — On dirait qu'il a mangé un jouet, quelque chose en plastique ou en caoutchouc, peut-être ?

Elle a dégluti et hoché la tête. — C'était un hot-dog. Je pensais que ça lui plairait.

— Il est clair que ça lui a plu. Un peu trop. Malheureusement, je vois ça souvent avec les jouets qui ressemblent à de la nourriture. Les animaux ne comprennent pas toujours que ce n'en est pas.

— Ça ne sentait pas bon.

— Les chiens se roulent dans des animaux morts et des excréments. Ils ne font pas toujours des choix très intelligents.

Elle a reniflé. — C'est noté.

J'ai souri, puis j'ai réprimé mon sourire. — Quoi qu'il en soit, il va s'en sortir. On dirait que ça traverse son système et que ça va ressortir. Probablement aujourd'hui.

— Et après, il se sentira mieux ?

J'ai hoché la tête. — Oui. Il devrait être de retour à la normale.

Un coup frappé à la porte a interrompu notre conversation. Megan a fait entrer Bulldozer, le félicitant d'avoir été sage. — Il ne s'est pas débarrassé du jouet, mais il a fait pipi. C'est bon signe.

— Tant mieux. Je vous remercie. Je l'ai laissé seul hier soir… Daisy m'a jeté un regard, puis s'est rapidement reconcentrée sur Bulldozer. — J'ai dû aller travailler un petit moment ce matin. Je ne sais pas quand il l'a mangé.

Megan a secoué la tête. — On a vu de tout. Le mois dernier, le Dr Harris a dû opérer un chien qui avait mangé une paire de lunettes de soleil, un torchon et un body pour bébé, le tout en l'espace de quelques heures. Manger un jouet, ce n'est rien à côté.

Daisy a ri en secouant la tête. — Je suis soulagée que Dozer n'ait mangé qu'un jouet. Mais il n'est pas à moi, alors je m'en veux quand même.

— Il s'en sortira, a dit Megan. Elle a rendu la laisse à Daisy. — Désolée. J'allais oublier. Au revoir !

— Au revoir. Merci !

Megan lui a fait un signe de la main et a quitté la salle d'examen soudainement exiguë.

Daisy a levé les yeux vers moi. — Y a-t-il quelque chose que je devrais faire pour l'aider ?

— Non. Malheureusement, vous n'avez plus qu'à attendre que ça passe.

— Je dois le dire à mes amis, n'est-ce pas ? Son visage s'est tordu de douleur et de regret.

Cette envie de tout arranger pour elle est revenue. Je voulais la réconforter. Soulager sa peine, même si je n'en étais pas la cause. La veille, elle avait clairement fait comprendre que je n'étais pas important pour elle, que ma présence lui importait peu. Ça me dérangeait. Plus que je ne voulais l'admettre ou y réfléchir. Ce qui signifiait que je devais rester professionnel. — Ils devraient être au courant, mais je ne connais pas la situation et je ne sais pas si leur dire maintenant est la bonne chose à faire. C'est entièrement à vous de décider. S'ils sont loin, attendre leur retour ne pose pas de problème. Ils ne pourraient rien faire même s'ils étaient là.

— Je me sens mal de ne pas leur dire tout de suite. Ils m'ont fait confiance et moins de vingt-quatre heures après mon arrivée, le chien est à peine fonctionnel.

— Il va bien. Vous avez bien fait de l'amener ici. Je m'excuse d'avoir mis autant de temps à venir.

Elle a plissé les yeux en me regardant. — Je comprends. Enfin, si j'avais su que vous étiez là, j'aurais probablement attendu avant de venir. Heureusement que je ne l'ai pas fait, mais je ne vous reproche pas de m'avoir évitée.

— Ce n'était pas ça. Je n'avais pas réalisé que vous étiez là.

— Oh. Elle pinça les lèvres et caressa la tête de Bulldozer. Sa gorge se noua alors qu'elle déglutissait. De nouveau, les larmes lui embuèrent les yeux.

Je posai ma main sur son épaule. La décharge qui me traversa était tout à fait inopportune. Je devais m'éloigner de cette femme. Je n'avais jamais été tenté. Et ça n'allait pas commencer maintenant. Mais pour une raison que j'ignorais, je ne bougeai pas.— Je n'aurais pas dû vous faire attendre. Je vous présente mes excuses pour cela.

Elle inspira brusquement, et ma main se souleva avec sa poitrine. Elle leva les yeux vers moi, ses prunelles brunes m'aspirant. Elle se pencha en avant.

Je fis de même. Une force invisible m'attirait vers elle.

Un chien aboya dehors, et nous sursautâmes tous les deux.

Je retirai ma main de son épaule.

Elle recula d'un pas, se plaquant contre le mur.

Je m'éclaircis la gorge.— Je vous suggérerais une visite de contrôle. La semaine prochaine, peut-être. Si cela vous est possible.

— Chelsea et Derek seront rentrés d'ici là. Je leur dirai à leur retour de lune de miel pour qu'ils puissent prendre rendez-vous.

— Une lune de miel ?

Elle hocha la tête.— C'est pour ça que je ne veux pas les déranger. Si c'était autre chose, je le ferais.

— Devez-vous retourner travailler, ou resterez-vous avec Bulldozer le reste de la journée ? Il peut rester ici si vous avez besoin que quelqu'un le garde.

Elle secoua la tête avant même que j'aie fini de parler.— J'ai pris le reste de ma journée. Le week-end aussi. Il ne restera plus seul.

— D'accord. Eh bien, si vous avez besoin de quoi que ce soit… Je plongeai la main dans ma poche et me rendis compte que je n'avais pas de cartes sur moi.— Hum, la réceptionniste peut vous donner une carte. En fait, je vais vous noter mon numéro. Au cas où vous auriez besoin d'appeler en dehors des heures d'ouverture.

— Tout ira bien. Chelsea a le numéro d'urgence sur le frigo. J'appellerai si besoin. Merci, Docteur Harris. Elle tira doucement sur la laisse de Bulldozer, et le chien la suivit.

J'avais envie de faire de même.

— Au revoir, dit-elle en se tournant vers la sortie.

— Au revoir. Je l'ai regardée s'éloigner, me détestant pour ça, mais incapable de résister. Je ne la reverrais pas. C'était impossible.

— Dr Harris ? a dit Sheila derrière moi.

Je me suis retourné en lui lançant un regard noir.

— Le patient de la salle trois est prêt pour vous.

J'ai hoché la tête et je l'ai frôlée en passant. Retour au travail.

J'AI HÉSITÉ à contacter Daisy tout l'après-midi et une partie de la soirée. Ça aurait été déplacé, mais je n'arrêtais pas de penser à elle.

Elle se souciait de Bulldozer, même si ce n'était pas son chien. C'était une bonne personne, et elle méritait mieux que la façon dont je l'avais traitée lors de nos deux rencontres.

Quand la journée a enfin été terminée et que les animaux de L'anse MacKellar étaient en sécurité, soignés et rentrés chez eux, je me suis de nouveau assis dans le bureau de mon père. J'avais promis à Isla que je prendrais mon lendemain de congé, alors je faisais tout mon possible pour terminer toute la paperasse de la semaine.

Le cabinet était calme, ce qui me permettait de réfléchir plus facilement. L'agitation de la journée était une bonne chose, mais le calme de la nuit était encore meilleur. Surtout lorsqu'il s'agissait du travail fastidieux des dossiers.

J'ai tout terminé bien plus vite que prévu, heureux de constater que la plupart des dossiers avaient été mis à jour pendant la journée sans mon intervention. Le nom de Sheila dessus était suffisant pour que je vérifie son travail, mais je n'ai pu y trouver aucune erreur.

C'était une bonne chose, non ? Ça aurait dû être une bonne chose. Au lieu de ça, je me suis senti frustré et agacé en fermant le cabinet à clé et en me dirigeant vers mon VUS.

Isla et moi étions en ville depuis dix jours. Dix jours d'épuisement et de souvenirs douloureux que je ne voulais pas revivre. Je n'avais pas passé assez de temps avec Isla pendant ces dix jours, mais j'avais du mal à rentrer voir ma mère après avoir passé toute la journée avec Sheila.

J'ai décidé de faire un tour le long du fleuve Saint-Laurent avant de rentrer. La soirée était agréable, et le temps était parfait pour une balade les fenêtres baissées.

La vie de père célibataire ne me laissait pas beaucoup de temps pour être seul. Je ne pouvais pas aller faire un tour en voiture, quitter la ville ou faire toutes ces choses que la plupart des gens font sans y penser à deux fois. Mes cours de formation continue étaient tous en ligne, pour que je puisse les suivre quand Isla dormait ou lorsque je prenais des congés.

L'été était censé être une période amusante pour nous. Elle entrait en maternelle à l'automne. Une autre étape importante que Faith manquerait. Une autre étape pour laquelle Isla n'aurait pas sa mère à ses côtés.

Faith aurait su comment gérer l'été avec mes parents. Elle aurait été capable de combler le fossé. Être là pour ma mère était la bonne décision, mais être de retour à L'anse MacKellar ravivait tant de souvenirs. Des bons comme des mauvais.

Mais les souvenirs n'étaient pas la seule chose que mon retour à L'anse MacKellar faisait resurgir. Daisy. Je ne pouvais pas m'arrêter de penser à elle. Tandis que je conduisais, je me demandais ce qu'elle faisait. Je me demandais où elle vivait. Je me demandais si elle pensait à moi.

J'ai secoué la tête et chassé son image de mes pensées. Je ne savais pas pourquoi elle était la seule femme depuis Faith à avoir attiré mon attention, mais ça n'avait pas d'importance. Je devais penser à Isla. Je n'allais pas rester dans le coin. Ça ne servirait à rien d'apprendre à connaître Daisy.

Même si la tentation était forte.

J'ai fait demi-tour avec le véhicule utilitaire sport et j'ai repris la direction de la maison de ma mère. Peut-être que rester occupé était la meilleure chose à faire. Ça voulait dire que je n'avais pas le temps de penser à Daisy, à mon père ou à toutes les autres choses que j'évitais. Ça voulait dire que j'étais concentré et que je faisais avancer les choses.

Je me suis garé dans l'allée et j'ai attrapé mon sac. Le rire d'Isla a été la première chose que j'ai entendue en entrant, suivi de la voix de ma mère. Dans la cuisine.

J'ai posé mon sac et je me suis dirigé dans cette direction, me demandant ce que j'allais trouver. Je n'étais pas préparé à trouver une enfant couverte de farine, debout sur un tabouret, un rouleau à pâtisserie à la main. — Qu'est-ce qui se passe ici ?

Isla a poussé un cri aigu et a sursauté. Le bras de Maman s'est enroulé autour d'elle avant qu'elle ne perde l'équilibre.

— C'est une surprise, a déclaré Isla, faisant la moue pour me faire comprendre que j'avais gâché la surprise.

— Ça veut dire que je dois partir ?

— Oui, a dit Isla.

— Ton papa n'est pas obligé de partir, a dit Maman.

J'ai secoué la tête. — Ce n'est pas grave. Je dois prendre une douche de toute façon. Ça te laisse assez de temps pour finir ma surprise ? Les fraises et la rhubarbe sur le comptoir suffisaient à me révéler quelle était la surprise, mais je n'allais pas la gâcher pour Isla.

Isla a regardé maman, et maman a hoché la tête. Isla s'est retournée vers moi. — Oui.

— D'accord. Je reviens vite. Et après, tu devras me dire ce que c'est, cette surprise.

Isla s'est remise au travail, toute concentrée sur sa tâche.

Maman m'a fait un clin d'œil, sachant que je savais déjà ce qu'elles fabriquaient.

Merci, ai-je articulé sans un son.

Elle a souri et a fait un signe de tête en direction du couloir.

Oui, j'avais compris le message. Déguerpir avant que la fillette de quatre ans ne me surprenne planté là. Je suis allé dans le couloir jusqu'à ma chambre et j'ai trouvé des vêtements propres. Je les ai emportés dans la salle de bains et j'ai fait couler la douche pour qu'elle chauffe pendant que je me déshabillais.

C'était ce dont j'avais besoin dans ma vie. Passer du temps avec ma personne préférée. Isla effacerait toute pensée de Daisy. Exactement comme je le voulais.

7

DAISY

Troisième sortie de la soirée. C'étaient là les aspects beaucoup moins glamour de la vie avec un animal de compagnie dont personne ne vous parle. J'imaginais que c'était pareil, dans une certaine mesure, quand on avait un bambin en plein apprentissage de la propreté, d'après les conversations de notre club de lecture.

Comme je n'avais ni l'un ni l'autre, je n'étais pas préparée à courir après Dozer dans le jardin pour examiner sa crotte. Wow.

Mais c'était ma responsabilité, et c'est moi qui lui avais donné le jouet qu'il avait mangé, alors je devais assumer.

Dozer leva les yeux vers moi depuis sa position accroupie.

— Moi non plus, je n'ai pas envie d'être plantée là à te regarder, lui dis-je.

Il gémit, puis grogna.

— Oh, pitié, dis-moi que c'est la bonne.

Il a fait un autre bruit, un son que je n'étais pas sûre d'avoir déjà entendu, puis il a filé. Droit vers la maison.

— Merde, sifflai-je. Est-ce que je devais le poursuivre ou examiner la crotte d'abord ?

Mon Dieu, quelle question.

Je croisai les doigts pour qu'il ne fasse pas de dégâts dans la maison et j'éclairai le tas de caca qu'il avait laissé derrière lui avec la lampe de poche de mon téléphone. Avec, au milieu, un hot-dog autrefois jaune vif et rouge.

— Dieu merci, soufflai-je. Je n'aurais rien désiré de plus que de laisser le tas là où il était, mais je devais m'assurer qu'il ne fasse pas quelque chose d'encore plus dégoûtant, comme le manger. Encore une fois. Je n'avais aucune idée de ce dont il était capable, alors j'ai retourné le sac à crottes en plastique sur ma main et j'ai attrapé le jouet.

— Beurk, m'exclamai-je en tenant le jouet chaud et couvert de caca. J'ai remis le sac à l'endroit et je l'ai noué. Je suis allée directement à la poubelle pour y déposer le trophée, puis j'ai couru à l'intérieur pour me récurer les mains. Trois fois.

Quand j'ai eu fini, je suis partie à la recherche de Dozer. Il n'était pas en bas, ce qui m'a rendue un peu nerveuse. Je suis montée à l'étage et j'ai regardé dans les chambres jusqu'à ce que je le trouve par terre, à côté du lit de Jude.

— On va le voir demain, dis-je à Dozer. Tu veux une friandise parce que tu as été un bon toutou ?

Ses oreilles se sont dressées au mot « friandise » et il a bondi sur ses pattes. C'était le plus grand signe de vie que j'avais vu de sa part de toute la journée. J'ai poussé un soupir de soulagement.

— Tu es si sage, lui dis-je alors que nous retournions à la cuisine. J'ai attrapé la boîte de friandises et j'en ai brandi une.

Il s'est assis, attendant patiemment, exactement comme on le lui avait appris.

Je ne pouvais pas lui faire faire d'autres tours après ce

qu'il avait enduré, alors je lui ai donné la friandise et je l'ai félicité d'avoir expulsé le hot-dog.

Il m'a suivie jusqu'au salon, où je regardais un film à l'eau de rose sur deux personnes qui tombaient amoureuses au fil des années de leur amitié.

— Ça a l'air si facile, dis-je à Dozer. Tomber amoureuse de son ami. Je n'ai jamais trouvé que l'amour était si simple. Mais ça marchera un jour.

J'ai pensé au Dr Harris, mais j'ai secoué la tête. C'était un homme très gentil, et séduisant, mais il avait été clair sur le fait qu'il ne cherchait pas de relation.

Quelqu'un d'autre le chercherait.

Je me suis connectée à À la Recherche du Héros Littéraire Parfait et j'ai vérifié s'il y avait de nouvelles compatibilités. Il y en avait deux, mais aucune d'elles n'avait le même magné-tisme que Docteur Grincheux.

J'ai rangé mon téléphone et j'ai regardé le film. Je ne voulais pas sortir avec quelqu'un juste parce qu'il était dispo-nible. Il fallait que ça semble juste. Je trouverais cette personne un jour.

Dozer avait totalement retrouvé son état normal quand la mère de Jude et Chelsea est venue le lendemain. J'ai avoué à Cathy ce qui s'était passé avec le jouet, et elle a ri.

— Oh, ma pauvre. Tu aurais dû m'appeler, a dit Cathy.

J'ai secoué la tête. — Je ne voulais pas t'embêter avec ça. Nous sommes allés chez le vétérinaire, et il nous a dit qu'on ne pouvait rien faire d'autre qu'attendre.

— Je croyais que le Dr Harris était à l'hôpital.

— Quoi ? Vraiment ? ai-je lâché. Je l'avais vu la veille.

— Oh, tu as rencontré Kingsley, a poursuivi Cathy. J'avais oublié qu'il était en ville.

— Oui, désolée. Je n'y ai pas pensé. Je n'ai jamais rencontré son père.

— Kingsley a grandi ici. Il était dans la même promotion que ma nièce, Élise. Je ne l'ai pas vu depuis des années.

— Je ne savais pas qu'il était du coin, ai-je dit, en essayant de ne pas paraître trop avide d'informations sur l'homme qui n'allait absolument pas devenir mon obsession.

Cathy a hoché la tête. — Il l'était. Un garçon adorable. Il aidait toujours à la clinique de son père. Il adorait son père et a fait des études de vétérinaire. Puis, un an avant la fin de ses études, lui et sa fiancée ont arrêté de revenir ici pour rendre visite.

— Elle était d'ici, elle aussi ?

— Non, ils se sont rencontrés à l'université. Une femme magnifique. Tellement gentille. Toujours amicale et bien-veillante. Ils semblaient si parfaits ensemble.

— Que s'est-il passé ?

— Un accident de voiture, d'après ce que j'ai entendu.

— Oh. Mon cœur s'est serré pour l'homme grincheux que j'avais rencontré. L'homme qui n'était pas intéressé par les rendez-vous et qui était probablement encore amoureux de sa femme. Je ne pouvais pas rivaliser avec ça. Je ne voulais même pas essayer.

— Ça fait trois ans, peut-être quatre. Sa mère et moi étions amies autrefois. Ça fait des années que je n'ai pas vu Tina. Je pensais aller prendre de ses nouvelles, puisque Gregory est à l'hôpital. Voir comment elle va.

— J'imagine que ça doit être difficile, et je suis sûre qu'elle apprécierait la visite d'une amie.

Cathy a hoché la tête. — Je pense que tu as raison. Peut-être la semaine prochaine, quand Jude sera à la colo. Natalie a fait un travail tellement formidable avec cet endroit. Jude adore y aller, et il adore Natalie.

J'ai eu un grand sourire. Ma meilleure amie était géniale.

— Comment ne pas l'aimer ? ai-je ri.

Cathy a souri. — Je suis d'accord. Et le maire aussi. Je suis si contente qu'ils se soient trouvés. Et toi, tu es la prochaine ?

J'ai ri. — Je l'espère. Mais je sais que ça arrivera. Je reste à l'affût.

— Tant mieux. Si j'en vois un de bien, je te l'enverrai.

— Merci, Cathy.

— Mamie, on peut prendre un goûter ? a demandé Jude, en accourant avec Dozer sur les talons.

— Bien sûr. Si ça ne dérange pas Mme Daisy.

Je me suis levée. — C'est sa maison. Je ne fais que l'emprunter pour un petit moment. Ne vous privez de rien pour moi.

— Merci, Daisy. Tu veux un goûter, toi aussi ? m'a demandé Cathy.

— Je veux toujours un goûter. Voyons voir ce que nous avons.

Nous sommes entrées tous les quatre pour échapper à la chaleur de l'été.

Natalie a passé le samedi soir avec Dozer et moi, s'installant confortablement sur le canapé. Le dimanche matin, elle est allée voir Omar, et pour le reste du week-end, Dozer et moi étions seuls.

C'était un week-end parfait. Nous avons fait des promenades, j'ai rencontré ses voisins, et j'ai compris qu'avoir un chien donnait beaucoup plus de travail que je ne l'avais jamais imaginé, mais que c'était aussi beaucoup plus amusant.

Surtout quand je savais qu'il y avait des gens pour s'occuper de la boutique quand j'avais besoin d'être avec Dozer.

Lundi après-midi, j'avais déjà fait mes valises et tout chargé à l'arrière de mon véhicule utilitaire sport avant que Chelsea et Derek ne rentrent. Je me suis dit qu'ils seraient épuisés et qu'ils auraient envie de se détendre, alors je me suis assurée que la maison soit propre, que les draps que j'avais utilisés soient lavés et rangés, et que Dozer ait mangé et ait été promené, pour qu'ils n'aient plus qu'à se relaxer pour la soirée.

Des phares ont éclairé les fenêtres du salon, mettant Dozer en état d'alerte maximale. Il est allé à la fenêtre, puis il a aboyé et a couru vers la porte.

Quelques secondes plus tard, la porte s'est ouverte et Chelsea a fait reculer Dozer, qui était très excité, pour pouvoir l'accueillir avec un gros câlin et de grands éclats de rire.

— Tu as passé un bon week-end avec Daisy ? Tu es content de nous voir ? Oh, tu es si sage. — Chelsea a levé les yeux vers moi. — Salut.

Je lui ai fait un signe de la main. — Salut ! Comment s'est passé votre voyage ?

Chelsea a soupiré pendant que Derek entrait avec leurs bagages. — C'était merveilleux. Je ne me suis pas rendu compte à quel point nous étions occupés jusqu'à ce que nous ayons quelques jours sans toute l'agitation de nos vies. Une partie de moi a trouvé que ça lui manquait…

Derek a poussé un grognement. — Elle n'a pas tenu en place le premier jour.

— Je… Non, c'est vrai, — a reconnu Chelsea en riant. — J'étais tellement habituée à travailler, à promener Dozer et à avoir Jude qui s'affairait partout que c'était si calme sans tout ça.

— Eh bien, je l'ai promené aujourd'hui pour que vous puissiez vous détendre ce soir. Je sais que Jude rentre demain. Et il y a une chose que vous devez savoir.

Derek et Chelsea se sont tous les deux figés et m'ont regardée.

— Tout va bien maintenant. Je vous le promets. Mais Dozer a mangé l'un des jouets que je lui avais achetés. Je l'ai emmené chez le vétérinaire, et le Dr Harris a dit qu'il irait bien. Le jouet est ressorti, et il va très bien depuis. Je suis désolée de ne pas vous avoir appelés, mais je voulais que vous profitiez de votre week-end, et le Dr Harris a dit que de toute façon, vous n'auriez rien pu faire, mais je ne veux pas que vous me détestiez de ne pas vous avoir prévenus. Ta mère a dit que ce n'était pas grave, mais je ne lui ai rien dit non plus avant que tout soit fini, alors ne lui en veux pas.

Chelsea s'est avancée et a passé ses bras autour de moi, m'attirant dans une étreinte qui me fit taire. — Merci d'avoir été là pour lui.

Je lui ai tapoté le dos. — De rien, je suppose ?

Elle a eu un petit rire et a reculé d'un pas. — Je suis sérieuse. Les chiens mangent des trucs bizarres. Il n'a pas souvent fait ça, mais il a mangé des pommes de pin et des bâtons. Je ne crois pas qu'il ait jamais mangé de jouet, mais la plupart de ses jouets sont gros, alors peut-être qu'il ne pouvait tout simplement pas le mettre entièrement dans sa gueule. Quoi qu'il en soit, merci d'avoir veillé sur lui."

— Je suis vraiment désolée que ce soit arrivé. J'ai ramassé tous les jouets que je lui avais apportés et je les ai mis dans ma voiture pour qu'il n'en mange pas un autre. Le Dr Harris a dit que parfois, les chiens confondent les choses qui ressemblent à de la nourriture."

— Ce n'est pas grave."

— Il a suggéré une visite de contrôle cette semaine. Je ne voulais pas prendre un rendez-vous sans savoir si vous seriez disponibles, mais je peux l'emmener de nouveau si tu veux. Je me suis simplement dit que vous aimeriez que le médecin vous confirme que tout va bien."

— Oui, on les appellera demain matin. Le Dr Harris est vraiment bon, cela dit, alors s'il a dit qu'il n'y a pas à s'inquiéter, je ne m'inquiète pas."

— Tu le connais ? ai-je demandé.

Chelsea a gloussé. — Bien sûr. C'est le vétérinaire de Dozer."

— Oh, tu veux dire… Le Dr Harris que j'ai rencontré est apparemment son fils. C'est ce que ta mère a dit. J'oublie tout le temps qu'ils sont tous les deux Dr Harris parce que je n'ai rencontré que Kingsley, mais évidemment, c'est logique."

— Kingsley ? Ouah. Je ne l'ai pas vu depuis des années. Il est de retour ? a demandé Chelsea.

J'ai hoché la tête. — Ouais, pour l'instant, j'imagine. Mais je suis sûre qu'il est génial. Vous devriez appeler demain, histoire de vérifier que tout va bien."

— C'est ce qu'on fera. Merci, Daisy. Vraiment. Je n'aurais pas pu profiter du voyage si tu n'avais pas été là avec Dozer. On l'apprécie vraiment. Chelsea m'a serrée fort dans ses bras.

— J'étais ravie de pouvoir aider. Profitez bien de votre soirée. On se voit bientôt."

— Tu as déjà fait tes valises ? a demandé Derek.

J'ai acquiescé. — Je ne voulais pas vous retarder."

— Il ne fallait pas. Merci d'avoir fait ça. Derek m'a prise dans ses bras et m'a embrassée sur la joue.

— Je serais ravie de le refaire si vous décidez de repartir pour une autre lune de miel, leur ai-je dit.

Derek a ri et a serré Chelsea contre lui. — Ne me tente pas.

J'ai souri et je leur ai fait un signe de la main, les laissant à leur intimité. J'étais si heureuse pour eux.

Ma maison était silencieuse quand je suis rentrée, et j'ai supposé que Natalie passait une nouvelle fois la nuit avec Omar. C'était de plus en plus fréquent ces derniers temps.

Encore un couple heureux. J'étais entourée de couples heureux.

Et impatiente d'en former un moi aussi.

Peut-être que je devrais donner une chance à ces autres types. Je n'allais rencontrer personne si je n'étais pas ouverte à cette idée.

J'ai ouvert À la Recherche du Héros Littéraire Parfait et j'ai envoyé un message à l'un des hommes, lui demandant quel nom il donnerait à un bateau s'il en avait un. J'ai rangé mon téléphone et préparé le dîner, déjà fatiguée et sachant que le matin arriverait plus vite que je ne le pensais.

LA LIVRAISON du jour reculait vers le quai de chargement quand je suis arrivée au travail le lendemain matin. J'étais contente de voir que Penny était là et s'occupait de tout. C'était un pas dans la bonne direction, surtout après que je ne lui avais pas donné de nouvelles pendant quelques jours.

— Bonjour, m'a lancé Penny quand elle m'a vue. Comment s'est passé ton week-end ?

— C'était bien. Merci. Et le tien ?

— Trop bien. Je l'ai passé avec ma sœur et sa famille.

— C'est si gentil.

— Tu as des frères et sœurs ?

J'ai hoché la tête. — Oui. J'ai des frères jumeaux. Plus jeunes que moi.

— Oh, waouh. Ça a dû être marrant de grandir comme ça. Et un peu dingue.

J'ai gloussé. — Carrément les deux.

— C'est pour ça que tu as ouvert un magasin de jouets ?

— En grande partie, oui, ai-je répondu, sachant qu'elle penserait la même chose que tout le monde. Que j'aimais tellement les enfants que je voulais jouer toute la journée. La vérité, c'est que j'avais raté tellement de choses durant ma propre enfance que je voulais m'assurer qu'aucun autre enfant ne se sente mis de côté à cause de sa fratrie.

— Super, a dit Penny. — Je voudrais te parler de quelques trucs pour l'inventaire aujourd'hui, si tu as le temps.

— Bien sûr.

— OK, ça marche. J'ai remarqué quelques articles qui semblent bien se vendre, et d'autres qui partent moins bien. Et ensuite tu vas me montrer comment passer les commandes, c'est ça ?

— Oui. On s'occupe de tout ça aujourd'hui, et on parlera de tout le reste. Tu travailles tous les jours cette semaine et tu es en congé ce week-end, mais tu travailles samedi prochain pour la livraison, c'est bien ça ?

— C'est ça. Tout est en ordre.

— Excellent. Merci.

— Ça va être bien.

Le chauffeur du camion s'est approché pour poser une question, alors Penny s'est écartée pour lui parler, et j'ai commencé ma journée.

La matinée est passée vite, et avant même que je m'en rende compte, c'était l'heure de déjeuner. Natalie et moi devions nous retrouver, alors j'ai fait le point avec Penny et Wendy, puis je suis partie en direction de Just Tacos.

J'y étais presque quand j'ai senti mon téléphone vibrer. J'ai fait un signe de la main à une famille qui s'était arrêtée pour la grande ouverture du Retraite avec vue sur la montagne et j'ai répondu à l'appel de Natalie. — Salut. J'y suis presque. Tu as déjà commandé ?

— C'est pour ça que j'appelle. Je suis vraiment désolée, mais je ne peux pas venir.

— Est-ce que tout va bien ? me suis-je arrêtée sur le trottoir.

— Ouais, c'est juste une journée chargée. J'ai l'impression que je devrais rester.

— D'accord. Ça te dit de dîner ensemble ce soir, alors ? On ne s'est pas beaucoup vues.

— Je sais. Je suis désolée. Euh…

— Si tu as déjà quelque chose de prévu avec Omar, ce n'est pas grave. On se rattrapera quand tu seras libre.

— Tu es sûre ? Il a réservé quelque part. Mais je peux annuler. Il comprendra.

— Tu n'annules rien du tout. Ce n'est pas grave. Tu mérites d'être heureuse, et tu mérites d'avoir une colonie de vacances pleine d'enfants.

— Je ne veux pas que tu me détestes.

— Jamais.

— Ce week-end, il faut qu'on se réserve une journée rien que toutes les deux.

— Vous ne partez pas en week-end ?

— Mince. Natalie soupira. — Je suis une amie horrible.

— Non, pas du tout. Tu es la meilleure amie que je puisse espérer. Et ta vie est plus remplie qu'il y a un an. On trouvera le temps de déjeuner ou de dîner ensemble, ou autre chose. Mais tu dois vivre ta vie.

— Toi aussi. Je ne veux pas que tu penses que je ne suis plus là pour toi.

— Mais non, Natalie. Tout va bien entre nous.

— D'accord. Mange un taco de plus pour moi. Et on se voit… un de ces jours.

Un cri en arrière-plan m'a inquiétée. — On se voit bientôt. Va t'occuper de ce qui se passe.

— Merci. Salut !

Elle a raccroché avant que je puisse dire quoi que ce soit d'autre. J'ai fixé mon téléphone. Ma meilleure amie me manquait. J'étais ravie pour elle, mais elle me manquait. Pendant des années, nous n'avions été que toutes les deux.

J'avais toujours su qu'elle était capable de tout, et j'étais si fière de la voir devenir plus forte et plus sûre d'elle en créant et en ouvrant son camp. Mais elle me manquait.

J'ai chassé la mélancolie et j'ai continué ma route vers Just Tacos. Il fallait que je mange, et des tacos me faisaient toujours envie.

Le restaurant était bondé quand je suis entrée, alors je me suis mise dans la file et j'ai attendu mon tour pour commander. Une femme et une petite fille étaient devant moi, en train de discuter de leurs choix.

— Je n'aime pas les haricots, mémé. Papa dit que ça fait faire des prouts.

J'ai ri avant de pouvoir me retenir, et la grand-mère s'est tournée vers moi avec un grand sourire.

— Son papa n'a pas tort, ai-je dit.

— Non, c'est vrai.

— Je peux avoir un taco juste avec du fromage ? a demandé la petite fille.

— C'est comme un sandwich au fromage. Il te faut plus que ça. Et un peu de poulet ? a suggéré sa grand-mère.

La petite fille a plissé le nez. — Je suis obligée ?

— Poulet ou bœuf haché.

— C'est quoi, ça ?

— Comme des hamburgers, mais tout émietté.

— J'aime les hamburgers.

— Alors, essayons le bœuf haché.

J'ai hoché la tête, décidant de prendre la même chose. — Bon choix, ai-je dit à la petite fille.

— Tu aimes les hamburgers ?

— Oui, j'adore. Les burgers, c'est délicieux.

— Mon papa fait de bons burgers.

— C'est très important.

La grand-mère a gloussé. —Son père adore cuisiner.

— Moi aussi. Je ne le fais pas aussi souvent que je le

voudrais, étant donné qu'il n'y a que ma colocataire et moi, mais j'aime bien ça.

— Tu devrais venir à la maison pour que mon papa te fasse à manger, a dit la petite fille.

— Tu es très mignonne. Merci pour l'invitation. J'ai fait un clin d'œil à la grand-mère, sachant que la petite fille oublierait vite et que la grand-mère n'aurait pas à lui expliquer pourquoi inviter une inconnue à dîner n'était pas une très bonne idée.

— Au suivant ! a appelé la femme au comptoir.

La petite fille et sa grand-mère se sont avancées et ont commandé leur repas. Elles ont pris des boissons, puis se sont mises sur le côté. J'ai dit au serveur que je voulais ma commande à emporter, me disant qu'un peu de soleil et d'air frais serait une bonne idée.

J'ai emporté mes tacos au parc Catherine et me suis installée sur une chaise près du kiosque à musique. Des enfants couraient et jouaient, des amis se serraient dans les bras et discutaient. C'était une journée magnifique. Parfaite pour le début de l'été.

— Madame Daisy ! ai-je entendu alors que je finissais mon dernier taco.

J'ai cherché d'où venait la voix et j'ai trouvé l'un des enfants qui étaient dans le magasin une semaine auparavant. Il se dépêchait de venir vers moi, son père le suivant d'un peu plus loin.

— Salut, Stevie ! Comment vas-tu ?

Stevie a accouru et m'a prise dans ses bras, donnant à son père le temps de le rattraper. —Salut, Mme Daisy ! Papa et moi on joue avec le frisbee qu'on a eu la semaine dernière. Je suis super fort pour le lancer super loin.

J'ai levé les yeux vers le père, qui était clairement épuisé de courir non seulement après Stevie mais aussi après le frisbee. —J'en suis sûre.

Le père a hoché la tête, posant ses mains sur ses genoux tout en reprenant son souffle. — Ouais.

J'ai ri avec le père. — Je crois que la prochaine fois que je te verrai, il te faudra un jouet qui n'épuise pas autant papa.

Stevie a secoué la tête. — Mais ce n'est pas amusant.

Un rire m'a échappé. J'ai secoué la tête. — Tu as raison. Mais peut-être que ça le serait pour papa.

— D'accord. Stevie a pris le frisbee des mains de son père. — Au revoir, Madame Daisy ! Viens, papa !

— Bonne chance, ai-je dit au père.

— Merci. Au revoir ! Le père a fait un signe de la main en partant à la suite de Stevie.

Un jour, j'aurais ça, moi aussi.

8

KINGSLEY

J'ai frappé à la porte de la salle d'examen et je suis entré. J'ai été presque immédiatement renversé par le chien surexcité qui se trouvait de l'autre côté. Un chien très différent, avec une femme très différente de la dernière fois.

— Je comprends mieux pourquoi tout le monde s'inquiétait tant pour Bulldozer, maintenant. J'ai gratté le chien derrière les oreilles et j'ai tendu la main pour la serrer à la femme qui luttait pour le retenir. — C'est un plaisir de vous rencontrer. Je suis Kingsley Harris.

— En fait, nous étions au lycée ensemble. Vous avez eu votre diplôme en même temps que ma cousine, Elise. Sa poignée de main et son sourire étaient tous deux amicaux. — Je suis Chelsea Moss, Bailey maintenant. Et voici mon mari, Derek.

— Oh, waouh. Je suis vraiment désolé. Je n'ai pas fait le rapprochement en voyant votre nom. C'est un plaisir de vous revoir. Et il paraît que des félicitations s'imposent. J'ai serré la main de Derek, et il a croisé mon regard d'un air interrogateur. — Daisy m'a dit que vous étiez en lune de miel.

Un sourire a illuminé le visage de Derek, et une rougeur a coloré les joues de Chelsea.

— C'était le cas. Et Daisy nous a énormément aidés. Je sais qu'elle s'en est voulu qu'il se retrouve ici, a dit Derek.

— Ça arrive à la plupart des propriétaires d'animaux à un moment ou à un autre. Mais maintenant que je le vois en pleine forme, je comprends pourquoi elle était si inquiète. C'est un tout autre animal.

Bulldozer a fourré son nez dans mon entrejambe et a essayé de passer entre mes jambes. Triste à admettre, c'était le plus d'action que j'avais eue depuis des années, et ce n'était pas la première fois, ni probablement la dernière, que ça viendrait d'un chien.

— Dozer, arrête ! l'a grondée Chelsea.

Le chien s'est affaissé et est retourné vers sa maîtresse, penaud et en quête de réconfort.

— Les risques du métier, lui ai-je dit avec un grand sourire. Examinons-le, d'accord ?

Chelsea a hoché la tête et a encouragé Bulldozer à monter sur la table d'examen.

— Il semble aller beaucoup mieux. Il est vif, n'est-ce pas ?

— Mon fils est amoureux de lui, a dit Derek. J'ai eu beau détester cette bête au début, c'est grâce à lui que nous avons fini ensemble.

— Ah bon ? Ce n'est pas quelque chose que j'entends tous les jours.

— Dozer a failli défoncer la clôture entre nos maisons, et Jude a adoré cette adorable boule de poils. Nous avons commencé à passer du temps ensemble pour que Jude et Dozer puissent jouer, et Derek a fini par accepter à contre-cœur que je n'étais pas une si horrible voisine.

— Tu es une bien meilleure épouse, lui a-t-il dit.

J'ai souri et j'ai continué d'examiner Bulldozer. Il n'a ni gémi ni crié sous mes palpations, et je n'avais aucune raison de croire que des examens complémentaires étaient nécessaires. Ma plus grande inquiétude était de savoir s'il restait un morceau du jouet dans son corps, ou si ses intestins avaient été endommagés lors de son passage, mais il semblait aller bien.

— Je pense qu'il est en très bonne santé, leur ai-je dit en me passant du désinfectant pour les mains après mon examen. Il a aussi eu de la chance.

— C'est ce que nous avons dit à Daisy. Elle était là pour lui. Mon Dieu, elle s'en est tellement voulu.

J'ai souri, détestant que mon cœur fasse un bond chaque fois qu'ils prononçaient son nom.

— C'est une bonne amie, a dit Derek à sa femme. Tu aurais été pareille si la situation avait été inversée.

Chelsea a ri. « C'est vrai. J'aurais été dans tous mes états. À ce propos, comment va votre père ? J'ai entendu dire qu'il était à l'hôpital.

J'ai hoché la tête. « Il se remet bien, merci.

— Oh, tant mieux. Non pas que je ne veuille pas que vous soyez ici. Ce n'est pas ce que je voulais dire.

— Ce n'est rien. Je comprends.

— Vous avez quelque chose de prévu pour plus tard ? a demandé Derek.

— Pardon ?

— Un groupe d'hommes du coin se réunit tous les jeudis soir. Nous nous réunissons ce soir en raison de la fête du 4 juillet, mais je me demandais si cela vous intéresserait de vous joindre à nous.

— Oh, c'est très gentil de votre part, mais…

— Avant de dire non, réfléchissez-y, a dit Derek. C'est un bon groupe d'hommes. Nous nous retrouvons chez O'Kelley's à dix-neuf heures. Si vous ne pouvez pas venir cette semaine, nous y serons jeudi soir prochain, à la même heure.

J'ai hoché la tête, sachant que je n'irais pas, mais curieusement reconnaissant qu'il m'ait invité. — Merci.

— Je vous en prie. J'espère que nous vous reverrons. Mais dans d'autres circonstances, Docteur.

— Vous de même.

Je les ai conduits vers l'entrée et leur ai dit au revoir quand j'ai entendu Karen dire que tout était réglé.

— Nous payons toujours nos consultations, a insisté Chelsea.

— Y a-t-il un problème ? ai-je demandé.

Karen a secoué la tête. — Non. Il est indiqué que la facture d'aujourd'hui a déjà été payée d'avance par Daisy Lincoln.

Chelsea a eu un hoquet de surprise. — Elle n'aurait pas dû.

— Mais c'était très gentil de sa part. Il faut qu'on fasse quelque chose de bien pour Daisy, a dit Derek. Il a fait un signe de la main et a guidé Chelsea vers la porte. Quelque chose pour la remercier, puisqu'elle n'a rien voulu accepter.

Leur conversation s'est estompée alors qu'ils s'éloignaient, et je me suis surpris à vouloir les suivre pour en savoir plus sur cette femme.

— Docteur Harris ? a demandé Karen. Vous aviez besoin de quelque chose ?

J'ai secoué la tête. — Non. Tout va bien.

Je suis retourné vers les salles d'examen et j'ai repris le cours de ma journée, en ne pensant absolument pas à Daisy Lincoln. Pas même un tout petit peu.

Non. En fait, j'y pensais énormément.

La dernière chose dont j'avais besoin en rentrant chez ma mère après une autre longue journée, c'était de me faire sermonner sur mes retours tardifs et le fait que je ne passais pas assez de temps avec Isla. Je m'y attendais complètement, surtout que j'avais eu l'intention de passer plus de temps avec ma fille cet été que je ne l'avais fait jusqu'à présent.

Ce à quoi je ne m'attendais pas, en revanche, c'était de voir mon père assis dans son fauteuil dans le salon, Isla sur ses genoux.

— C'est quoi, ça ? demanda Isla en touchant la cicatrice boursouflée sur sa peau foncée.

— Mon cœur ne fonctionnait pas comme il aurait dû, alors le docteur a dû y regarder de plus près pour le réparer.

— Et tu vas mieux, maintenant ? demanda Isla.

— Oui. Je vais beaucoup mieux. Et je vais toujours mieux quand tu es là. Mon père serra fort Isla dans ses bras, et elle ferma les yeux en lui rendant son étreinte.

J'ai senti mon estomac se tordre. J'avais envie de l'arracher de ses genoux, de l'emmener loin et de ne jamais revenir. De la garder loin de lui pour qu'il n'empoisonne pas ma douce petite fille.

— Kingsley, dit mon père, finissant par me voir à la porte. Ou daignant enfin me remarquer.

Je lui ai fait un signe de tête. Nous ne nous étions pas parlé. Je ne lui avais pas parlé. Pas depuis le jour où il m'avait demandé de garder pour moi ce que j'avais vu, et que j'étais parti pour ne jamais revenir.

— Papa ! s'écria Isla en descendant des genoux de mon père pour se précipiter vers moi.

Je l'ai soulevée et l'ai serrée contre moi. J'ai humé son odeur de talc pour bébé et de shampoing à la noix de coco et j'ai fermé les yeux. Elle savait comment une personne devait traiter son partenaire, et c'était grâce à moi. Elle le saurait toujours. Peu importait qu'elle ne se souvienne pas de sa mère, elle saurait toujours qu'elle devait être une priorité pour la personne avec qui elle finirait sa vie. Et qu'elle devait faire de cette personne une priorité dans sa vie également.

— On peut aller nager ? Papy a dit qu'il ne pouvait pas encore se baigner. Mamie ne veut jamais nager. Mais toi, tu nages avec moi.

— Oui, on peut aller se baigner.

— Youpi ! Isla est descendue en vitesse et a filé dans le couloir en direction de sa chambre. Elle a appelé ma mère à grands cris, et celle-ci lui a répondu depuis l'arrière de la maison.

— Bonjour, Kingsley, a dit mon père alors qu'il ne restait plus que nous deux.

J'ai grogné.

Papa a soupiré. — Tu ne m'adresses même pas la parole dans ma propre maison.

— Tu as toujours besoin que je garde tes secrets ? ai-je craché.

Il a secoué la tête, l'air déçu.

C'est lui qui a trompé sa femme, pas moi ! Mais je ne pouvais pas le lui dire. Pas avec ma mère dans la maison.

— Merci d'être venu aider.

— Je ne l'ai pas fait pour toi.

Il a hoché la tête. — Je sais.

— Oh, Kingsley. Isla a dit qu'elle allait se baigner. Je me suis dit que tu étais rentré.

— Ouais. Je vais aller me changer.

— Bien. Isla est toute excitée à l'idée de se baigner. C'est un vrai poisson dans l'eau.

J'ai laissé échapper un petit rire et j'ai embrassé maman sur la joue, puis je l'ai dépassée pour m'engager dans le couloir.

Je voulais prendre une douche, mais je savais qu'Isla serait prête à sauter dans la piscine avant même que j'aie eu le temps de me doucher et de me changer. J'ai attrapé mon maillot de bain et je l'ai enfilé, puis je suis sorti sans m'arrêter pour reparler à mon père.

Isla était déjà dehors, et dès qu'elle m'a vu, elle est allée au bord de la piscine et a sauté dedans.

— Isla !

— Ne t'inquiète pas, maman. Elle m'a vu.

— Oh, Kingsley. Elle m'a fait peur. Comment s'est passée ta journée ?

— Papa, viens nager avec moi ! a appelé Isla.

— Ma journée s'est bien passée. Un gars du coin m'a invité à retrouver du monde au O'Kelley's.

Maman a hoché la tête. — C'est Hudson Grant qui tient cet endroit.

J'ai secoué la tête. — Je ne crois pas le connaître. Il a mon âge ?

— Non, dix ans de plus que toi, peut-être ? Je ne suis pas sûre. C'est un joueur de baseball.

— Comment tu le connais ?

— Je suis déjà allée au O'Kelley's, Kingsley. Ta mère sort de la maison, parfois.

— Je sais bien. Je suis juste surpris.

— C'est une petite ville, mon garçon. Tout le monde se connaît plus ou moins ici. Qui t'a invité à sortir ?

— Derek ? Le nouveau mari de Chelsea Moss.

— Oh, Derek Bailey. Maintenant, il est propriétaire de Stone Auto Repair. M. Stone a pris sa retraite et Derek a racheté. Il n'est pas d'ici, mais il a déménagé ici avec son fils. Jude est un amour de gamin.

— Comment tu les connais ?

— Je suis bénévole à la bibliothèque de temps en temps. Jude est venu plusieurs fois. Mais maintenant, il est dans le nouveau camp d'été. Et tu te souviens que je suis amie avec la mère de Chelsea, Cathy. Chelsea est adorable. C'est la copropriétaire du salon de coiffure de la ville. Ils ont changé le nom en Serenity Salon, mais c'est toujours le seul endroit où les gens vont en ville.

— D'accord.

— Papa ! geignit Isla.

— Vas-y, va la rejoindre. Quand est-ce que tu vas chez O'Kelley ?

J'ai secoué la tête et je me suis approché de la piscine. — Je n'y vais pas. C'est ce soir.

— Tu aurais pu y aller. Nous aurions été ravis de la garder.

J'ai secoué la tête. — J'ai déjà beaucoup manqué de choses cet été. Et puis, il faut que je nous trouve un endroit où loger maintenant que papa est rentré.

— Tu n'es pas obligé de faire ça, Kingsley. Vous pouvez rester ici tous les deux. Il y a plein de place.

— Tu vas être assez occupée à prendre soin de papa. Tu n'as pas besoin d'avoir Isla dans les pattes, en plus.

— Elle n'est pas dans mes pattes. J'adore l'avoir ici autant que possible. D'ailleurs, où d'autre irait-elle quand tu es à la clinique ?

— Il doit bien y avoir un camp de vacances ou quelque chose du genre.

— Les camps sont complets depuis des mois, Kingsley. S'il te plaît, restez ici. Je sais que tu ne t'attendais pas à ce que ton père soit là aujourd'hui, mais quand il a appelé pour dire qu'il pouvait rentrer, je ne pouvais pas lui dire non.

— Je sais, maman. Je comprends. Mais je ne sais pas si je peux rester ici avec lui.

— Oh, j'aimerais tant savoir ce qui s'est passé entre vous deux pour que tu partes. J'ai toujours pensé que tu reprendrais son cabinet quand il serait prêt à prendre sa retraite. C'a toujours été son rêve.

J'ai grogné et j'ai évité de répondre en sautant dans la piscine avec Isla.

Isla a poussé un cri aigu et a nagé vers moi, grimpant sur mes épaules et me demandant de la promener.

— Tu es censée nager, petit poisson. Pourquoi es-tu sur la terre ferme ?

— Je ne suis pas sur la terre ferme, idiot. Je suis sur tes épaules.

J'ai ri avec elle et j'ai continué le tour de la piscine. Je l'ai éclaboussée aux jambes, et elle a battu des pieds de joie.

La vie était simple pour une enfant de quatre ans. Une simplicité dans laquelle j'aurais aimé pouvoir puiser plus souvent. Au lieu de ça, j'étais tiraillé entre les pensées pour une femme que je ne voulais pas désirer et la présence de mon père que je cherchais à éviter.

Avoir quatre ans aurait été tellement plus facile.

LE RESTE DE LA SEMAINE, j'ai passé de plus en plus de temps au travail. Des nuits tardives à m'occuper de la paperasse, des matins de bonne heure à rattraper mon retard sur le planning de la journée. J'ai aussi travaillé pendant le jour férié. Tout pour éviter de voir mon père et d'avoir à lui parler.

Tout ce travail signifiait cependant moins de temps avec Isla. Moins de temps avec la seule personne que je voulais voir. C'est pourquoi j'ai suggéré une journée père-fille le samedi. Juste nous deux, loin de mon père et de toute autre distraction. Et si par hasard nous trouvions un endroit où loger pour quelques semaines, c'était encore mieux.

Nous avons commencé notre journée à L'Œuf Fêlé, le restaurant spécialisé dans les œufs où ma mère travaillait quand j'étais au lycée. Isla adorait les œufs, c'était donc une excellente option pour elle, une option qui, j'en étais sûr, se terminerait avec une petite de quatre ans trop repue et beaucoup de restes. C'était parfait.

La serveuse qui nous a vus entrer nous a fait un signe de la main et nous a indiqué de nous installer nous-mêmes alors qu'elle se dépêchait de retourner en cuisine pour passer une commande.

Isla a choisi une table contre le mur et a grimpé sur la banquette au fond. Elle a ouvert son menu et l'a étudié, faisant semblant de savoir lire les mots.

— C'est quoi, celui-là ? a-t-elle demandé en montrant l'un des plats du doigt.

— Ici, lui ai-je montré en indiquant le titre de la section, « il y a marqué Pain Perdu. Ils en ont plein de sortes avec différentes garnitures. Celui que tu montres, c'est écrit qu'il est garni de fraises et de bananes. »

— J'aime pas les fraises, m'a dit Isla.

— Je sais. Mais il y en a qui sont recouverts de céréales. Et ils ont des omelettes, des œufs brouillés et de la quiche.

— C'est quoi ? a-t-elle demandé en levant les yeux vers moi.

— La quiche, ce sont des œufs dans une pâte à tarte avec d'autres trucs, et c'est cuit au four. Je crois que mamie t'en a fait le week-end dernier.

Isla a hoché la tête, comme si elle étudiait ses options. Il ne lui manquait plus que de se frotter le menton pour qu'on la confonde avec ma mère.

J'ai réprimé un sourire avant qu'elle ne s'en aperçoive et j'ai été soulagé quand la serveuse est arrivée à ce moment-là.

— Bonjour. Je m'appelle Blake. Bienvenue chez Cracked. Vous êtes déjà venus ?

— Moi, oui, lui ai-je dit. — Je ne crois pas que ce soit son cas.

— Ma grand-mère travaillait ici, avant, a-t-elle annoncé fièrement.

— Ah oui ? Comment s'appelle ta grand-mère ?

Isla a haussé les épaules. — Mamie.

Blake a pouffé de rire et a hoché la tête. — C'est un joli nom. Elle m'a fait un clin d'œil.

— Ma mère, c'est Tina Harris.

— Oh, j'ai travaillé avec Tina quand j'ai commencé ici. Vous êtes Kingsley ?

J'ai hoché la tête. — C'est bien moi. Vous avez une bonne mémoire.

— Je suis très amie avec Chelsea, Derek, et Daisy. J'ai entendu pour Dozer, et tout le monde est vraiment soulagé que vous ayez pu l'aider.

Mon cœur a fait un bond en entendant le nom de Daisy, mais je n'en ai pas tenu compte. — Je n'ai pas vraiment fait grand-chose.

— N'empêche. Merci. Comment va votre père ? Il est rentré cette semaine, c'est ça ?

— Oui, c'est exact. C'est pour ça que nous sommes là.

Blake a hoché la tête comme si elle comprenait, mais c'était impossible. Pas vraiment. Elle s'est de nouveau concentrée sur Isla et lui a demandé : — Voudrais-tu un café pour commencer ta journée ?

Isla gloussa. — Je ne bois pas de café. Papa a dit que c'est pour les grands.

Blake se tapa le front. — Oh, mince. J'ai oublié. Tu as l'air si grande, j'ai cru que tu étais une adulte.

— Je n'ai que quatre ans ! s'exclama Isla, tout en gloussant.

Blake écarquilla les yeux. — Quoi ? J'étais sûre que tu avais vingt-quatre ans. Comment fais-tu pour être si mature ?

— Mon papa dit que je tiens de ma maman. Mais je ne me souviens pas d'elle.

Blake m'adressa un sourire compatissant. — Les mamans sont toujours là pour nous, même quand on ne s'en souvient pas.

Isla hocha la tête. Je lui avais dit la même chose toute sa vie.

— Il est bon, le pain perdu ? demanda Isla.

Blake hocha la tête, sans se laisser décontenancer par le changement soudain de sujet. — Il est délicieux. Mon fils a deux ans et demi, et son préféré est celui qui est fourré. Il y a des myrtilles à l'intérieur et il est enrobé de céréales sucrées.

— J'aime les myrtilles.

— Moi aussi.

— Je vais prendre ça, déclara Isla en fermant son menu et en le tendant à Blake.

Blake hocha la tête. — Tu voudrais quelque chose à boire qui ne soit pas du café ? Nous avons du chocolat chaud, du lait, du jus de fruits, de l'eau ?

— Du lait, s'il vous plaît.

— Ça marche. Elle sourit à Isla, puis se tourna vers moi. — Et pour vous ?

— Sans hésiter, du café pour moi. N'arrêtez pas de m'en servir. Et je prendrai l'omelette aux champignons et au gruyère avec des pommes de terre rissolées et du bacon.

— Parfait. Je vous apporte vos boissons tout de suite.

— Merci.

— Merci.

Blake a souri et s'est éloignée, s'arrêtant à une autre table avant d'aller dans l'arrière-salle.

— Qu'est-ce qu'on fait après ? m'a demandé Isla.

— Je ne sais pas. Qu'est-ce que tu veux faire ?

— On peut aller au zoo ?

J'ai secoué la tête. — Il n'y a pas de zoo par ici.

— Et un aquarium ?

— Il n'y en a pas non plus.

— Qu'est-ce qu'on peut faire ?

— On peut faire un tour en bateau et voir un château, ai-je suggéré, en me souvenant des excursions sur la rivière et en sachant qu'un château attirerait probablement son attention.

Les yeux d'Isla se sont écarquillés. — Vraiment ? Il y a un château ?

Blake a eu un petit rire en posant mon café et le lait d'Isla. — Une de mes amies organise les excursions en bateau. C'est une balade très sympa.

— Tu as une amie qui conduit des bateaux ? a demandé Isla.

— Oui. Et mon mari construit des bateaux. Tu aimes les bateaux ? a demandé Blake.

Isla a hoché la tête. — J'adore les bateaux. Papa dit que je suis un vrai poisson dans l'eau.

— C'est l'endroit idéal pour quelqu'un qui adore l'eau. Ma belle-sœur a une piscine chez elle, et nous y passons beaucoup de temps en été.

— Ma mamie a aussi une piscine. On vit avec eux, mais Papa veut trouver un autre endroit où habiter. — Isla sirota son lait.

— Ça peut être difficile de vivre avec des gens avec qui on n'a pas l'habitude, dit Blake d'un ton diplomate.

— J'aime bien vivre là-bas. Mamie est super gentille, et Papi me dit tout le temps qu'il m'aime. À la maison, il n'y a que Papa et moi, alors c'est plus calme. J'aime bien avoir d'autres gens à qui parler.

Et d'un coup, mon cœur s'est brisé. J'étais égoïste de vouloir éloigner Isla de mes parents. Je pensais que c'était pour le mieux, mais pour le mieux de qui ? Elle était ma priorité.

Si elle voulait rester avec mes parents, il fallait que je m'y fasse.

— Par ici, il y a plein de gens à qui parler. J'ai un grand groupe d'amis et beaucoup d'entre nous ont des enfants. Peut-être que tu pourras les rencontrer un de ces jours ?

suggéra Blake.

— Je peux, Papa ? Mamie se fatigue vite, et elle n'aime pas nager, alors ça peut être un peu ennuyeux. — Isla plissa le nez.

— Isla ! la réprimandai-je.

Blake eut un petit rire. — Je comprends. Il y a un grand événement tout à l'heure au parc Catherine. Vous devriez venir après votre visite du château. C'est un événement familial et vous pourrez rencontrer plein d'autres personnes. Si vous êtes disponibles.

— Youpi ! s'écria Isla.

— Merci, dis-je à Blake. — Nous allons voir à quelle heure nous pouvons avoir une visite et, avec un peu de chance, on se verra là-bas.

— J'ai hâte. — Blake s'éloigna avec un sourire, et je me sentis un peu mieux à l'idée de passer le reste de l'été à L'anse MacKellar.

9

---

près le petit-déjeuner, qu'Isla n'a pas terminé, nous avons mis ses restes dans la glacière que j'avais apportée exprès pour ça, puis nous nous sommes dirigés vers le quai où Blake nous avait dit que nous pourrions prendre un bateau touristique.

Quand nous sommes arrivés, la femme derrière le comptoir m'a dit que les billets avaient déjà été réglés pour nous et que nous étions sur le prochain bateau avec une capitaine nommée Elise.

J'ai gloussé et secoué la tête, sachant que Blake y était pour quelque chose.

En arrivant au bateau, j'ai été surpris de reconnaître la capitaine. Elise Webber avait eu son diplôme de fin de lycée la même année que moi.

— Kingsley Harris. Blake ne m'avait pas dit que c'était toi qu'elle envoyait, a dit Elise chaleureusement. — Comment vas-tu ? Elle a ouvert les bras pour me prendre dans les siens, et j'ai souri en la serrant contre moi.

Dans un petit lycée comme celui de L'anse MacKellar, il était presque impossible de ne pas connaître tout le monde.

Elise et moi avions eu des cours ensemble chaque année, de la sixième jusqu'à la terminale. Elle était drôle, amicale et facile à apprécier. — Je vais bien. Ça fait plaisir de te revoir. Je ne savais pas que tu étais la capitaine.

Elle a hoché la tête. — C'est bien moi. Et j'adore ça. Elle nous a tirés sur le côté et s'est concentrée sur Isla. — J'ai entendu dire que c'est ta première fois sur le bateau. Ça te dirait de venir avec moi ?

— Je peux faire ça ? a demandé Isla, impressionnée.

Elise a hoché la tête. — Si ton père est d'accord.

— Je peux rester avec elle ? ai-je demandé.

— Absolument. J'étais guide avant, donc je peux vous dire tout ce que vous entendrez pendant la visite, et je peux vous donner quelques détails en plus sur les coulisses. La seule chose que tu dois faire, c'est bien m'écouter, et écouter ton papa. Tu penses que tu peux faire ça ?

Isla a hoché la tête. — Oui. Je le ferai.

Elise m'a regardé en souriant. — Suivez-moi. Elle nous a conduits à l'avant du bateau où elle avait une vue dégagée sur l'eau. Elle nous a montré tous les boutons et les leviers et a expliqué chaque détail à Isla, captivant son attention jusqu'à ce qu'une radio annonce qu'ils avaient fini de charger et qu'ils étaient prêts à partir.

Elise a pris la radio et a répondu : — Tout est prêt ici. Les vérifications sont faites, on est prêts à appareiller.

La voix dans le haut-parleur extérieur était étouffée, mais je pouvais entendre le guide parler au reste des passagers.

Elise se concentra uniquement sur Isla. — Isla, dis-moi ce que tu préfères dans l'eau ?

— J'aime tout dans l'eau.

Elise gloussa. — Oui, je comprends ça. J'habite dans une érablière. Tu en as déjà visité une ?

Isla secoua la tête.

— Tu aimes le sirop d'érable sur tes pancakes ? Oh, non, du pain perdu, c'est ça ?

Isla hocha la tête. — J'adore le sirop d'érable.

— Mon mari possède la Jones Family Maple Farm, et il fait du sirop d'érable. Peut-être que toi et ton père pourriez venir voir la ferme un de ces jours. Elise haussa les sourcils vers moi d'un air interrogateur.

J'ai hoché la tête, sachant que je n'avais pas vraiment mon mot à dire. Isla allait sauter sur l'occasion.

— Est-ce que je peux goûter le sirop ? demanda Isla.

Elise rit. — Bien sûr que tu peux. Et nous avons d'autres friandises que nous préparons et que nous ne donnons pas à n'importe qui. Tu es spéciale, alors nous te préparerons quelque chose de spécial.

— Tu n'es pas obligée de faire ça, je lui ai dit.

Elise secoua la tête. — Ça nous fait plaisir. Nous n'avons pas d'enfants, alors on gâte ceux de nos amis, et la plupart sont déjà venus pour différents événements. On ne voit pas souvent d'enfants qui n'ont pas encore tout vu à la ferme.

— Comment es-tu arrivée à faire ça ? ai-je demandé en désignant le bateau d'un geste.

— Je suis comme Isla. J'adore l'eau. Tout ce qui est en plein air, en fait. J'ai été guide pendant longtemps avant de rencontrer Colin.

— Donc il n'est pas du coin ? ai-je demandé à propos de son mari.

Elise secoua la tête. — Il a déménagé ici quand il a hérité de la ferme. Il est né ici, mais n'a pas grandi ici.

— Cet endroit a tendance à happer les gens, ai-je dit, sentant déjà l'attrait de la petite ville.

Elise eut un petit rire. — C'est bien vrai. J'ai quitté la ville pour l'université, comme toi, mais je suis revenue juste après. Je voulais être près de ma famille. Chelsea a dit qu'elle t'avait vu à la clinique l'autre jour.

J'ai hoché la tête. — Oui, elle m'a rappelé qui elle était. Je ne l'avais pas reconnue au début. J'aurais dû. Elle était une ou deux promotions en dessous de nous, n'est-ce pas ?

— Oui, mais le lycée, c'était… hum… il y a quelques années.

J'ai ri. — Oui, c'est vrai.

Elise a fait un clin d'œil, puis a continué sa visite personnelle pour Isla. Le bateau fendait l'eau avec aisance, l'habileté d'Elise donnant l'impression que nous glissions sur une mer d'huile, même si ce n'était pas le cas.

Lorsque nous sommes arrivés au château, Elise m'a demandé d'échanger nos numéros. — Vous pouvez aller vous promener, mais si vous attendez qu'on revienne pour le ramassage, vous pourrez repartir avec moi et je vous ferai la fin de la visite. Sans pression, bien sûr.

— On peut, papa ? a supplié Isla.

J'ai acquiescé et échangé mon numéro avec Elise. — Merci. C'était incroyable. Et ça m'a fait vraiment plaisir de te revoir.

— Moi aussi. Blake m'a dit que tu venais à l'événement tout à l'heure ?

— On y pensait.

— Tu pourras rencontrer tout le monde. Derek et Chelsea seront là avec Jude, aussi. Ça va être très sympa.

— Merci, Elise. On a passé une super journée.

— Tant mieux. Je vous dis à très bientôt. Elise nous a fait un signe de la main, à Isla et à moi, laissant son guide nous conduire jusqu'au quai.

— C'était le truc le plus cool du monde, a déclaré Isla alors que nous remontions le sentier du quai vers le château. — Ouah.

J'ai souri. Ma princesse n'avait jamais vu de vrai château, et elle était sur le point d'oublier complètement le bateau.

Nous avons traversé le château et visité le domaine qui

l'entourait. Le château de Boldt ne m'était pas inconnu, mais il m'émerveillait toujours à chaque visite. Situé sur l'une des Mille-Îles, c'était un monument emblématique de la région que tout le monde voulait voir.

Isla n'en avait jamais assez et m'a demandé si nous pouvions nous y installer. J'ai dû lui dire qu'il n'était pas à vendre, mais que nous pourrions revenir avant la fin de l'été. Ça devait lui suffire.

Elise m'a envoyé un texto en quittant la rive pour me dire qu'elle serait au château dans une trentaine de minutes. Nous avons refait un tour du domaine, puis nous nous sommes dirigés vers le quai quand Elise a dit qu'elle arrivait dans cinq minutes.

Le trajet de retour vers la rive a été beaucoup plus rapide, mais non moins instructif. Isla buvait les paroles d'Elise et a déclaré qu'elle voulait devenir capitaine plus tard, tout comme Elise.

Elise a eu les larmes aux yeux. — Tu es la petite fille la plus adorable qui soit. J'ai hâte de te voir à la ferme. Ton père a mon numéro, il pourra me dire quand tu seras disponible.

Isla a hoché la tête.

— Merci. Et on se voit ce soir.

Elise a souri. — Super. J'espérais que tu dirais ça. Ça va être sympa.

— Merci, Elise. Salut.

— Salut ! a crié Isla alors que nous débarquions.

Elise a fait un signe de la main, puis a reporté son attention sur le nouveau groupe de passagers.

Isla traînait des pieds pour retourner à la voiture, alors j'ai décidé de rentrer chez mes parents pour qu'elle puisse faire une sieste avant que nous ne ressortions. Elle a protesté, mais elle s'était endormie avant même que nous soyons arrivés. J'ai hésité à continuer de rouler au lieu de la porter à l'intérieur et j'ai dépassé la maison de mes parents sans m'arrêter.

L'anse MacKellar s'était bien développée depuis que j'étais parti. C'était toujours une petite ville, mais il y avait beaucoup plus de choses que lorsque j'étais au lycée. J'ai quitté la ville et j'ai roulé vers le nord, puis je suis retourné en direction de la ville pour que nous ne soyons pas en retard pour l'événement.

J'ai trouvé une place à quelques rues du parc Catherine et j'ai réveillé Isla doucement. Elle a cligné des yeux pour les ouvrir et s'est étirée avec un grand bâillement.

— Où est-ce qu'on est ?

— On va voir si on peut se faire des amis. Tu as toujours envie d'y aller ?

Elle a hoché la tête, sans chercher à défaire sa ceinture. Elle était épuisée.

— On n'est pas obligés. Si tu es fatiguée, on peut retourner chez mamie.

Elle a secoué la tête. — Je veux voir Elise.

— D'accord. Alors, allons-y. J'ai coupé le moteur du véhicule utilitaire sport et j'ai fait le tour jusqu'à sa portière, je l'ai aidée à déboucler sa ceinture et je lui ai tendu la main pour l'aider à descendre.

Le centre-ville était bondé et bruyant lorsque nous y sommes arrivés. Le 4 Juillet avait eu lieu la veille, et nous nous étions assis sur la terrasse arrière de maman pour regarder les feux d'artifice, mais les célébrations semblaient se prolonger, avec des gens agitant des drapeaux et des familles vêtues de rouge, de blanc et de bleu.

Isla me tenait la main fermement, resserrant sa prise lorsque la foule se densifiait.

— Tu veux que je te porte ? lui ai-je demandé.

Elle a hoché la tête et a tendu les bras pour que je la prenne. Elle a immédiatement posé sa tête sur mon épaule et a enroulé son bras autour de mon cou.

Je lui ai déposé un baiser sur le front et l'ai serrée fort

contre moi. Le temps où je ne pourrais plus la porter, et où elle ne le voudrait plus, n'était pas loin, mais pour l'instant, j'allais profiter de ces petits moments avec elle.

Nous sommes arrivés au parc Catherine et nous avons cherché des visages familiers. Je me suis faufilé entre les familles et les amis qui attendaient de la nourriture provenant des food trucks, assis sur des couvertures et des chaises en écoutant de la musique, et qui se lançaient des salutations à travers le parc.

Nous avons traversé le parc Catherine d'un bout à l'autre et nous nous sommes retrouvés devant Cracked. Là, une immense fresque murale de Mme Georgia, l'amie de maman, nous souriait.

— Wow, ai-je soufflé. Mme Georgia était gentille, drôle et accueillante avec tout le monde. Elle et maman ont travaillé ensemble pendant des années, tissant une amitié qui a laissé maman anéantie lorsque Mme Georgia est décédée il y a plusieurs années.

— C'est qui ? m'a demandé Isla.

— C'était l'amie de mamie, Mme Georgia. C'était une femme très gentille.

— Oui, elle l'était, a dit une femme noire en s'arrêtant à côté de moi. — C'était ma mère.

— Karissa ? ai-je demandé.

La femme a hoché la tête. — C'est bien moi. On se connaît ?

J'ai secoué la tête. — Non, mais ma mère est Tina Harris.

Karissa a affiché un large sourire. — Oh, Kingsley. Contente de te voir. Maman adorait Mme Tina. Elles étaient si proches. Comment va ta mère ? Oh, et ton père ? Il est rentré à la maison ?

J'ai acquiescé. — Papa est rentré. Maman va bien. Elle s'occupe de lui, et de nous. On reste chez eux pour que je puisse gérer la clinique à sa place. Voici ma fille, Isla.

Le regard de Karissa s'est durci, connaissant de toute évidence mon histoire, mais sans poser de questions devant Isla. — Je suis ravie de te rencontrer, Isla. Passe le bonjour à tes parents de ma part.

— Je n'y manquerai pas. La fresque est magnifique. Je ne savais pas qu'il y avait quelqu'un à L'anse MacKellar capable de faire une chose pareille. Elle ressemble trait pour trait à ta mère.

— C'est mon amie, Blake, qui l'a faite. Elle a aussi travaillé avec ta mère.

— Je connais Blake ! a dit Isla. — Elle m'a donné du pain perdu.

Karissa a ri. — Elle s'y connaît en pain perdu.

— Je ne savais pas du tout qu'elle peignait. Nous l'avons vue ce matin. C'est elle qui nous a suggéré de venir ici pour ça.

— Oh, super. Je retournais justement les voir. Tu veux venir avec moi ?

J'ai hoché la tête, et Isla s'est tortillée pour descendre. Elle a tendu la main vers celle de Karissa.

— Ça ne te dérange pas ? ai-je demandé à Karissa.

— Bien sûr que non.

Isla a aussi attrapé ma main, et nous avons traversé la foule toutes les trois. Karissa a fait signe à une douzaine de personnes et en a salué d'autres, mais elle n'a pas dévié de sa trajectoire.

Quand elle s'est arrêtée, nous nous sommes retrouvés face à un grand groupe de personnes, dont je reconnaissais environ la moitié.

— J'ai trouvé Kingsley et Isla, a déclaré Karissa.

— Ah, tant mieux. On se demandait si vous alliez venir, dit Blake. Elle sourit à Isla. — Contente de te voir.

— Salut, Blake !

Blake a pris la main d'Isla et m'a regardé en haussant les

sourcils. J'ai suivi son regard jusqu'aux enfants au centre de leur cercle, qui pouvaient s'amuser en toute liberté sous le regard bienveillant des adultes, et j'ai hoché la tête.

— Tu veux rencontrer les autres enfants ? a demandé Blake.

Isla a hoché la tête, suivant Blake sans la moindre hésitation.

— Hé, a dit une femme en posant sa main sur mon dos.

Je me suis retourné et j'ai vu Elise. — Hé. Il y a du monde, ici.

Elle m'a serré dans ses bras, puis m'a pris le biceps. — C'est vrai. Je suis contente que Karissa vous ait trouvés. Viens rencontrer tout le monde.

Je l'ai suivie le long du cercle où elle m'a présenté à son mari, Colin, puis à une douzaine d'autres hommes de la région. J'en ai reconnu beaucoup, mais je savais qu'ils étaient plus âgés que moi et que ce n'étaient pas des gars avec qui j'étais allé au lycée. C'était la même chose pour les femmes, des visages familiers, mais pas des camarades de classe.

Quand Elise est arrivée à Derek et Chelsea, Chelsea m'a pris dans ses bras. — Contente de te revoir. En dehors du bureau, cette fois.

J'ai souri. — Toi aussi.

— Peut-être que tu vas accepter la proposition de Derek de vous joindre à nous, maintenant que tu rencontres tout le monde aujourd'hui.

J'ai adressé un large sourire à Derek, qui s'est contenté de sourire. — Ma femme est un peu insistante.

— Ce n'est pas grave. C'est bien d'avoir des gens sur qui on peut compter.

— Très juste.

— Pas de Dozer aujourd'hui ? a dit une autre femme juste à côté de moi.

Je connaissais cette voix, et mon corps y a réagi instantanément. Des picotements ont éclaté partout, ma bite s'est réveillée. Au milieu d'un parc rempli de familles.

Chelsea rit, inconsciente de ma réaction. — On s'est dit qu'il y aurait trop d'agitation aujourd'hui. Trop de distractions pour qu'il écoute bien. Mais il faut que tu viennes nous voir.

— C'est promis. Il me manque déjà. Je suis juste contente qu'il aille bien, dit Daisy avec un sourire avant de lever les yeux vers moi, puis de sursauter. — Oh. Je ne vous avais pas vu… Comment allez-vous, Dr Harris ?

— Ça va, ai-je répondu, un son à mi-chemin entre un grognement et une plainte.

Daisy sourit, mais c'était plus que je ne pouvais supporter.

Je m'éloignai pour rejoindre l'autre côté du cercle d'amis, afin de ne pas être près de Daisy et de son éclat. Je ferais quelque chose d'incroyablement stupide si je restais trop longtemps près d'elle.

Je balayai la foule du regard et gardai un œil sur Isla, souriant en la voyant jouer avec les enfants, plus âgés comme plus jeunes qu'elle. Elle n'avait pas beaucoup d'enfants avec qui passer du temps à la maison. Je travaillais tout le temps, et elle n'avait pas d'amie proche.

Mais ici, elle était l'une parmi tant d'autres. Elle riait, aidait les plus petits et admirait les plus grands. Elle était dans son élément, sa fatigue du début de journée envolée.

— Elle s'intègre parfaitement au reste du groupe, dit Ian, le mari de Blake. — C'est une super bande de gamins.

— Oui, ils le sont. Isla n'a pas ça à la maison.

— Où est-ce, « à la maison » ? demanda Ian.

— Près de Philadelphie.

— Mais tu es d'ici ?

Je hochai la tête.

— Je ne peux pas imaginer vivre ailleurs. Bien sûr, c'est là que se trouve Blake, alors partir n'a jamais été une option pour moi.— Vous êtes ensemble depuis longtemps, vous deux ?Ian laissa échapper un petit rire. — Pas depuis aussi longtemps que je suis amoureux d'elle. Je suis tombé raide dingue de Blake au lycée, mais elle ne m'a pas accordé la moindre attention jusqu'à il y a quelques années. Après la mort de Mme Georgia, en fait. C'est elle qui m'a poussé à avouer à Blake ce que je ressentais pour elle.

— Ça ne me surprend pas. Elle a toujours été du genre à vouloir que les gens profitent de chaque instant et partagent leur amour.

Ian a hoché la tête. — Ouais, c'était tout à fait elle. Elle me manque toujours.

— Ouais.

— Blake dit qu'Isla adore l'eau. J'ai quelques bateaux que je prête à des amis si jamais ça t'intéresse de faire un tour sur la rivière.

— Mais tu ne me connais même pas, pourtant.

Ian a eu un petit rire. — Ça fait trop longtemps que tu es parti. Tout le monde se connaît, ici. Et Blake connaît ta mère, Elise te connaît. Il n'y a pas de problème. Et je sais à quel point c'est difficile d'occuper les enfants. Surtout sans colonie de vacances.

— Je travaille sans arrêt pour maintenir le cabinet de mon père à flot, alors c'est ma mère qui garde Isla. Je n'ai pas passé autant de temps avec elle que je l'avais prévu cet été, ai-je avoué.

— Ça arrive. Et c'est nul. Nos parents s'occupent de nos enfants quand on travaille. Mon emploi du temps est assez flexible, mais je dois quand même travailler. Ian a fait un signe de tête en direction des deux petits à qui Blake parlait au milieu du cercle.

— Maintenant que mon père est à la maison, je pense que ça va devenir plus difficile pour ma mère de s'occuper d'Isla et de lui. Je ne sais juste pas quelles sont mes options. Ma femme est morte avant qu'Isla n'ait un an, donc ça a toujours été juste nous deux, et d'habitude, je prends toutes mes vacances en été.

— Je suis désolé. Je ne savais pas, a dit Ian, les yeux rivés sur sa femme. — Je ne peux pas imaginer.

— J'espère que tu n'auras jamais à le faire.

Ian a souri.

— Hé, peux-tu la surveiller une minute ? Je vais nous chercher quelque chose à manger.

— Bien sûr. Elle ne risque rien ici.

— Merci. J'ai dit à Isla que j'allais chercher à manger et qu'elle devait écouter les autres adultes, puis je suis parti en quête d'un dîner qui serait meilleur pour elle que du pain perdu bien garni.

J'ai longé la file de tous les food trucks et j'ai décidé de nous prendre des sandwichs grillés et de l'eau. Pendant que j'attendais que la file avance, j'ai regardé la foule et j'ai essayé d'ignorer le pincement de la perte dans ma poitrine.

Ça aurait pu être chez moi. Ça aurait pu être l'endroit où j'aurais élevé ma fille, où Faith et moi aurions bâti notre vie ensemble.

Au lieu de ça, nous n'étions que de passage. Isla devrait retourner à son école, et moi, je retournerais à mon travail. Nous nous retrouverions de nouveau rien que tous les deux.

J'ai trébuché quand quelqu'un m'est rentré dedans, manquant de peu de me renverser.

— Je suis vraiment désolée. Je ne faisais pas attention. Tu vas bien ?

C'était elle. Encore. Impossible de lui échapper. Et impossible d'arrêter de penser à elle.

J'ai ouvert la bouche pour lui dire que j'allais bien, mais ce n'est pas ce qui en est sorti.

— Sors avec moi.

10

DAISY

Je n'ai pas pu m'empêcher de sourire. Oui, il avait toujours l'air agacé par quelque chose, et c'était peut-être de la folie de lui donner une seconde chance, mais j'étais aussi tellement attirée par cet homme que je ne pouvais littéralement pas l'éviter.

— Oui, ai-je dit.

Mais il a parlé en même temps que moi. — Non.

— Non ?

— Enfin… Oui ? Tu as dit oui ?

Je l'ai dévisagé. — C'est ça. Mais tu as dit non.

— Je… Il a secoué la tête, comme pour se remettre les idées en place. — Tu es sûre ?

J'ai gloussé. — Eh bien, c'est toi qui m'as invitée, et c'est toi qui es parti en courant lors de notre dernier rencard, alors je devrais peut-être te demander si tu es sûr.

Il m'a fixée du regard, bouche bée en fait. Ses yeux bruns étaient intenses, comme s'il voyait à l'intérieur de moi au lieu de se contenter de voir la femme en surface. C'était… excitant.

Je ne voulais pas me cacher de lui, parce que cet homme

m'avait déjà vue terrifiée et rejetée, et il tentait à nouveau sa chance. Ce n'était pas sa faute si sa mère l'avait inscrit sur un site de rencontres. Mais cette fois, c'était à lui de décider.

— Oui, j'en suis sûr, a-t-il dit après une très longue minute.

— D'accord, alors.

Il a souri. — D'accord, alors.

— Suivant !

— Euh, c'est à ton tour, ai-je dit, riant du fait qu'il se contentait de me fixer au lieu de prêter attention à la longue file de clients derrière lui.

— Oh. Merci. Euh, tu veux quelque chose ?

— C'est notre rencard ? ai-je demandé avec un sourire en coin, tout en espérant secrètement qu'il dise non.

Il a secoué la tête. — Non, mais je peux te prendre quelque chose si tu as faim.

— J'ai toujours faim, mais je vais au food truck d'à côté. Merci.

Il a hoché la tête, puis s'est approché du comptoir. Il a commandé deux sandwichs, et je me suis demandé s'il m'achetait à déjeuner quand même, mais pendant que j'attendais que ma file avance, il s'est retourné et s'est éloigné avec ses deux sandwichs et ses deux bouteilles d'eau.

J'ai commandé mon déjeuner, puis je suis retournée vers le groupe, un peu surprise de voir Kingsley en train de discuter avec Ian en arrivant.

Je me suis déplacée de l'autre côté du cercle où Chelsea et Derek discutaient avec Haley et Knox, s'extasiaient devant les dernières échographies d'Haley et se regardaient comme s'ils allaient être les prochains sur la liste.

— Comment tu te sens ? ai-je demandé à Haley. C'était ma coiffeuse et l'une des personnes les plus adorables que j'aie jamais rencontrées. Elle et Knox étaient mignons ensemble, et j'étais si heureuse qu'elle ait finalement décidé de rester en ville.

— Je suis tout le temps fatiguée, et c'est de plus en plus difficile de rester debout toute la journée, mais j'ai eu beaucoup de chance. Ça a été une grossesse plutôt facile, a dit Haley.

Knox lui a massé le bas du dos. — Elle est incroyable. Ce n'est pas pour rien que ce sont les femmes qui ont les bébés et pas les hommes. Moi, j'aurais été par terre, prêt à abandonner depuis des mois, mais elle, elle continue. Elle est plus forte que moi, ça, c'est certain.

— Tu m'aides plus que tu ne le penses. Haley s'est tournée vers moi. — Il me masse les pieds tous les matins et tous les soirs. Il me masse le dos quand je rentre du travail. Et ça fait des mois qu'il ne me laisse rien faire à la maison. C'est lui qui cuisine, qui fait le ménage, et il est là pour chaque rendez-vous. C'est déjà un père formidable.

Knox l'a embrassée sur le côté de la tête et lui a murmuré quelque chose à l'oreille. Haley a levé les yeux vers lui et a avancé les lèvres pour un baiser.

L'amour était une chose si extraordinaire. Il avait donné un foyer à Haley, une famille à Chelsea, et un nouveau degré de confiance à Natalie. Il avait donné à toutes mes amies quelque chose dont elles n'avaient jamais su qu'il leur manquait.

Mais je savais que ça me manquait. Je n'avais jamais été la priorité de quelqu'un. Je n'avais jamais eu un homme qui aurait tout fait pour moi comme Knox le faisait pour Haley, ou un homme qui encourageait mes rêves comme Omar le faisait pour Natalie. J'aimais leurs hommes parce que j'aimais mes amies, et j'étais prête à trouver le mien.

Peut-être l'avais-je trouvé, ai-je pensé en surprenant Kingsley en train de me regarder. Il a détourné le regard rapidement, comme s'il était gêné de s'être fait prendre, mais cela m'a juste fait sourire.

Car la vie était pleine d'opportunités.

COMMENT AVOIR un rendez-vous avec quelqu'un qui n'a pas mon numéro de téléphone et ne sait pas grand-chose de moi ? Je me suis posé la question pendant quelques jours, jusqu'à ce que je reçoive un message sur À la Recherche du Héros Littéraire Parfait.

DOCTEUR GRINCHEUX

Bon, je n'ai pas eu ton numéro. Et on n'a pas convenu d'une heure pour se voir. Ça t'intéresse toujours ?

J'ai souri pour moi-même. Il n'avait décidément pas l'habitude des rendez-vous galants. Ça ne me dérangeait pas. Cela signifiait que je verrais l'homme véritable au lieu de la personne qu'il pensait devoir montrer aux autres.

JOUER POUR TOUJOURS

Oui, ça m'intéresse. Tu es disponible ce soir ?

DOCTEUR GRINCHEUX

Je travaille jusqu'à 18 heures.

JOUER POUR TOUJOURS

Tu veux qu'on se voie après ?

DOCTEUR GRINCHEUX

Seulement si ça ne te dérange pas que je vienne directement du travail.

JOUER POUR TOUJOURS

Ça ne me dérange pas du tout.

J'ai souri. Décidément, je n'aurais rien de moins que lui dans son intégralité.

DOCTEUR GRINCHEUX

Tu veux qu'on se retrouve au même endroit que la dernière fois ?

JOUER POUR TOUJOURS

Ça me va. À tout à l'heure, alors.

DOCTEUR GRINCHEUX

J'ai verrouillé mon téléphone et je suis retournée travailler. J'avais un rendez-vous. Avec le docteur sexy et grognon.

Attends. C'était bien avec lui, n'est-ce pas ? Pas avec sa mère ?

J'ai ouvert la conversation et je l'ai relue. Il n'y avait pas grand-chose, mais quand j'ai lu ce que nous avions écrit auparavant, ce que sa mère avait écrit, ça sonnait différemment.

Savait-elle que nous avions prévu de nous voir ? Qu'il m'avait invitée à sortir ? Ou était-ce vraiment lui ?

J'ai haussé les épaules et j'ai reposé mon téléphone. La seule façon de le savoir était de me présenter. J'avais l'impression que sa mère ne nous organiserait pas un autre coup après la dernière fois, mais comment avait-il eu accès à la conversation ?

Je ne pouvais pas m'inquiéter pour ça. Soit ça allait marcher, soit non. Stresser ne changeait jamais rien, donc je devais choisir de rester ouverte à la possibilité de rencontrer un homme qui m'attirait.

Tout allait bien se passer.

Assise à une table, je sirotais ma boisson. Hudson n'était pas là, donc j'étais assez anonyme en attendant que Kingsley arrive pour notre rendez-vous. Je reconnaissais un bon nombre de personnes, mais aucune que je connaissais assez bien pour lui parler sans raison. Et je ne cherchais pas de raison alors que j'attendais mon cavalier.

Je surveillais la porte, en espérant voir Kingsley entrer. Si ce n'était pas lui, ou si c'était un autre coup monté de sa mère, je serais déçue, mais il m'avait invitée en personne, donc j'avais bon espoir qu'il se présente.

J'avais presque fini mon verre. Il était dix-huit heures trente. Je commençais à perdre espoir qu'il vienne. Mais la porte s'est ouverte, et il était là.

Il a balayé la pièce du regard, et lorsque ses yeux se sont posés sur moi, le coin de ses lèvres s'est relevé.

Il s'est assis sur la chaise en face de la mienne. — Salut.

J'ai souri largement. — Salut.

— Je vous sers quelque chose à boire ? a demandé la serveuse en apparaissant à côté de nous.

Kingsley a montré mon verre du menton. — La même chose ?

J'ai hoché la tête. — Une margarita à la pêche.

Elle a acquiescé, puis s'est tournée vers Kingsley. — Un Perrier-rondelle, s'il vous plaît.

— J'arrive tout de suite, a-t-elle dit, en s'éloignant sans rien noter. Ça m'a toujours impressionnée, ce genre de choses, surtout quand je l'ai vue s'arrêter à deux autres tables avant de retourner au bar.

— Je te demanderais bien si tu attends depuis longtemps, mais si tu as déjà fini un verre, c'est que c'est le cas. J'en suis désolé.

J'ai secoué la tête. — Ce n'est rien. Je n'avais rien de prévu cet après-midi, alors je suis venue en avance. Je n'étais pas sûre de l'heure à laquelle tu arriverais.

— Avant que j'oublie, est-ce que je peux avoir ton numéro ? Il m'a tendu son téléphone, me laissant le choix de le prendre ou non.

Je l'ai pris, voyant qu'il l'avait déjà déverrouillé, et j'ai ajouté mes coordonnées. — Je me demandais comment tu avais fait pour me contacter.

Il a eu un petit rire. — La conversation avec ma mère n'a pas été des plus agréables. Mais elle était ravie, par contre. Elle a dit que ça ne faisait que prouver qu'elle avait raison. Je n'ai pas fini d'en entendre parler.

J'ai ri.

— Je viens de t'envoyer un SMS pour que tu aies mon numéro, toi aussi.

— Merci, ai-je dit.

Le serveur a rapporté nos boissons et nous a demandé si nous avions besoin de quoi que ce soit d'autre. Nous avons tous les deux secoué la tête.

— Alors… a-t-il commencé.

— Alors ?

Il a haussé les épaules. — Je ne suis pas sorti en rencard depuis plus de dix ans. Qu'est-ce que je suis censé te demander ?

— Ce que tu veux. Je n'enchaîne pas vraiment les rendez-vous, mais ça m'intéresse de trouver quelqu'un avec qui me poser un jour.

Il a haussé les sourcils.

— Oui, je sais. Dire ça dès le premier rendez-vous, c'est précipiter les choses. Je ne dis pas que c'est ce que j'attends. Nous n'avons eu que quelques conversations, et la plupart du temps, ce n'était pas vraiment un choix. Mais je ne pense pas que cacher la vérité soit la bonne chose à faire.

— Je ne suis pas… Je n'habite pas ici. Quand l'été sera terminé, je repartirai à Philadelphie.

J'ai hoché la tête. — Je sais. J'ai pris une gorgée de ma

boisson, sachant que cela me donnait un peu plus de courage.

— Mais je te trouve attirant.

Son regard s'est embrasé à mon aveu. — C'est réciproque.

— Bien. C'est la première étape.

— La première étape ?

— S'il n'y a pas d'attirance, c'est une perte de temps pour nous deux.

— C'est vrai. Tu es toujours aussi directe ?

— Non. Mais quelque chose me dit que tu apprécies.

— En effet. Je n'y suis simplement pas habitué.

— Tu as lu les messages sur l'application ?

— Les messages ? Oh, ceux de ma mère ?

J'ai hoché la tête.

— Oui. Ça ne te pose pas de problème ?

— Bien sûr. Ça me rassure de savoir que tu les as vus, même si ce n'est pas toi qui les as écrits.

— Une partie, c'était moi.

— Pardon ? ai-je demandé en penchant la tête, complètement perdue.

— Ce n'est pas moi qui t'envoyais des messages, mais elle me posait des questions.

— D'accord…

Il a ri. — Je sais. Un soir, alors qu'on cuisinait, elle m'a demandé ce que serait mon dernier repas. Elle a dit que c'était un truc en ligne.

— Ce n'est pas un mensonge. Une façon intéressante de dissimuler la vérité.

— Ouais, a-t-il dit avec un petit rire. — C'est une façon de voir les choses.

— Et pour le cheesecake façon tortue ?

Il a hoché la tête, sa gorge se contractant. — Ma femme en faisait tout le temps pour moi. Sa voix était douce, comme si parler d'elle était difficile.

Je ne savais pas si j'étais censée savoir quoi que ce soit sur elle ou non. Quel était le protocole dans ce genre de situation ? — Euh, je sais qu'elle a eu un accident. Je suis vraiment désolée.

Il a pincé les lèvres. — Je me doutais que tu savais. Et merci.

— J'ai aussi entendu dire que vous étiez parfaits l'un pour l'autre.

Il a laissé échapper ce qui aurait pu être un rire. — Nous l'étions. Elle a fait de moi un homme meilleur à tous points de vue.

— Tu es beaucoup sorti avec des femmes depuis ?

Il a soutenu mon regard et a secoué la tête. — Non.

— Ça… Ça veut dire pas beaucoup ou pas du tout ?

— Pas du tout.

— Oh.

— Écoute, je sais qu'après quatre ans, je devrais être prêt, mais j'ai été bien occupé avec mon enfant.

— Je ne te juge pas. Promis. Ça a dû être dur de la perdre. De croire que toute ta vie était tracée, et puis de voir tout changer. Je… je ne prétendrais jamais comprendre ce que ça peut faire.

Il a soutenu mon regard un long moment, puis a hoché la tête. — Merci. La plupart des gens me demandent pourquoi je ne sors avec personne. Pourquoi je ne suis pas remarié. C'est toujours… je n'y avais jamais pensé avant de…

— Avant de quoi ? J'étais suspendue à ses lèvres, cherchant désespérément à savoir ce qu'il pensait. Qu'est-ce qui avait changé ? Quand ?

Son regard a brûlé le mien, envoyant une vague de chaleur à travers tout mon corps. — Avant de te rencontrer.

J'ai eu le souffle coupé. — C'est ta technique de drague ?

Il a eu un petit rire. — Non. Je ne vais pas rester ici. Je ne construis pas ma vie ici. Mais il semble que je n'arrête pas de tomber sur toi. Je… j'aime bien tomber sur toi.

— Je ne vais pas m'en plaindre.

— Ce n'est pas vraiment juste de ma part de m'engager avec toi, cela dit.

— Pourquoi pas ?

— Parce que tu cherches quelque chose de sérieux, et je n'en suis pas encore là.

— N'est-ce pas comme ça dans toutes les relations ? Une personne est prête pour plus, et l'autre soit la rattrape, soit tout s'arrête ?

— Oui, mais si on se lance en sachant que ça va se terminer, est-ce que ça en vaut la peine ?

J'ai souri. — Chaque expérience en vaut la peine. Même celles qui ne fonctionnent pas peuvent nous apprendre quelque chose. Quelque chose sur nous-mêmes, sur les autres, sur ce que nous voulons, ce dont nous avons besoin ou ce que nous aimons. Si je disais non à tout sous prétexte que ça n'allait pas durer éternellement, je ne ferais jamais rien.

Il m'a regardée fixement un long moment, puis a secoué la tête. — Je ne sais pas si j'en suis capable.

— Serais-tu sorti avec ta femme et l'aurais-tu épousée si tu avais su que sa vie allait se terminer à ce moment-là ?

Il s'est reculé d'un coup et a aspiré une goulée d'air. — Waouh.

— Généralement, on ne connaît pas la fin. On s'accroche à l'espoir, en priant pour que ce que l'on veut nous appartienne pour toujours, mais ce n'est pas toujours le cas. Il y a tellement de choses dans ma vie que j'aurais voulu voir durer éternellement, mais ça n'a pas été le cas. Mais si je n'avais jamais vécu ces choses, je ne serais pas la personne que je suis aujourd'hui.

Il a hoché la tête. — C'est vrai.

— Avec ça, avec nous, on sait que ça va se terminer. Il y a une date limite. Tu t'en vas…

— Fin de l'été. Fin août.

— Donc il nous reste six ou sept semaines d'ici là ?

— Ouais.

— Nous pouvons profiter de ce temps en sachant que ce sera doux-amer parce que ça se terminera, ou nous pouvons rester loin l'un de l'autre et nous demander si nous aurions pu passer un été génial.

— Tu es...

— Je sais, ai-je dit, sentant mes joues s'échauffer. La plupart des gens ne me comprenaient pas. J'étais une éternelle optimiste qui croyait en la bonté du monde. Je cherchais toujours le bon côté des choses. Il serait difficile de mettre fin à une relation, mais ce serait plus facile de savoir que la fin était proche. De savoir que nous allions juste passer du temps ensemble et nous amuser. Il n'y aurait pas de sentiments profonds. Pas d'attachement. Pas de souffrance. Parce que nous savions que la fin viendrait.

— Incroyable, a-t-il finalement dit.

J'ai relevé la tête brusquement. — Quoi ?

— J'ai l'impression de profiter de toi. Te demander de... Je ne sais même pas ce que je suis en train de demander. Ça n'a aucun sens pour moi.

— Ça n'a pas besoin d'avoir de sens. Honnêtement, ça n'en a pas pour moi non plus. Je sais que tu pars. Ce n'est pas ce que je veux. Ce n'est pas ce que je recherche. Je sais que mon pseudo donne l'impression que si, mais...

— Ça ne m'a même pas traversé l'esprit. Il a eu un sourire en coin.

— Le but n'est pas là. Je veux un avenir. Je veux un partenaire. Mais je veux rester à L'anse MacKellar.

Il a hoché la tête. — Et moi non plus.

J'ai hoché la tête à mon tour. Nous étions entièrement d'accord, et complètement désemparés.

— Alors, c'est un oui ? a-t-il demandé.

Je lui ai tendu la main. Il a baissé les yeux vers elle, a eu un sourire en coin, puis me l'a serrée. — À un avenir temporaire qui sera ce que nous déciderons d'en faire.

— Est-ce que ça veut dire que je dois dire à ma mère qu'elle avait raison ?

J'ai reniflé. — Je préférerais ne pas mêler ta mère à ça, mais c'est à toi de voir ce que tu lui dis.

— Tu te sentirais mieux si personne n'était au courant pour nous ?

J'ai réfléchi à la question. Je ne partais pas à la fin de l'été. C'est moi qui devrais affronter les rumeurs. Mais ça ne voulait pas dire que je voulais me cacher. — Je pense qu'on devrait faire comme on le sent. Je le dirai probablement à certaines de mes amies, mais je ne vais pas débarquer à ta clinique pour exiger de te voir parce qu'on est… quelque chose.

— On sort ensemble ? a-t-il proposé.

— On sort ensemble. J'ai savouré l'expression et elle m'a plu. Je ne voyais pas de mot qui convienne mieux.

— Et maintenant ?

— Maintenant ?

Il s'est penché plus près. — J'ai le droit de t'embrasser ?

J'ai souri. — Je pense que ça peut s'arranger.

Il a haussé un sourcil. — Bon à savoir.

— Bon à savoir.

Il a jeté de l'argent sur la table et s'est levé, me tendant la main. Il m'a aidée à me relever, sans me tirer contre lui comme je m'y attendais à moitié. Il m'a laissée passer devant lui, une main posée sur le bas de mon dos, envoyant des frissons dans tout mon corps.

Une fois dehors, il a tourné à droite. — Je peux te ramener ?

— Tu n'es pas obligé de faire ça.

— Tu as bu deux verres, et je préférerais que tu ne conduises pas, si ça ne te dérange pas.

J'ai hoché la tête. — Merci. Mais je suis venue à pied. Je ne conduis jamais après avoir bu.

— Tu essaies de te débarrasser de moi ?

J'ai secoué la tête. — Non. Pas du tout. C'est juste que…

— Tu n'aimes pas compter sur les autres ? a-t-il suggéré, visant bien plus juste que je ne l'aurais voulu.

— Peut-être.

Il a hoché la tête. — Je sais ce que c'est. Et si je t'avouais que je suis égoïste, moi aussi, et que j'espère pouvoir t'embrasser en te déposant ?

— Ah, ça, c'est une tout autre histoire. Tu aurais dû commencer par là.

Il a ri bruyamment et a secoué la tête. Il a fait un signe de tête vers un MacKellar Cove Inn

véhicule utilitaire véhicule utilitaire sport sombre dont les feux ont clignoté dans notre direction. — C'est moi.

Je l'ai suivi, souriant lorsqu'il m'a ouvert la portière passager. J'ai pris une seconde pour jeter un œil à l'intérieur du véhicule pendant qu'il le contournait pour aller du côté conducteur. Le rehausseur à l'arrière m'a rappelé qu'il était père. Un père célibataire.

Je n'étais jamais sortie avec un père célibataire.

Étais-je en train de prendre la bonne décision ?

Je me suis mordillée la lèvre jusqu'à ce qu'il monte à côté de moi. Les lumières de l'habitacle se sont éteintes, nous plongeant dans l'obscurité, et Kingsley s'est penché par-dessus la console.

— Je peux t'embrasser, maintenant ?

Je me suis mordillé la lèvre et j'ai hoché la tête.

Il s'est approché avec précaution, comme s'il n'était pas sûr que je le pensais vraiment. Sa main s'est posée sur ma joue, caressant ma peau. Son regard est descendu sur mes lèvres. Il s'est penché plus près, le murmure de son souffle sur mes joues s'intensifiant à mesure qu'il approchait.

J'avais l'impression d'être de retour au lycée. Mon premier baiser avec un garçon qui ne savait pas ce qu'il faisait. Moi non plus à l'époque, et nous avions tâtonné ensemble.

Mais je n'étais plus cette adolescente innocente. J'étais une femme adulte qui savait exactement ce qu'elle voulait. Et cet homme était ce que je voulais.

J'ai passé ma main derrière sa nuque et j'ai collé mes lèvres aux siennes, en me penchant vers lui. Un grognement de surprise lui a échappé, mais je ne me suis pas arrêtée.

Ses lèvres étaient chaudes, douces et insistantes contre les miennes. Il n'a pas attendu ma permission pour faire glisser sa langue sur mes lèvres et chercher à entrer.

Je l'ai accueilli, le taquinant avec ma langue et me laissant emporter par le baiser.

Il a gémi doucement, ses doigts se resserrant sur ma mâchoire, inclinant ma tête à sa convenance. Sa langue épaisse a rempli ma bouche, m'excitant comme je ne l'avais pas été depuis bien trop longtemps.

Il s'est reculé au bout d'une minute, haletant et agrippant son volant comme si c'était la seule chose qui l'empêchait de me déshabiller sur-le-champ.

— C'est vraiment une bonne idée de passer l'été ensemble, ai-je murmuré.

Il s'est tourné pour me regarder et a ri. — Ce n'est pas moi qui vais me plaindre.

J'ai souri, et il a quitté le bord du trottoir, suivant mes indications jusqu'à ce qu'il arrive chez moi. Nous nous sommes embrassés dans l'allée jusqu'à ce que toutes les vitres de sa voiture soient embuées, que son téléphone sonne et que nous convenions de nous revoir bientôt.

Très bientôt.

11

Je me suis réveillée emmêlée dans mes draps, en pensant aux baisers de Kingsley. J'ai souri pour moi-même et savouré la sensation d'être désirée. Ça faisait un moment que je n'avais pas ressenti ça. Plus longtemps que je ne le pensais. Créer Jouets Lincoln et gérer l'entreprise la première année avait signifié bien plus de temps seule que ce à quoi je m'étais attendue.

Mais les choses s'amélioraient. J'avais une équipe qui m'aidait à faire tourner la boutique au quotidien, et tout se passait bien avec Penny qui s'occupait de l'inventaire. Les rendez-vous amoureux n'auraient pas dû être un luxe, mais c'en était un.

Un luxe sexy, amusant et moite. Un que j'avais hâte d'explorer davantage.

J'ai sauté sous la douche, prenant quelques minutes de plus pour savourer les sensations de désir qui me parcouraient, puis je me suis habillée. Natalie n'était pas du matin, alors j'ai essayé de contenir mon énergie matinale, mais j'étais vraiment impatiente de lui raconter mon rendez-vous.

— Bonjour, dit-elle quand je suis entrée dans la cuisine.

— Salut !

Mon exubérance la fit grimacer.

— Désolée. Je sais que c'est trop tôt pour toi.

— Je ne sais pas comment tu fais.

J'ai souri. — J'ai passé une très bonne soirée.

— Ah oui ? Qu'est-ce qui s'est passé ?

J'avais toute son attention. Elle me fixait avec des yeux émerveillés et un sourire aux lèvres. — Tu le savais, n'est-ce pas ?

Elle secoua la tête. Son sourire s'effaça. — Savoir quoi ?

— Que j'avais un rencard hier soir. Comment tu l'as su ?

— Tu avais un rencard ?

— Ne prends pas cet air choqué, dis-je en retenant un sourire. — Je sais, c'était la traversée du désert pour moi.

— Tu sais bien que je ne vais pas te juger. Mais je ne savais vraiment pas que tu avais un rencard. C'était avec qui ?

— Kingsley Harris.

— Le Dr Harris ? a crié Natalie.

J'ai hoché la tête.

— Je pensais qu'il était marié.

— Il l'était, mais sa femme est morte dans un accident de voiture.

— Sans blague ? Comment ai-je pu ne pas être au courant ? Quand ?

J'ai haussé les épaules. — Je ne sais pas. Il y a quatre ans, je crois. Je ne savais pas que tu les connaissais.

— Pas bien, bien sûr, mais il n'y a qu'un seul vétérinaire en ville. Tout le monde le connaît, je pense. Je croyais qu'il était juste à l'hôpital ou quelque chose comme ça ? Tu ne lui as pas provoqué une crise cardiaque, j'espère ?

— Quoi ? Il est… J'ai réalisé ce que Natalie pensait et j'ai éclaté de rire. J'ai tellement ri que j'ai dû poser ma tasse de café et m'asseoir sur une chaise avant de tomber.

Natalie m'a regardée bouche bée. — Ma question n'était pas si drôle que ça.

— Si, elle l'était. Oh mon Dieu. Je suis morte de rire. Et je ne sors pas avec lui. Mais avec son fils.

— Tu as dit le Dr Harris !

— Je sais. Il est vétérinaire aussi. Je ne m'attendais pas à ce que tu penses que je sortais avec un homme marié qui a vingt ans de plus que moi. Peut-être même plus. Je n'ai même jamais rencontré le Dr Harris père.

— D'accord, c'est beaucoup plus logique. Je commençais à m'inquiéter pour toi !

— Je me demandais bien à quoi tu pensais.

J'ai ricané en secouant la tête. — Eh bien, merci de m'avoir éclaircie.

— D'accord, alors le fils. Je ne savais pas qu'il y avait un fils dans le coin.

— Il n'est pas vraiment du coin. Il vit à Philadelphie. Il donne juste un coup de main pour l'été.

— Pour l'été ?

J'ai hoché la tête et j'ai bu une gorgée de mon café.

— Alors, il va retourner à Philadelphie ?

— Ouais. À la fin de l'été.

— Mais… alors… il y a un truc qui m'échappe, Daisy ? Je croyais que tu voulais fonder une famille. Te poser.

— C'est toujours le cas. Mais il me plaît. Il est intéressant, vraiment mignon, et il m'intrigue.

— Mais il va partir.

— Je sais.

— Et ça te va ?

— Ouais. Ça me va. On sait à quoi s'en tenir. Ce n'est pas quelque chose qui va poser problème.

— Je n'en suis pas si sûre, Daisy. C'est vraiment facile de tomber amoureuse de quelqu'un qui semble être la bonne personne, même quand on sait que l'on ne devrait pas.

— Tout ira bien, Natalie. Je ne suis pas inquiète.

— Je ne veux juste pas que tu sois blessée.

— Je ne le serai pas. Tout va bien. Entre nous, tout roule.

Elle a pincé les lèvres et m'a étudiée attentivement.

J'étais blessée. C'était ma meilleure amie. La seule personne qui avait toujours été là pour moi et qui m'avait toujours donné l'impression que je pouvais tout accomplir. Et au lieu de me soutenir, elle me remettait en question. Elle me donnait l'impression que j'avais tort de choisir de passer du temps avec Kingsley.

Je l'ai encouragée avec Omar. À chaque étape. Je l'ai toujours soutenue.

— Je t'aime, Daisy.

— Je t'aime, Natalie.

— Juste… sois prudente, d'accord ?

— Je le serai. Ça va aller. Je devrais aller travailler. On se voit plus tard.

Elle a hoché la tête, sans me retenir alors que je me dirigeais vers la porte.

Je suis montée dans ma voiture et j'ai réalisé que j'étais partie précipitamment avant d'avoir pris mon petit-déjeuner. Je fuyais ma meilleure amie. Ce n'était pas comme ça que je voulais commencer ma journée.

J'ai passé le trajet jusqu'au travail à changer d'état d'esprit. Je n'allais pas laisser Natalie me convaincre que je prenais la mauvaise décision. C'était peut-être la mauvaise décision, mais ça ne me dérangeait pas. Je savais que si je ne prenais pas de risques de temps en temps, je ne vivrais jamais rien. Et après plus d'un an à me concentrer sur le travail et à ne voir personne, j'étais prête à vivre de nouvelles expériences.

Faire ça avec quelqu'un qui ne serait pas la personne de toute une vie me convenait parfaitement.

Peu importait que Natalie ne comprenne pas. Elle n'avait

pas à le faire. Ça allait être difficile de le lui cacher, mais tout irait bien. Une aventure d'été me convenait très bien.

Je me suis arrêtée chez Cracked et j'ai pris un petit-déjeuner à emporter, puis je suis allée au travail.

Mon enthousiasme initial est revenu quand je suis arrivée au travail. Il ne s'agissait pas de Kingsley, mais j'étais à l'endroit où j'étais le plus heureuse. Les choses se passaient bien, les livraisons arrivaient comme prévu, et je trouvais un moyen d'avoir une vie.

La journée a été chargée avec des parents faisant des achats avec leurs enfants, des adultes achetant pour les enfants de leurs amis, et des enfants courant partout et s'amusant. Je n'aurais pas pu rêver mieux. Au moment de quitter le travail pour la journée, j'avais retrouvé ma bonne humeur. Je comprenais le point de vue de Natalie, mais je ne partageais pas ses inquiétudes. Tout allait bien se passer. Kingsley et moi étions bien. On apprenait à se connaître, on s'amusait ensemble, et quand il partirait, tout irait bien.

Natalie n'était pas à la maison quand je suis arrivée, et je devais admettre que je n'étais pas entièrement déçue. J'adorais ma meilleure amie, mais je n'étais pas prête pour une autre dispute. Rien n'avait changé, et rabâcher la même chose ne nous aurait fait nous sentir mieux ni l'une ni l'autre.

Je me suis changée et j'ai cherché quelque chose à manger dans le frigo, souriant en trouvant une boîte avec les restes d'il y a deux soirs. — Le jackpot !

J'ai fait réchauffer mon plat, puis je l'ai apporté sur le canapé, me blottissant à une extrémité et allumant une émission de concours de pâtisserie. J'étais constamment émerveillée par le talent des candidats et je rêvassais à l'idée d'être capable de réaliser quelque chose de seulement moitié aussi spectaculaire, sans pour autant vouloir y consacrer le temps nécessaire pour apprendre.

Un épisode en a entraîné un autre, et je me suis emmitouflée dans une couverture, m'installant confortablement pour une heure ou deux de plus. Au moment même où le verdict des juges commençait, on a frappé à ma porte.

J'ai gardé les yeux rivés sur la télé en me dirigeant vers la porte, la télécommande à la main pour pouvoir mettre l'émission sur pause. J'ai appuyé sur le bouton pause et ouvert la porte en même temps.

— Kingsley.

— Salut, a-t-il dit en entrant chez moi.

J'ai reculé pour le laisser entrer, souriant quand il a refermé la porte d'un coup de pied.

— Je voulais te voir.

— Eh bien, tu me vois.

Son regard a parcouru mon corps. Ses yeux se sont illuminés. — Tu es occupée ?

J'ai montré la télévision. — Très. J'suis sur le point de savoir qui a fait le meilleur gâteau.

Il a suivi mon regard vers la télé et a souri en coin. — Des choses importantes.

J'ai hoché la tête. — Ça l'est. Tout leur avenir dépend du fait que je regarde l'émission et que je découvre comment elle se termine.

— Tu es une personne très importante.

J'ai souri. — Je le suis. Tu devrais t'en souvenir.

— Promis. Il s'est rapproché de moi. — Tu vis seule ?

J'ai secoué la tête. — Coloc.

Il a soupiré.

— Mais elle n'est pas là.

Il a eu un sourire en coin. — Vraiment ?

J'ai hoché la tête. — Absolument.

Il a tendu la main vers la mienne et m'a pris la télécommande. Il l'a jetée sur le canapé et s'est immiscé dans mon espace personnel, lentement, me laissant tout le loisir de m'écarter.

Tendre idiot. C'était tout le contraire de ce que je voulais.

Je suis restée immobile, le laissant se rapprocher encore et encore, jusqu'à ce qu'il n'y ait plus le moindre espace entre nous. J'ai levé les yeux vers lui, la différence de taille de dix ou douze centimètres qui nous séparait étant encore plus prononcée de si près.

— Je n'ai pas arrêté de penser à t'embrasser, a-t-il dit d'une voix rauque.

— Je n'ai pas arrêté d'y penser non plus.

— Je ne pouvais pas attendre un jour de plus pour te voir.

— Je suis contente de l'entendre.

— Je vais t'embrasser à nouveau, Daisy.

— Ah oui ? Parce qu'il me semble qu'on parle beaucoup…

Ses lèvres ont réclamé les miennes, me volant mes mots et me montrant qu'il était sérieux.

J'ai répondu à son baiser par un gémissement, enroulant mes bras autour de son cou et le tirant incroyablement plus près.

Ses mains se sont posées sur mes hanches, forçant nos corps à un contact total. Le dur a rencontré le doux, les doigts ont rencontré la chair, et j'ai reculé en direction de ma chambre, le voulant tout à moi.

Nous avons heurté les murs, mais nous avons continué à avancer, trouvant le couloir entre deux baisers qui me faisaient sourire, impatiente d'en avoir plus. Plus de lui, plus de plaisir, plus de tout ça.

Sa main a trouvé ma peau nue juste au moment où nous entrions dans ma chambre. Je me suis arrêtée, gémissant à ce contact. C'était si bon. Comment aurais-je pu y résister ? Comment refuser de passer quelques semaines avec lui ?

— Tu réfléchis beaucoup trop, a-t-il murmuré contre mes lèvres.

— Alors peut-être que tu devrais m'en empêcher.

Il a glissé sa main vers le haut et a enveloppé mon sein nu, gémissant en découvrant ma peau. — Pas de soutien-gorge ?

— Je n'avais pas prévu de visite ce soir. Tu t'en plains ?

— Absolument pas, a-t-il grogné, tout en tirant mon t-shirt vers le haut et en l'éloignant de mon corps. Son regard est tombé sur mes seins quelques secondes avant que ses lèvres ne suivent.

Il m'a plaquée contre le mur à côté de ma porte, dévorant mes tétons et déposant des baisers humides sur mes seins tout en me taquinant et en me torturant avec sa langue.

J'ai tenu sa tête, passant mes doigts dans ses cheveux et fermant les yeux pour profiter des sensations. Je ne me souvenais pas de la dernière fois que quelqu'un avait vénéré mes seins comme il le faisait. C'était transcendant. Comme si j'accédais à un autre plan d'existence. J'avais un faible pour les hommes qui prenaient leur temps avec ma poitrine au lieu de se précipiter pour m'enlever mon pantalon, et celui-ci prenait définitivement son temps.

Ses dents ont mordu ma peau, me faisant haleter de plaisir. — Ça te plaît ?

— Oui, ai-je soufflé, en essayant de ne pas paraître trop impatiente d'en avoir plus de lui. Mon Dieu, était-ce donc ça, d'être avec un homme qui n'était pas pressé ? Qui voulait extraire de moi la moindre parcelle de plaisir ?

Il s'est tourné vers mon autre sein et a fait courir le bout de sa langue sur mon mamelon, tout en pinçant le premier.

Mes hanches se sont balancées au rythme de ses mouvements, un orgasme montant en moi. Il n'avait pas encore enlevé mon pantalon, et j'étais déjà haletante et à deux doigts du septième ciel.

— Bon sang, tu es sublime, a-t-il dit. — Tu vas jouir comme ça ?

— C'est bien possible, ai-je admis.

— Je prends ça comme un défi.

— S'il te plaît, ai-je soufflé.

Il a pris mes deux seins en coupe et a porté mes tétons à sa bouche. La traction vive qu'il a exercée pour les soulever a rendu sa morsure plus puissante, plus torturante.

J'ai pressé mes seins contre sa bouche, adorant le fait qu'il ne s'y soit pas opposé. Il les a aspirés, sa langue les effleurant tous les deux en même temps, puis décrivant un cercle autour de chacun avant de mordre et de tirer, provoquant une étincelle qui m'a complètement enflammée.

— Kingsley, ai-je gémi.

Il n'a pas répondu, n'a pas levé les yeux, n'a rien changé.

J'adorais ça.

Ses coups de langue et ses mordillements ont fait monter mon désir et ma tension en flèche. Mes hanches ont continué à se balancer, mon plaisir montant à chaque succion sur mon corps, à chaque caresse de sa langue sur ma peau tendue. Puis il a changé de tactique et s'est reculé, soufflant sur ma chair humide, avant de les aspirer à nouveau dans sa bouche avec une succion profonde qui a provoqué une tension correspondante entre mes cuisses, une tension qui m'a fait basculer.

— Oh, oui, ai-je soufflé en me laissant aller, alors qu'il prenait mes seins entièrement dans sa bouche, faisant rouler mes tétons contre son palais.

— C'était incroyable, a-t-il dit en me relâchant avec un petit bruit sec. Il a soufflé sur ma peau trempée, me donnant la chair de poule sur tout le corps. « Dis-moi que tu n'as pas fini. »

J'ai secoué la tête, les yeux mi-clos, le regardant au travers de mes cils. « Dis-moi que tu n'as pas fini non plus. »

— Loin de là. Mais j'espère que c'est le cas pour nos vêtements. »

J'ai hoché la tête et j'ai attrapé sa chemise. Il m'a aidée à la lui retirer par-dessus la tête et à la jeter avec la mienne, puis nous nous sommes empressés d'enlever nos bas et nos sous-vêtements, nous retrouvant nus en même temps.

— Bordel, tu es sublime, a-t-il murmuré en tendant la main pour me toucher.

— Tu es magnifique, ai-je dit en laissant mes yeux parcourir son corps. Des poils sombres dessinaient une courbe autour de ses pectoraux et s'affinaient en une ligne sur son abdomen, menant à une érection très dure et très épaisse, nichée au milieu d'autres poils sombres. Ses jambes étaient épaisses et fortes, ses abdominaux pas du tout dessinés, et même un peu mous. Je me suis sentie un tout petit peu moins complexée par mon corps face à un homme qui, de toute évidence, se souciait de bien plus que d'aller à la salle de sport tous les jours. Il n'allait pas me juger pour avoir séché... toutes les séances d'entraînement.

Je l'espérais.

— Je... Merde. Je n'ai pas de préservatifs, a-t-il dit, ses mains retombant le long de son corps.

— Oui, lui ai-je répondu, en me souvenant de la boîte que Natalie avait achetée il y a un mois. J'espérais qu'il en restait encore. Ou qu'elle en avait racheté une.

Je me suis précipitée dans le couloir jusqu'à sa chambre et j'ai ouvert le placard sous son lavabo. Juste devant, il y avait une boîte, ouverte, mais encore presque pleine. Je devrais lui en racheter une, mais ça en valait la peine pour ne pas retarder ma nuit avec Kingsley.

Je suis revenue près de lui au pas de course, une plaquette de préservatifs à la main.

Il a souri quand il a vu combien j'en avais rapportés. — Ambitieuse ?

J'ai ri. — Je me suis dit qu'il valait mieux en avoir quelques-uns ici. Juste au cas où on en aurait besoin de plus d'un.

— J'aime ta façon de penser.

— Tant mieux.

Il m'a pris les préservatifs des mains et en a détaché un. Il a jeté les autres sur le lit et a déchiré l'emballage de celui qu'il avait gardé.

Je l'ai regardé fixement se prendre le sexe, le caresser une fois, puis positionner le préservatif sur son gland. Il a marqué une pause et a levé les yeux vers moi, souriant en me voyant l'observer, puis il a déroulé le préservatif sur toute sa longueur. D'un signe de tête, il a désigné le lit et m'a tendu la main pour que je le rejoigne. Il a attendu que je monte sur le lit la première, puis s'est étiré au-dessus de moi, abaissant son corps sur le mien.

J'adorais sentir son poids sur moi, me pressant contre le matelas. Il m'a embrassée, prenant de nouveau son temps au lieu de se jeter sur moi et de pousser sans attendre. Ce n'était pas ce à quoi je m'attendais, mais je n'allais certainement pas me plaindre d'un homme qui voulait m'embrasser, s'amuser avec mon corps et me faire grimper aux rideaux avant de faire l'amour.

Il se maintenait en équilibre sur un bras, utilisant son autre main pour jouer de nouveau avec mon téton. Ses baisers étaient doux, tendres et taquins, en contraste total avec la façon dont il tortillait et pinçait mon mamelon. Je me suis surprise à me tortiller contre lui une seconde et à soupirer de plaisir la suivante, mon corps et mon esprit luttant pour savoir vers quoi se tourner.

Les deux.

Quand sa main a glissé le long de mon ventre, abandonnant mon sein, pour se poser entre mes cuisses, j'ai enfin fait un choix. Celui-là. C'est sur celui-là que je voulais me concentrer. Ses doigts se sont enfoncés en moi, et son sexe a tressailli contre ma hanche alors qu'un grognement lui échappait. Il a pompé ses doigts en moi, se retirant complètement pour étaler mon humidité jusqu'à mon clitoris.

Il a pincé mon clitoris entre ses doigts et a tiré, tirant sur le faisceau de nerfs tendus, et j'ai failli lui mettre un coup de tête et lui faire un œil au beurre noir.

— Je suis désolée, ai-je soufflé. Oh, merde.

— Ça en aurait valu la peine, a-t-il lâché entre ses dents.

Il m'a de nouveau embrassée, me coupant le souffle, alors qu'un orgasme venu de nulle part m'a submergée. Mes hanches ont rebondi sur le lit, martelant sa main pendant qu'il tirait et frottait mon clitoris, me faisant basculer dans une chaleur exquise.

Ses baisers m'ont ramenée à la réalité, et il a écarté les cheveux de mon visage tout en se positionnant entre mes jambes. J'ai eu le souffle coupé par sa grosseur quand il s'est engouffré en moi.

Un gémissement s'est échappé de l'un de nous, peut-être de nous deux, et je me suis demandé bordel pourquoi j'avais attendu si longtemps avant de refaire l'amour.

— Attendu quoi ? a-t-il demandé, en se retirant juste assez pour pouvoir articuler.

— Ça faisait un bail, ai-je admis.

— Pareil, a-t-il dit en évitant mon regard.

Merde. Merde, merde, merde. Était-il en train de me le dire ? Non. Je ne pouvais pas être la première femme avec qui il avait couché depuis la mort de sa femme. Non, il y avait…

— Oh, putain, me suis-je écriée quand il s'est retiré, avant de s'enfoncer de nouveau profondément en moi.

Il l'a fait encore et encore, ses coups de reins assez profonds pour me voler mes pensées et les disperser aux confins de ma conscience.

J'ai relevé les genoux, m'ouvrant toute grande pour le prendre encore plus. Il a grogné et a accéléré la cadence, son regard se posant sur moi. Il a regardé mes seins, qui rebondissaient à son rythme, et il est allé plus vite.

Les deux orgasmes qu'il m'avait donnés m'avaient plus

que préparée, et quand il s'est juste légèrement décalé, j'ai décollé sans crier gare. — Oh, merde. Kingsley. Oui.

Mes mots chuchotés ont été accueillis par des grognements appuyés et un coup de rein profond qui l'a laissé immobile en moi, une grimace de plaisir sur son visage alors qu'il se laissait aller.

Je l'ai regardé, adorant l'expression de pur bonheur sur son visage, et me fiant à mon instinct qui me disait que je faisais le bon choix. Le sexe n'avait jamais été aussi bon pour moi. Pas même une seule fois. Et cet homme, cet homme magnifique, absent, blessé, il n'allait pas me briser. Parce qu'il ne présentait aucun danger. Je savais à quoi m'en tenir avec lui, et quand notre temps serait écoulé, je le laisserais retourner à sa vie et je trouverais quelqu'un d'autre qui me ferait ressentir la même chose que lui, mais qui voudrait rester à L'anse MacKellar pour toujours.

Tout allait bien.

12

KINGSLEY

Je n'avais pas prévu d'aller la voir. Je n'avais absolument pas prévu de finir dans son lit. Mais alors que je marchais vers la salle de bains pour me débarrasser du préservatif, je ne pouvais pas m'empêcher de sourire.

Elle était surprenante. C'était simple d'être avec elle. Tout ce que je voulais vraiment, c'était me débarrasser de ma mauvaise humeur due au travail avant de devoir passer la soirée avec mon père. J'allais faire un tour en voiture, mais elle a fini dans son allée.

Elle était encore étalée sur son lit quand je suis revenu dans sa chambre, l'air complètement comblée et très satisfaite. Je me suis penché pour l'embrasser, souriant quand elle a rendu mon baiser avec un empressement qui montrait qu'elle avait pris autant de plaisir que moi.

— J'espère que ça ne t'a pas dérangée que je passe, ai-je chuchoté contre ses lèvres.

— Tu peux passer quand tu veux, dit-elle, la voix chargée de sous-entendus.

J'ai eu un petit rire. — Bon à savoir.

Elle m'a lâché et s'est assise, se précipitant pour prendre son tour dans la salle de bains.

Je ne connaissais pas le protocole pour les coups d'un soir, mais j'étais presque sûr que rester traîner après le sexe ne faisait pas partie du programme. En plus, il fallait que je rentre pour Isla.

Non. Je le voulais. J'en voulais à mon père de me tenir éloigné d'elle. D'avoir eu une crise cardiaque et d'exiger ma présence au lieu de me laisser du temps libre à passer avec ma fille.

À ajouter à la liste des raisons pour lesquelles je ne l'aimais pas. J'ai enfilé mon caleçon et mon pantalon au moment où la chasse d'eau a été tirée. Le temps que Daisy coupe l'eau, j'avais mis ma chemise et j'étais prêt à partir. Elle est sortie et m'a vu, souriant avant d'attraper ses vêtements. Je suppose qu'elle était d'accord avec moi. Elle a passé son t-shirt par la tête et a enfilé son short.

— J'achèterai des préservatifs pour que tu n'aies pas à les prendre à ta colocataire, ai-je dit. Waouh, j'étais nul pour les conversations sexy.

Elle a ricané. — Ça marche. Non pas que ça la dérange, mais… L'expression sur le visage de Daisy indiquait que cela pourrait déranger sa colocataire.

J'ai envisagé de poser la question, mais j'ai pensé que ce n'était pas mon rôle. L'était-ce ? Qu'est-ce que j'étais censé faire, dans cette situation ?

Je n'avais eu d'histoire avec aucune femme depuis la mort de Faith. Je n'y avais même pas songé. Je n'en avais pas eu envie. Avec Faith, je lui aurais demandé à quoi elle pensait.

Mais Daisy n'était pas Faith.

Merde. Daisy n'était pas Faith.

— Euh, je devrais y aller, ai-je dit vivement, en faisant un pas vers la porte.

Daisy n'était pas Faith.

— Merci d'être passé, a-t-elle dit, en ouvrant la porte et en souriant alors que je sortais.

— Ouais. Merci. Euh, waouh, ça fait bizarre de dire ça.

Elle a pouffé. — Je sais ce que tu veux dire. J'espère que tu pourras repasser bientôt.

Je me suis arrêté. S'attendait-elle à me voir tous les jours ? — Euh, demain, j'ai un truc de prévu.

— D'accord, a-t-elle dit.

— On m'a invité chez O'Kelley's.

— Oh, une soirée entre mecs. Amuse-toi bien.

— C'est un grand truc, par ici ? Derek a laissé entendre que ce n'était pas grand-chose. Je n'étais pas anxieux avant.

Daisy a secoué la tête. — Non, ce sont les hommes du coin de notre âge. Les femmes se réunissent le dimanche soir, et les hommes le jeudi. Ce sont les mêmes personnes qui étaient présentes à l'événement de samedi.

— Oh, d'accord. Je n'étais pas sûr…

— D'après ce que j'ai entendu dire, c'est très décontracté. Ça te fera du bien de rencontrer d'autres gens du coin. Ou de les revoir. J'oubliais que tu connais probablement tout le monde.

J'ai secoué la tête. — Pas vraiment. Ça fait un moment que je n'habite plus ici. Je ne connais plus grand monde, maintenant.

— Eh bien, j'espère que tu t'amuseras bien quand même.

— Même si ça veut dire que je ne pourrai pas te voir ? ai-je lâché. Essayait-elle de me jouer un tour ? De me piéger ? De me faire culpabiliser de faire autre chose ?

Elle a haussé les épaules. — Je ne m'attends pas à te voir tous les jours. On travaille tous les deux, tu as une enfant. On n'habite pas ensemble, et ce n'est pas vers ça qu'on se dirige. Amuse-toi bien demain.

Je ne savais pas trop à quoi m'attendre. Elle avait l'air sincère, et je n'étais pas du genre à aimer les jeux ou les manigances. Je pouvais soit choisir de la croire, soit tourner les talons. — Merci.

Elle a souri et m'a fait un signe de la main, puis est rentrée chez elle. J'ai attendu qu'elle ferme la porte, puis je suis retourné à ma voiture et je suis parti.

Les relations amoureuses n'ont jamais été mon fort. C'est Faith qui m'a trouvé, et même là, il a fallu qu'elle m'arrache à la bibliothèque pour me faire faire quoi que ce soit. Il m'a fallu beaucoup trop de temps pour réaliser que je passais à côté de la vie en ne passant pas plus de temps avec elle, et après sa mort, j'ai su que j'aurais tout donné pour revivre ces jours.

Mais Faith était partie. Je le savais. Je l'avais accepté. Mais sortir avec quelqu'un n'était pas une chose à laquelle je pensais avant Daisy.

Mais Daisy n'était pas Faith.

Faith m'aurait dit exactement ce qu'elle pensait. Elle m'aurait rentré dedans si j'avais été obtus. Est-ce que Daisy était pareille ? Est-ce que je voulais qu'elle le soit ?

Ça n'avait pas d'importance, parce que c'était temporaire. Nous n'allions durer que quelques semaines, et quand Isla et moi rentrerions à la maison, je ne reverrais plus jamais Daisy. Elle n'avait pas besoin d'être Faith, car nous n'allions pas finir ensemble. C'était très bien comme ça.

Je me suis garé dans l'allée et je suis resté assis là une minute. Ma journée était oubliée, les frustrations de travailler avec la maîtresse de mon père avaient disparu. À cause de Daisy. À cause d'une femme que je connaissais depuis quelques jours et avec qui je n'avais aucune intention de rester longtemps.

J'étais en conflit avec moi-même à ce sujet. Était-ce juste de ma part de faire ça ? De coucher avec elle pendant quelques semaines, puis de partir ?

Je n'avais jamais été ce genre d'homme. Au lycée, j'avais eu quelques expériences avec des filles et je n'étais pas puceau quand je suis entré à l'université, mais une fois que j'ai rencontré Faith, il n'y a plus eu personne d'autre.

La culpabilité m'a submergé, et j'ai eu l'impression que j'allais être malade. Faith n'était plus la dernière femme avec qui j'avais couché. La dernière que j'avais embrassée, tenue dans mes bras, ou avec qui je m'étais laissé aller. Le jour de notre mariage, j'avais pensé qu'elle le serait. Il y a quelques semaines encore, je le pensais toujours.

Passer de ça à Daisy…

— Papa ! a appelé Isla en toquant à la portière de mon MacKellar Cove Inn

véhicule utilitaire véhicule utilitaire sport.

Ma mère était sur le porche, Isla à ma portière. Maman avait l'air inquiète. Isla essayait de me rejoindre.

J'ai ouvert ma portière et l'ai soulevée dans mes bras. — Qu'est-ce que tu fais dehors ?

— Tu ne rentrais pas. Mamie a dit qu'on devait venir te chercher.

J'ai chatouillé Isla sur le côté, la faisant se tortiller. Ses petits bras se sont enroulés autour de mon cou.

— Je t'aime, Papa.

— Moi aussi, je t'aime, Isla.

Je l'ai serrée fort contre moi pendant une minute, puis je l'ai portée à l'intérieur, laissant derrière moi tous mes soucis concernant Daisy.

LE LENDEMAIN SOIR, je me suis forcé à aller chez O'Kelley's au lieu de me présenter à nouveau chez Daisy. Après des regards insistants de ma mère et des questions sur mon retard, je me suis assuré de dire à Isla et à ma mère que je rejoignais le mari d'Elise et quelques autres hommes du coin pour boire un verre. Dès qu'elle a su qui serait là, elle m'a encouragé à m'amuser.

M'amuser. Je m'amusais un peu trop. Il fallait que je me reconcentre. Le travail, Isla, la maison.

Le O'Kelley's était bondé quand je suis entré, et j'ai cherché du regard un groupe d'hommes que je connaissais. Mon regard s'est égaré vers les banquettes où j'avais retrouvé Daisy pour notre rendez-vous, mais elles étaient occupées par des couples et des groupes d'amis. Daisy avait parlé d'une soirée entre mecs, donc je m'attendais à un groupe plus important.

Une acclamation s'est élevée du bar, et j'ai levé les yeux au ciel avant de suivre le son et de réaliser que l'acclamation venait du groupe que je devais rejoindre.

Dans quoi est-ce que je m'étais fourré ?

Je me suis approché lentement, hésitant à rester quand j'ai entendu la conversation animée qui se déroulait.

— Celui-là a sorti son arme, a dit un type en désignant du pouce un homme que je ne connaissais pas. Ils avaient tous les deux l'air d'être des flics. — Il était tellement paniqué qu'il a failli lui tirer dessus !

Les autres ont ri de bon cœur, ce qui m'a interpellé. Voir des flics brandir leurs armes et être à deux doigts de tirer sur quelqu'un n'était pas une chose que je prenais à la légère.

— Hé ! Kingsley ! Tu es venu, a dit Derek, en me faisant signe de le rejoindre sur une chaise vide à côté de lui.

J'ai hoché la tête et je suis passé devant les flics pour rejoindre Derek, assis avec une bière et un sourire en coin.

— Qu'est-ce qui se passe ? je lui ai demandé.

— James et Rowan sont des policiers locaux. Ils font parfois équipe et c'est toujours une catastrophe.

— Des flics qui brandissent leurs armes, en général, ça l'est.

Derek a hoché la tête, son regard me disant qu'il comprenait exactement ce que je ne disais pas. En tant qu'homme noir, je savais qu'il comprenait. Avec un père noir et une mère blanche, je passais pour blanc la moitié du temps, mais le racisme était quelque chose dont j'étais parfaitement conscient et dont j'avais été témoin plus d'une fois. Surtout avec une femme noire et une fille qui ressemblait plus à sa mère.

— Je suis d'accord, a dit Derek. — Ils parlent de tasers. C'est rare qu'ils sortent une vraie arme par ici. Ils ont envisagé de ne plus armer les policiers du tout, mais comme ils couvrent certaines zones plus proches des montagnes, ils ont toujours des armes chargées. Mais en général, les armes restent dans le véhicule.

— Tant mieux. Que s'est-il passé ?

— Un raton laveur, a dit Derek. — Ils ont reçu un appel pour une nuisance sonore derrière une propriété. Des ratons laveurs sont entrés dans les poubelles de recyclage et, apparemment, quelqu'un avait jeté une bouteille d'alcool presque pleine sans s'en rendre compte. Les ratons laveurs étaient ivres.

— Sérieusement ?

Derek a hoché la tête. — Ouais. La vie dans une petite ville. C'est pour ça que je suis resté.

— Que tu es resté ? ai-je demandé, réalisant que je ne savais pas grand-chose sur Derek.

Il a bu une gorgée de sa bière alors qu'un autre homme arrivait derrière le bar. Il m'a tendu la main. — Kingsley Harris, n'est-ce pas ?

— Ouais. Pardonne-moi, ton nom ne me dit rien. Je lui ai serré la main en fouillant dans ma mémoire.

— Hudson Grant. J'ai dix ans de plus que toi, mais Derek et Colin m'ont dit que tu allais passer. Je crois que je t'ai vu ici avec Daisy Lincoln il y a une semaine ou deux.

— Le joueur de baseball, ai-je dit, en me souvenant de ce que ma mère avait dit et en ignorant la question sur Daisy.

— C'est bien moi. Maintenant, propriétaire de bar. Et veuf. Mais je n'ai pas eu d'enfants.

— Je suis désolé d'entendre ça. Ce n'est pas une chose que je souhaite avoir en commun avec qui que ce soit.

— Pareil. Bon retour en ville.

— Merci. C'est temporaire, mais merci.

— On finit par s'attacher à cet endroit, a dit Derek. — J'ai déménagé ici avec mon ex. Elle est partie, je suis resté.

— Et c'est là que tu as rencontré Chelsea ?

Derek a hoché la tête. — Elle a acheté la maison voisine de la mienne, là où Dozer a failli démolir la clôture. Je n'étais pas un très bon voisin.

— Non, tu ne l'étais pas. Hudson a eu un petit rire, puis s'est tourné vers moi. — Je te sers à boire ?

— Ouais, une pression. Locale ?

— Ça marche, a dit Hudson en attrapant un verre et en se dirigeant vers l'autre bout du bar pour le remplir.

— Il va te servir quelque chose qui te plaira, a dit Derek. — Aucun de nous ne sait comment il fait, mais il a un sixième sens pour deviner ce que les gens aiment.

— Vraiment ?

Derek a hoché la tête. — C'est dingue, mais ouais.

— Intéressant.

— Ouais.

Hudson a posé la bière devant moi et a fait un signe de tête sur le côté. — C'est James qui régale. Il paie la première bière aux nouveaux.

— Hé ! C'est quoi ce délire ? a crié le flic qui parlait quand je suis entré.

— Je peux payer ma propre bière, ai-je protesté auprès d'Hudson.

Hudson a secoué la tête. — Pas de souci. J'aime bien le taquiner. C'est la maison qui offre.

— Tu n'es pas obligé de faire ça non plus.

— C'est la tradition, ici. Première soirée entre mecs, et c'est moi qui paie la bière.

— Comment ça se fait que je n'y ai pas eu droit ? a demandé James.

— Parce que j'arrive à peine à te faire payer quand tu viens, a répliqué Hudson en criant.

— Laisse tomber. James est descendu de son tabouret et s'est approché de moi. Il m'a tendu la main. — Kingsley, c'est ça ? Comment va ton père ?

La question m'a fait tiquer, mais j'ai essayé de masquer ma réaction. Pas assez vite pour un flic, cependant.

Les yeux de James se sont plissés, mais il ne m'a pas interrogé sur ma réaction.

— Mon père se remet. Il rend ma mère un peu folle.

— Et toi aussi, j'imagine.

J'ai hoché la tête. — Ouais, un peu. Ce n'est pas comme ça que j'espérais passer mon été.

— J'imagine que ça ne se passe jamais comme prévu quand une chose pareille arrive. La grand-mère de ma femme a eu quelques soucis de santé, et chaque fois que quelque chose se produit, on file pour être à ses côtés. Mais ils ne sont qu'à quelques heures de route. On peut être de retour à la maison le soir. Tu es là pour l'été ?

— Ouais. Je comptais prendre un peu de temps cet été, pour passer du temps avec ma fille. Les longues journées de travail ne faisaient pas partie de mes projets.

— Elle a quel âge?

— Isla a quatre ans. Elle en aura cinq en septembre.

— Elle aime les loisirs créatifs et ce genre de choses? Ma femme fabrique des bijoux et anime un atelier de loisirs créatifs pour les enfants au centre communautaire pendant l'année scolaire. À cause des colonies de vacances, elle ne le fait pas à cette période de l'année, mais elle a réuni un petit groupe d'enfants si jamais Isla veut se joindre à eux. James a balayé du regard la rangée d'hommes, les incluant dans sa conversation.

J'ai été surpris par sa bonne volonté à inclure ma fille, la fille d'un inconnu. — Elle adorerait ça. Elle n'a pas beaucoup d'interactions avec d'autres enfants en ce moment.

Il a sorti son téléphone et a tapoté l'écran plusieurs fois. — Oh, super. Elle organise un truc demain à seize heures. Tous les vendredis, en fait. Tu veux que je t'envoie les infos?

J'ai hoché la tête, surpris par James. — Ce serait génial. Merci.

— Pas de problème. Il m'a tendu son téléphone pour que j'ajoute mon numéro. — Et si toi ou ta mère avez besoin d'un coup de main, fais-le nous savoir. Trinity travaille de la maison, mais elle est assez flexible avec son emploi du temps. Elle l'a déjà proposé à quelques autres et parfois, elle emmène certains des enfants au parc Catherine ou elle se réunit avec une ou deux mères au foyer et elles gardent quelques enfants de plus pour la journée.

— Ouah. C'est…

James a souri. — Elle est incroyable. Je ne sais pas comment j'ai eu autant de chance, mais elle est unique en son genre, mon pote. Il a tourné son téléphone pour me montrer une photo de lui et d'une femme noire. — Comme ça tu sauras à quoi elle ressemble quand tu la verras demain. Ça se passe chez Trent. James a désigné un homme noir à l'autre bout. —Il a la place pour.

J'ai hoché la tête, me demandant ce que cela signifiait, mais supposant que je l'apprendrais le lendemain. — Parfait. Merci pour l'invitation. Et tu es sûr que ça ne la dérangera pas?

Il a eu un petit rire. — Non. Ça l'amuse. Nous n'avons pas d'enfants, mais elle adore gâter ceux des autres.

— C'est très sympa de sa part.

— Ouais, comme je l'ai dit, je suis un homme chanceux.

J'ai hoché la tête, songeant que je l'avais complètement mal jugé, et j'étais heureux de m'être trompé.

— Ce groupe peut devenir assez grand, alors je suis content d'avoir eu l'occasion de dire bonjour. Je ne suis pas sûr d'être là demain, mais j'espère l'être. Sinon, je crois qu'Ian y sera. — James a regardé Derek. — Tu travailles ?

— Oui, et Jude est en colonie de vacances. On va participer à l'un des événements du week-end de Trinity. Jude aimait bien ses projets quand il était à la garderie périscolaire. — Derek m'a regardé. — Jude entre en cinquième et se prend pour un adulte. Mais il est en colonie de vacances pour un dernier été, vu que Chelsea et moi travaillons à plein temps. Ses parents ont proposé de le garder, mais on ne voulait pas leur imposer ça.

— Je déteste laisser Isla avec ma mère toute la journée. Elle était inscrite à quelques semaines de colonie à Philadelphie, mais j'ai tout annulé quand nous sommes arrivés ici et que nous avons réalisé qu'on resterait tout l'été. C'est un énorme changement pour nous tous.

James nous a donné une tape sur l'épaule à tous les deux. — Vous êtes tous les deux des pères extraordinaires.

— Merci, avons-nous dit en chœur.

— Tu ne deviens pas trop sentimental d'habitude, a dit Derek en haussant un sourcil vers James.

James a gloussé. — Ouais, eh bien, c'est peut-être l'âge. Trinity vient d'avoir trente-neuf ans en mai, et j'ai eu quarante-quatre ans le mois dernier. On parle beaucoup d'enfants ces derniers temps, et on en est à ce point où on sent qu'on est trop vieux et qu'on a raté le coche. On ne voulait pas vraiment d'enfants, ou du moins on était assez indécis à ce sujet, mais maintenant on a l'impression de ne plus avoir le temps, et c'est un peu différent. Même si on adoptait, j'aurais soixante ans avant qu'un gamin ait fini le lycée, et Trinity serait à la fin de la cinquantaine.

— Je n'échangerais Jude pour rien au monde, mais les premières années ont été intenses. J'aurai quarante-quatre ans en octobre, mais Chelsea n'a que trente-deux ans, donc elle penche pour qu'on ait d'autres enfants. — Derek a haussé les épaules.

— Un seul et c'est tout pour toi ? m'a demandé James.

— Ma femme est morte dans un accident de voiture avant qu'Isla ait un an, donc c'était un peu une obligation, lui ai-je dit.

— Putain. Je suis désolé, mec. Je ne savais pas. — James a secoué la tête. — Hudson a perdu sa première femme.

— Première femme ? ai-je demandé. — Il a mentionné qu'il était veuf, mais il s'est remarié ?

James a hoché la tête. — Ouais, il est marié maintenant. Ça fait quelques années. Anna a deux garçons, et ils appellent tous les deux Hudson *papa*.

— Ouah, c'est…

— Il lui a fallu beaucoup de temps avant d'être prêt à sortir avec quelqu'un. Anna est arrivée de nulle part pour lui, mais ils vont très bien ensemble. a dit James, riant à un souvenir. — Il était un peu grincheux avant elle, mais elle l'a mis au défi. Elle l'a bousculé comme il en avait besoin. Et je crois qu'il a fait la même chose pour elle. C'était une de mes voisines, mais on n'avait pas beaucoup gardé contact avant qu'elle et Hudson se mettent ensemble.

— Tu parles de moi ? a demandé Hudson, s'arrêtant de l'autre côté du bar.

— Je racontais juste à Kingsley l'histoire de toi et Anna, a dit James.

Le sourire d'Hudson était pur et sincère. — Une des meilleures choses qui me soient jamais arrivées.

— Une des ? ai-je demandé.

— Je n'échangerais pour rien au monde le temps que j'ai eu avec Hillary. Ni ne le déprécierais. C'est différent, mais toutes les deux ont fait de moi une meilleure personne. Les fils d'Anna sont un autre cadeau auquel je ne m'attendais pas, mais je les aime comme s'ils étaient les miens.

— Je leur disais que Trinity et moi avons l'impression d'avoir raté le coche pour les enfants et qu'on est en train de s'y faire, a poursuivi James.

— Je pensais que vous ne vouliez pas d'enfants, toi et Trinity, a dit Hudson.

James a secoué la tête. — Ce n'était pas le cas, mais c'était toujours agréable de savoir que la possibilité existait. Je pense que ça va, mais c'est quelque chose dont Trinity parle ces derniers temps. Elle vient d'avoir trente-neuf ans, alors elle se lamente d'en avoir bientôt quarante.

Hudson a ri. — Dis-lui d'appeler Anna. Ça la rassurera. Sur les deux sujets.

James a reniflé. — Je pourrais bien le faire. Dis, est-ce qu'Anna amène Matty demain ?

James a suivi Hudson le long du bar et s'est rassis sur son tabouret, nous laissant, Derek et moi.

— Méfie-toi de ces gars, a dit Derek. — Ils vont essayer de t'inscrire sur l'appli de rencontres que tout le monde utilise. Les compatibilités sont d'une précision folle.

— Une appli de rencontres ? ai-je demandé, sentant ma nuque me picoter.

— Ouais. Mais si tu es heureux célibataire, il n'y a pas de quoi s'inquiéter. Assure-toi juste qu'ils le sachent, sinon ils t'auront inscrit et marié avant que tu aies le temps de dire ouf.

Derek a ri, mais mon rire est resté coincé dans ma gorge. Il devait y avoir plus d'une application de rencontres. Tout allait bien.

Et de toute façon, je ne comptais pas m'éterniser.

Tout allait bien.

'expression sur le visage d'Isla valait tout ce que j'avais enduré cet été. Ça valait les journées gênantes avec Sheila, les conversations que mon père avait tenté d'avoir avec moi, et les questions que ma mère me posait et que j'esquivais.

Tout ça en valait la peine pour ma fille. Voir la joie dans ses yeux et le sourire sur son visage, et même la frustration, tandis qu'elle s'appliquait à créer le bracelet que Trinity lui avait montré… ça n'avait pas de prix.

— Comment ça se passe par ici ? demanda Trinity en nous rejoignant à table, Isla et moi.

Nous étions dehors, sur la propriété de L'anse MacKellar, avec vue sur l'anse et le fleuve Saint-Laurent, dans le lieu le plus magnifique où j'aie jamais mis les pieds. Quand James nous avait invités, il avait omis de mentionner que *Trent* était Trent MacKellar. Ce même Trent MacKellar dont la famille avait fondé cette maudite ville tout entière. Dire que j'étais impressionné et que je ne me sentais pas du tout à ma place serait un euphémisme.

Mais Trent et sa femme, Finley, étaient accueillants,

gentils, et d'une générosité à laquelle je ne m'attendais pas, mais que j'aurais dû anticiper de la part de gens qui ouvraient leur maison à d'autres.

— Ça ne marchera pas, dit Isla, la frustration dans sa voix m'indiquant que je n'allais pas tarder à devoir intervenir.

— Je peux jeter un coup d'œil ? demanda Trinity. Sa question pouvait paraître anodine, mais j'appréciais énormément Trinity pour ça. La plupart des adultes se seraient précipités pour dire à Isla, et à n'importe quel enfant, comment faire, mais donner à Isla la possibilité de choisir si elle voulait de l'aide ou non n'avait pas de prix.

Isla hocha la tête, montrant à Trinity le bracelet et ce qui lui posait problème.

Au lieu de le prendre, Trinity l'examina de près, puis pointa du doigt. — Je ne pense pas que ça va rentrer. Ce n'est pas la bonne taille.

— Mais c'est comme ça que je le veux, dit Isla.

Je réprimai un petit rire, puisque je lui avais dit la même chose dix minutes plus tôt. Elle avait choisi pour son bracelet un fil plus épais que l'ouverture de la perle qu'elle essayait d'enfiler dessus.

— Alors, voyons voir ce qu'on peut faire. Parfois, on peut forcer un peu les choses… Trinity balaya la table du regard avant que ses yeux ne se posent sur quelque chose. Son regard s'illumina. — Ça te dérange si j'essaie, vu que c'est pointu ? dit-elle en brandissant une aiguille.

Isla lui tendit son bracelet.

— Ce sont de très belles couleurs que tu as associées, dit Trinity en enfilant le fil dans le chas de la grosse aiguille. — Ce sont tes couleurs préférées ?

Isla hocha la tête, les yeux rivés sur les mains de Trinity. — Ouais. Mon papa a dit que ma maman a toujours aimé le violet, mais moi, j'aime le rose, alors j'aime les deux. Papa, lui, il aime le vert.

— Elles se marient très bien, dit Trinity en poussant lentement l'aiguille à travers la perle, la tension sur son visage ne transparaissant pas dans sa voix. — J'aime toutes les couleurs. Elle secoua son poignet. — Tu vois mon bracelet ? Il a plein de couleurs parce que je'les trouve toutes jolies.

— Waouh. Il est' joli. Papa, je peux en avoir un comme ça ? Isla leva ses grands yeux vers moi.

Je hochai la tête. — Bien sûr. Il faut juste qu'on demande à Mme Trinity où elle l'a eu.

— Mme Trinity, où est-ce que vous avez eu votre bracelet ? demanda Isla.

Trinity sourit, pinçant les lèvres pour retenir un rire devant les bonnes manières d'Isla. — C'est moi qui ai fait ce bracelet, en fait. Je fabrique des bijoux. L'aiguille passa à travers la perle, et elle rit. — Et voilà. Elle retira l'aiguille du fil et la rendit à Isla, puis elle enleva son bracelet. — Tu peux avoir celui-ci si tu le veux.

— Oh, non…, dis-je, mais Isla m'interrompit avec un cri.

— Oui !

Isla s'arrêta et leva les yeux vers moi. Je secouai la tête. — Ma chérie, on ne peut' pas prendre le bracelet de Mme Trinity.

— Mais elle a dit que je pouvais l'avoir.

Trinity se leva et reporta son attention sur moi. — Il sera un peu grand pour elle, mais je'suis heureuse de le lui donner. J'adore ce que je fais, créer des bijoux, et je porte beaucoup de mes pièces parce que je'suis fière de mon travail, mais je te promets, j'ai donné des choses que je' portais à beaucoup d'enfants avec qui je travaille. Ce ne serait' pas prudent de lui apprendre à faire ça à son âge, mais c'est une joie pour moi de savoir qu'elle en profitera.

— Mais c'est ton travail acharné. Laisse-moi au moins te payer pour.

Trinity secoua la tête. — C'est gentil de ta part, mais j'aimerais que ce soit un cadeau.

— Merci ! cria Isla, son attention de nouveau portée sur le bracelet qu'elle fabriquait, tandis que le nouveau, offert par Trinity, rebondissait sur son bras, bien trop grand, mais un cadeau dont elle était fière.

— De rien, ma puce, dit Trinity. Elle leva les yeux vers moi, haussant les sourcils dans une question pleine d'espoir.

— Merci. C'est vraiment généreux de ta part.

Trinity secoua de nouveau la tête. — J'ai la chance d'avoir un travail que j'adore. Quelque chose qui me donne l'occasion d'être créative et de m'amuser en le faisant. Je sais que James t'a dit que nous avions parlé du fait d'avoir peut-être raté le coche pour avoir des enfants, et ça m'a donné une perspective que je n'avais pas avant. J'adore les enfants, et j'adore pouvoir faire des choses pour les enfants que nous connaissons. Mais j'aime aussi ne pas avoir mes propres enfants et pouvoir partir sur un coup de tête et faire ce que nous voulons, quand nous le voulons.

— On ne peut certainement pas faire ça avec des enfants, ai-je convenu.

Isla termina son nouveau bracelet et l'ajouta à celui que Trinity lui avait offert, puis elle partit en courant à la poursuite des autres enfants qui s'agitaient un peu partout.

— Oui. Et ce n'est pas un problème. J'ai assez d'amis qui ont des enfants pour pouvoir les couvrir d'amour et de cadeaux en sachant que je suis dans une bonne position pour le faire.

— Merci. C'est incroyable, et le bracelet est un vrai cadeau.

— Isla a dit qu'elle passait beaucoup de temps avec ta mère. C'est bien pour elle, et peut-être pour toi aussi, d'être ici cet été.

Je grognai. — Oui, ça a été super pour elle.

Trinity était bien trop perspicace pour ne pas remarquer ce que je n'avais pas dit, mais elle ne fit aucun commentaire.

— Je sais qu'il y a beaucoup de gens en ville qui te connaissent et connaissent l'histoire de ta vie, ou croient la connaître, mais j'espère que tu profites de ton été. Je suis vraiment heureuse que James vous ait invités ici aujourd'hui.

— Moi aussi. Isla adore ça. Et être avec d'autres enfants, c'est génial pour elle. Ma mère est coincée à la maison avec mon père depuis qu'il est rentré de l'hôpital, alors Isla y est coincée aussi.

— Comme James l'a mentionné, mon emploi du temps est flexible, et si jamais tu veux qu'elle sorte, s'il te plaît, dis-le-moi. Je serai ravie de jouer les baby-sitters. Et Finley reçoit plein d'enfants ici tous les vendredis pour une journée d'amusement, si Isla veut se joindre à nous.

— Tu parles de moi ? demanda Finley en passant un bras autour de Trinity.

— Je disais à Kingsley qu'Isla peut se joindre à nous ici le vendredi s'il le souhaite, expliqua Trinity.

— Absolument. J'allais dire la même chose. Nous sommes si heureuses que tu te joignes à nous aujourd'hui. Finley sourit d'une manière qui me fit sentir que j'étais vraiment le bienvenu, et qu'Isla l'était aussi.

— Merci à vous deux. Je disais à James et Derek que cet été a été bien différent de ce que j'avais prévu. Ça ne m'enchantait pas de laisser Isla avec ma mère toute la sainte journée, et leur offrir une pause à toutes les deux pourrait être une excellente idée.

— Je t'en prie, amène-la. Je suis levée de bonne heure avec George, et Blake est généralement là avec ses enfants vers sept heures. À quelle heure ouvre la clinique ? a demandé Finley.

— Nous ouvrons à huit heures le vendredi.

— Oh, oui, dépose-la en passant. On est déjà debout et en pleine activité à cette heure-là, a dit Finley.

— Ça te fait une longue journée à garder ma fille.

Finley a eu un petit rire. — C'est vraiment très égoïste de ma part de proposer. Quand tous les enfants sont ensemble, ils se divertissent les uns les autres. Nous avons une institutrice qui nous sert de nounou l'été pour que mes parents n'aient pas toujours à s'occuper de George, et elle est là toute la journée le vendredi aussi. Finley s'est tournée vers le jardin et a désigné une femme brune près de la piscine. — C'est Reegan. Elle est géniale. Elle est certifiée en RCR, c'est une enseignante diplômée et elle est très douée avec les enfants. Aucun de nous ne boit quand les enfants sont là. Trinity vient la plupart des vendredis après-midi, et nous avons un endroit où les enfants qui veulent, ou ont besoin, de faire la sieste peuvent le faire. On passe du temps dans la piscine, du temps à courir partout, et on en fait une journée amusante. Mais je te promets qu'Isla sera la bienvenue.

Isla courait après deux filles de quelques années de plus qu'elle, riant et jouant avec elles. Elles attendaient Isla, s'assurant qu'elle faisait toujours partie de leur jeu, et ma poitrine s'est gonflée de gratitude pour ces enfants. — Elle n'a jamais eu ça. Elle va à l'école, mais ce n'est pas facile en tant que père célibataire d'appeler d'autres parents pour inviter leurs enfants à la maison.

Finley a soupiré. — Je n'y aurais jamais pensé. Elle a regardé Trinity. — Je suis encore plus reconnaissante que James t'en ait parlé. Ian a dit qu'il t'avait parlé le week-end dernier aussi.

— Ouais. Le mari de Blake, c'est ça ? Ian Jameson ?

Finley a hoché la tête. — Et mon frère.

— Oh, je ne savais pas. Désolé.

Finley a secoué la tête. — Non, ne t'en fais pas. On a

quelques années de plus que toi, donc ça m'étonnerait que tu nous connaisses tous. Je ne me souviens pas de toi.

— Ça me rassure. J'ai eu mon diplôme avec Elise, et Chelsea était un peu plus jeune que moi. Mais ça fait longtemps que je n'étais pas revenu ici.

— Nous sommes heureux que toi et Isla soyez ici pour l'été, a dit Finley.

— Merci.

Un cri provenant de l'autre côté du jardin détourna l'attention de Finley, et un autre enfant demanda de l'aide à Trinity, me laissant balayer l'endroit du regard en me demandant si c'est la vie que j'aurais eue si nous étions restés à L'anse MacKellar.

Passer du temps chez Trent MacKellar ? Faire la connaissance de gens qui avaient dix ans de plus que moi mais qui semblaient être des personnes que j'aurais aimé fréquenter ? Un groupe d'enfants avec qui Isla pourrait passer du temps ?

Et Faith ? Si nous étions restés, je me suis toujours dit qu'elle serait encore en vie. Qu'aurait-elle pensé de tout ce que nous étions en train de faire ?

Ma gorge se serra à cette pensée. Faith était partie, mais je m'étais juré de l'aimer pour le reste de ma vie. Comment concilier cela avec le temps passé avec Daisy ?

Je n'avais pas la réponse à cette question, et je ne pensais pas la trouver un jour. Qu'est-ce que ça faisait de moi ?

— Papa, est-ce que je peux aller nager avec Amber et Alexis ? demanda Isla, me tirant de mes pensées.

— Bien sûr, ma chérie. Fais attention.

Elle m'enlaça la taille, puis elle partit en courant vers la piscine, jetant ses vêtements jusqu'à se retrouver en maillot de bain juste avant de plonger.

Les rires et l'excitation résonnaient tout autour de moi, et je me suis dit que je ne renoncerais pour rien au monde à ces moments avec Isla. Pour le reste, je trouverais une solution plus tard. Quand je ne serais pas entouré de gens et que je pourrais penser à ma femme sans me sentir coupable.

Comme si c'était possible.

ISLA ÉTAIT ÉPUISÉE quand nous sommes rentrés chez mes parents. Elle s'est endormie pendant le trajet, qui n'avait duré que cinq minutes. Je l'ai portée à l'intérieur et je l'ai déposée dans son lit, sachant qu'elle se réveillerait à un moment ou à un autre pour le dîner.

J'ai été tenté de m'allonger avec elle, mais ma mère m'a appelé avant que je puisse me décider. J'ai repoussé les cheveux du visage d'Isla et je l'ai embrassée sur le front. J'ai refermé sa porte et je suis retourné dans le salon.

— Oui, Maman ? ai-je demandé.

— Comment s'est passée ta journée ?

— Euh, épuisante.

— Isla s'est bien amusée ?

J'ai hoché la tête. — Bien sûr que oui. Elle a joué avec d'autres enfants, a fait des activités manuelles et a nagé pendant des heures.

— Vous avez mangé, tous les deux ?

— Ouais, il y avait à manger pour tout le monde.

— C'était chez qui ?

— Chez Trent MacKellar. Sa femme est Finley Jameson.

Mon père a haussé les sourcils. — Je connais la famille. Ce sont des patients. Le chien de Trent, Kenny, est un vieux chien, mais il est très calme.

Je n'avais pas envie de parler à mon père, que ce soit du travail ou de quoi que ce soit d'autre, alors j'ai gardé le silence.

— Finley a une librairie en ville. À côté de O'Kelleys, a dit maman.

J'ai secoué la tête. Je n'avais pas remarqué de librairie, mais je n'avais pas cherché non plus. — Isla adore les livres. Peut-être que je l'y emmènerai un de ces jours.

Papa a eu un petit rire, et maman a secoué la tête. — C'est une librairie spécialisée dans la romance. Il n'y a pas de livres pour enfants.

— Oh.

— Mais Jouets Lincoln a des livres.

Mon cœur s'est serré à ce nom. Je l'avais entendu plusieurs fois, et savoir que c'était aussi le nom de famille de Daisy m'a fait me poser des questions, mais je ne pouvais pas vraiment lui demander si elle y travaillait.

— Il y a beaucoup de choses à faire en ville. Isla et moi devrons en faire plus. Peut-être qu'on pourra aller à Jouets Lincoln la semaine prochaine.

— Finley a invité Isla à passer les vendredis avec elle et d'autres enfants qu'elle connaît, ai-je dit.

— Isla ne les connaît pas, a protesté maman, se redressant. Ses sourcils se sont froncés.

— Isla les a tous rencontrés aujourd'hui.

— Est-ce que je ne m'occupe pas d'elle ?

— Maman, je n'ai pas dit ça. C'est juste que…

— Il veut qu'elle ait une chance de vivre sa vie d'enfant, Tina. C'est une bonne chose. Ça lui permet de courir partout et de se faire des amis en ville, a dit papa, me surprenant en prenant ma défense.

— Ouais, ai-je dit.

— Oh, eh bien, je veux qu'elle s'amuse et qu'elle profite de son séjour ici. Mais je ne veux pas que tu penses que je ne m'occupe pas d'elle.

— Je ne m'inquiète pas pour ça, maman. Isla adore être avec toi. Un peu de changement lui fera du bien aussi.

Maman a hoché la tête, l'air un peu moins blessée. — D'accord. Si tu penses que ce sera bon pour elle.

— Oui, je le pense.

La porte au fond du couloir s'est ouverte, et des pas traînants se sont dirigés vers nous. Isla tenait Sabie dans ses bras. Elle a foncé droit sur moi, sans dire un mot, et a levé les bras pour que je la prenne.

Je l'ai soulevée, puis je me suis assis avec elle sur mes genoux, la tenant fermement contre moi. Ces moments où elle voulait se blottir contre moi me manquaient, ces moments où elle était endormie et un peu ailleurs, et où elle avait juste besoin de moi.

Elle a posé sa tête sur mon épaule et a joué avec le pan de ma chemise, serrant sa peluche sans rien dire.

— Tu es fatiguée, ma chérie ? a demandé maman, en écartant les cheveux de son visage.

Isla a repoussé la main de maman.

— Elle n'aime pas qu'on la touche quand elle est comme ça. Laisse-lui quelques minutes, ai-je expliqué, ne voulant pas blesser maman mais sachant qu'il était plus important de protéger Isla et de m'assurer qu'elle se sente en sécurité.

— Je ne m'en étais pas rendu compte. Est-ce que je devrais lui préparer un en-cas ?

J'ai hoché la tête. — C'est probablement une bonne idée. Elle a mangé, mais elle a aussi beaucoup couru.

— Je vais lui préparer quelque chose, a dit maman en sortant précipitamment de la pièce. Le frigo et les placards se sont ouverts et fermés avant que les bruits ne se transforment en un simple bruit de fond.

Je berçais Isla, la laissant se réveiller doucement et se sentir mieux. Elle ne faisait plus beaucoup la sieste, mais quand ça arrivait, c'était difficile pour elle. Elle était généralement grognon après une sieste, encore épuisée et ne sachant pas trop quoi faire.

— Alors comme ça, tu fréquentes les gens branchés, ces temps-ci ? demanda mon père.

J'ai ignoré sa question, sachant pertinemment qu'il n'attendait pas de réponse. Il cherchait uniquement à me provoquer. Et malheureusement, ça a marché.

— Tu te crois trop bien pour ta famille ?

— Sérieusement ? ai-je grogné.

Isla s'est blottie contre moi, la conversation ne lui plaisant pas plus qu'à moi.

— Tu n'étais pas ami avec eux avant. Maintenant que tu es de retour, tu vas passer tout ton temps là-bas ?

— Tu peux arrêter ? ai-je sifflé.

— Papa, a geint Isla.

— Je sais, ma chérie. J'arrête de parler. J'ai lancé un regard noir à mon père, espérant qu'il comprenne le message.

Isla n'aimait pas qu'il y ait beaucoup de bruit quand elle venait de se réveiller. Faith était pareille. Nos matins étaient calmes, et c'était encore pire après une sieste.

Mon père n'a pas compris le message. — Ta mère s'est ennuyée de toi aujourd'hui. Elle avait hâte de passer du temps avec Isla.

— Ouais, eh bien, moi aussi cet été. Et au lieu de passer du temps avec elle, je m'assure que ton entreprise ne coule pas. Alors peut-être que tu pourrais me lâcher un peu et me dire merci, ou quelque chose du genre.

Je n'ai pas attendu sa réponse, je me suis simplement levé avec Isla dans les bras et je suis parti. Nous sommes allés dans la cuisine et nous nous sommes assis à la table où ma mère coupait tranquillement du fromage. Elle s'est retournée et nous a vus entrer, un sourire illuminant son visage.

Maman a pris une partie du fromage sur la planche à découper et l'a mis sur une assiette, a ajouté des crackers et nous l'a apportée. — Isla m'a dit qu'elle aime le fromage et les crackers parfois, alors j'en ai acheté aujourd'hui.

— Merci, ai-je murmuré.

Maman a compris le message et a souri en retournant à sa

planche à découper, tandis qu'Isla attrapait une tranche de fromage et un cracker.

Isla a grignoté le premier, puis s'est tournée vers la table et en a pris un deuxième. Elle est restée sur mes genoux, savourant son en-cas en se réveillant doucement.

Une fois le fromage et les crackers terminés, Isla a levé les yeux vers moi. — Papa ? C'est quoi, les gens populaires ?

J'ai cherché une réponse qui pourrait le lui expliquer sans donner l'impression que nous ne devrions pas être amis avec les gens. — Ça désigne un groupe de personnes avec qui les autres veulent être amis.

— Tout le monde voulait être mon ami aujourd'hui. Est-ce que ça veut dire que je suis populaire ?

J'ai hoché la tête. — Oui, tu l'es. Parce que tu es une petite fille adorable qui est intelligente, gentille et amusante.

— Pourquoi est-ce que grand-père avait l'air fâché ?

J'ai secoué la tête. — Je ne sais pas, ma chérie, mais ça n'a pas d'importance. On doit être gentil avec tout le monde, et s'ils ne sont pas gentils avec nous, on doit quand même être gentil, mais on n'est pas obligé d'être leurs amis.

— C'est pour ça que tu n'es pas ami avec grand-père ? a demandé Isla.

J'ai aspiré une grande bouffée d'air. Ma bouche s'est ouverte et refermée. Maman a arrêté ce qu'elle faisait pour se tourner vers nous. — Je suis ami avec grand-père.

— Mais tu ne lui parles pas. Il est méchant avec toi ? Sa lèvre inférieure s'est mise à trembler.

— Non. Ton grand-père n'est pas méchant.

— Tu es sûr ?

J'ai hoché la tête. — Oui. Je ne t'aurais pas amenée ici si je craignais que tu ne sois pas en sécurité. Il n'y a aucune raison de s'inquiéter.

— D'accord. Est-ce que je peux aller jouer, maintenant ?

Je l'ai laissée libre pour qu'elle puisse descendre de mes genoux. — Dis merci à mamie pour l'en-cas.

— Merci, mamie, a dit Isla en enlaçant les jambes de Maman.

Maman lui tapota la tête. — Je t'en prie, mon amour.

Isla partit en courant, et Maman me regarda attentivement. — Tu pensais ce que tu as dit ?

J'ai soupiré et je me suis levé. — Je n'ai vraiment pas envie d'en parler.

Maman m'a regardé quitter la pièce, mais elle n'a pas insisté.

Je suis allé dans ma chambre, en laissant la porte ouverte pour pouvoir entendre Isla, et j'ai pris ma tête entre mes mains. La journée avait été bonne. Pourquoi ne pouvait-elle pas l'être aussi cette nuit ?

14

DAISY

Le dimanche soir était mon moment préféré de la semaine. Je savais que j'avais de la chance de ne pas appréhender d'aller au travail le lundi matin depuis que j'avais ouvert Jouets Lincoln, et je passais le dimanche soir avec certaines de mes personnes préférées. Que demander de plus ?

Natalie venait plus souvent au club de lecture ces derniers mois, avec moins d'encouragement de ma part, ce qui était une excellente chose, mais c'était toujours bizarre entre nous. On avait discuté, on avait passé du temps ensemble, ça allait, mais je n'avais pas mentionné que Kingsley était passé et elle n'avait rien dit sur le fait que je sortais avec lui. Donc, bizarre. Pour nous.

Ce qui n'a fait qu'empirer les choses quand j'ai pris une part de gâteau que me tendait Trinity et que j'en ai enfourné une bouchée dans ma bouche juste au moment où elle a dit :

— Avec qui pourrait-on caser Kingsley Harris ?

Je me suis étouffée. J'ai avalé mon gâteau de travers. J'ai failli recracher mon poumon.

J'ai posé mon gâteau et je me suis précipitée aux toilettes, en espérant que tout le monde penserait que j'avais juste oublié comment manger une part de gâteau.

Heureusement, j'ai réussi à garder le gâteau, parce qu'il était vraiment très bon, et mon poumon, parce qu'il était vraiment très nécessaire, et à respirer de nouveau comme un être humain normal.

— Ça va ? a demandé Finley, juste derrière moi.

J'ai sursauté, ne m'attendant pas à la voir. — Je ne t'avais pas vue.

— Je t'ai suivie. Ça va ?

J'ai toussé, puis j'ai ri et je me suis lavé les mains, me suis rincé la bouche, puis je me suis séchée avec une serviette en papier. — Ça va. C'est mal passé.

— Ton visage est devenu tout rouge. J'ai cru que tu étais en train de mourir.

J'ai secoué la tête. — Tout va bien. Le gâteau a essayé de me tuer.

— Ça m'est arrivé une fois avec de la salade. J'ai inspiré un morceau de laitue et il s'est coincé dans ma trachée. Je ne pouvais plus reprendre mon souffle pour le recracher en toussant. J'ai vraiment eu peur. Je n'ai pas remangé de salade depuis.

— Je te comprends. Mais je ne vais pas renoncer au gâteau.

— Oh, bien sûr que non. Ce n'était pas la faute du gâteau.

— Non. Absolument pas. Mais c'était entièrement la faute de la salade, lui ai-je dit en lui faisant un clin d'œil.

— Tu vois. Tu me comprends.

J'ai ri et je l'ai suivie pour rejoindre le groupe, où elles parlaient encore de Kingsley.

— Sa fille est adorable, a dit Trinity. Et c'est un type bien. Mignon, en plus. Daisy ? Tu es célibataire.

— Non merci, ça va aller, lui ai-je dit.

— Tu es sûre ? Il va amener sa fille chez moi tous les

vendredis. Tu pourrais passer par hasard cette semaine, a dit Finley.

J'ai secoué la tête. — Je n'ai pas besoin de le rencontrer.

— Daisy l'a déjà rencontré. Elle lui a amené Dozer, a dit Chelsea. — Si elle voulait sortir avec lui, elle le saurait déjà.

Trinity a froncé le nez. — Oh. Bon, qui est-ce qu'on connaît d'autre qui soit célibataire ? a-t-elle demandé en regardant les autres dans la pièce.

— Casey est célibataire, a dit Melody.

Je ne savais pas qui était Casey, mais je n'aimais pas l'idée qu'elles essaient de caser Kingsley avec quelqu'un d'autre. Nous nous étions mis d'accord sur le fait que notre relation était temporaire et que si l'un de nous rencontrait une autre personne qui l'intéressait davantage, surtout quelqu'un avec un potentiel à long terme, nous nous séparerions sans rancune.

Mais je ne voulais pas qu'il rencontre quelqu'un d'autre. Je ne voulais pas qu'il regarde quelqu'un d'autre. Je le voulais pour moi toute seule pendant encore quelques semaines. Nous n'avions que quelques semaines.

— Penses-tu que Casey soit prête à sortir de nouveau avec quelqu'un ? a demandé Natalie.

Comment connaissait-elle Casey ? Comment se faisait-il que je ne connaisse pas Casey ? Qui était Casey ?

Melody plissa le nez. — Probablement pas. Ça ne fait pas longtemps qu'elle est divorcée, et elle commence tout juste à prendre ses marques au journal. Je ne veux pas qu'elle ait l'impression que je lui parle de Kingsley uniquement parce qu'elle doit absolument avoir un conjoint.

Oh, Casey ! L'amie de Melody qui a écrit l'article sur Omar. C'est ça. Casey. Mignonne, drôle, fraîchement divorcée, mère célibataire, Casey. Bordel.

— De toute façon, il part à la fin de l'été, dit Chelsea. Il a dit à Derek qu'il ne restait que jusqu'à ce que son père reprenne le travail, et qu'après il retournait à Philadelphie avec sa fille.

— À moins qu'il ne rencontre quelqu'un, dit Trinity en remuant les sourcils d'un air malicieux. Tu es sûre que tu n'es pas intéressée, Daisy ?

— Daisy a à peine le temps de se détendre, et encore moins d'avoir des rendez-vous, dit Natalie, me coupant l'herbe sous le pied. En plus, un père célibataire qui travaille à plein temps, qui vit chez ses parents et qui a une jeune enfant ? Ça ne semble pas être une très bonne idée pour qui que ce soit. Il n'est probablement pas très intéressé par l'idée d'avoir une relation pour… quoi ? Un mois ?

Natalie me lança un regard. Essayait-elle de m'aider ? De détourner l'attention ? Ou bien essayait-elle juste de me dissuader de voir Kingsley sans m'en parler ?

Trinity fit la grimace. — Bon, d'accord. Tu as sans doute raison. J'espérais juste qu'ils resteraient dans le coin. C'est un type bien.

— Je me demande pourquoi il ne l'a pas fait, dit Elise. Il en avait l'intention quand on était au lycée. Il disait qu'il allait devenir vétérinaire, puis reprendre la clinique de son père. Je n'y avais pas pensé avant, mais maintenant qu'il est de retour, je me demande ce qui s'est passé.

— Peut-être que sa femme ne voulait pas vivre ici, supposa Trinity.

— C'est possible. Elle n'était pas d'ici. Il l'a rencontrée à l'université, poursuivit Elise.

— Ce qui compte, c'est de s'assurer qu'il se sente le bienvenu, et s'il décide de rester, nous savons que c'est un type bien avec une super petite, dit Finley.

— C'est vrai, approuvèrent les autres.

Je gardai la bouche fermée. Je pris une autre bouchée de mon gâteau, reconnaissante de ne pas m'étouffer avec.

Natalie croisa mon regard et m'adressa un petit sourire. Elle essayait de m'aider.

Bien. Je ne voulais pas leur dire à toutes que j'avais une aventure avec Kingsley. Je ne voulais pas du jugement que je recevais de la part de Natalie. Elles avaient toutes cessé d'insister une fois qu'elles avaient compris qu'il ne resterait pas longtemps. C'était tout Natalie.

Mais je n'allais pas l'abandonner. J'allais continuer à le voir. Parce que j'aimais le voir. Il n'y avait rien de mal à ça.

MARDI, en allant au travail, j'ai décidé de contacter Kingsley. On ne s'était pas vus depuis son passage la semaine précédente. On s'était échangé quelques textos, mais rien pour prévoir de se revoir. Je laissais les autres et leurs opinions me monter à la tête et me voler le peu de temps que j'avais avec Kingsley.

Ça suffisait.

Dès que je suis arrivée au travail, je lui ai envoyé un texto pour lui demander si on pouvait se voir ce soir-là. Il pouvait dire non, mais il ne dirait pas oui si je ne le demandais pas. Et un oui était toujours possible.

Je suis sortie de mon véhicule utilitaire sport au moment où un camion arrivait au coin du bâtiment. J'ai fait un signe de la main au chauffeur et je suis entrée pour donner un coup de main à Penny pour décharger le camion.

Mais Penny n'était pas là. C'était Wendy.

— Salut. Qu'est-ce que tu fais là ? ai-je demandé à Wendy.

— Penny m'a demandé si je pouvais m'occuper de la livraison ce matin. Elle a dit qu'elle avait quelque chose à régler et qu'elle ne pourrait pas venir avant plus tard, a expliqué Wendy.

— C'est son travail. Elle ne devrait pas te refiler ça.

Wendy a haussé les épaules et a appuyé sur le bouton pour lever la porte du quai de chargement. Le camion était en place, prêt à être déchargé. — Ça ne me dérange pas.

— C'est la première fois qu'elle te demande de faire ça ? ai-je demandé, sentant quelque chose dans la façon dont Wendy évitait mon regard.

— Ce n'est pas grave.

— Si, pour moi, ça l'est. C'est son travail. Elle ne devrait pas s'en débarrasser sur les autres.

— Ce n'est rien. Ça ne me dérange pas. J'allais venir à peu près à la même heure de toute façon pour ouvrir le magasin. Ça veut juste dire que je suis arrivée la première et que je m'occupe de la livraison.

La porte de service s'est ouverte et Dick est entré d'un pas tranquille. — Bonjour, mesdames. Comment allons-nous aujourd'hui ?

— Bonjour, Dick, avons-nous dit, Wendy et moi.

— On va bien, a poursuivi Wendy. — Comment s'est passé votre voyage ?

— Ça va toujours mieux quand on rentre à la maison, a dit Dick. J'ai un camion plein pour vous aujourd'hui.

— Ah oui ? ai-je demandé en lui prenant le presse-papiers. Nous ne commandions jamais assez pour un camion entier, car notre espace de stockage était limité. Une telle quantité allait finir par nous causer d'autres problèmes.

— J'ai été surpris, moi aussi. D'habitude, vous ne commandez pas autant d'un coup. Enfin, pas que je sache. Je me suis dit que vous aviez une grosse promotion de prévue ou un truc du genre.

J'ai secoué la tête et j'ai examiné le bon de commande. Je l'avais approuvé la semaine précédente, mais je ne m'étais pas rendu compte que Penny avait tout programmé pour une seule livraison. Je m'attendais à ce que cette commande nous tienne plusieurs semaines.

— Pas que je sache. C'est Penny qui a repris la gestion des commandes. Il faudra que je lui en parle plus tard, ai-je dit.

— Je ne voulais pas vous causer de problèmes, a dit Dick.

J'ai secoué la tête. « Ce n'est pas un problème du tout. Et ce n'est pas de votre faute. Wendy nous aide ce matin. Nous allons vous décharger pour que vous puissiez rentrer chez vous. »

— Merci. Vous savez que c'est mon moment préféré de la journée.

— De la semaine, je pense.

Dick a eu un petit rire. « Oui, madame. »

Wendy est montée sur le chariot élévateur et a attrapé la première palette de jouets. Elle l'a empilée près des étagères pour que nous puissions tout organiser et ranger une fois Dick parti. On aimait bien décharger les camions rapidement, puis vérifier chaque palette avant de les placer sur les étagères.

Je cochais chaque palette au fur et à mesure que Wendy la déchargeait, vérifiant le tout par rapport au manifeste d'expédition. Quand Wendy a eu fini, nous avons salué Dick de la main.

Et je me suis demandé comment diable nous allions pouvoir ranger tous les jouets que Penny avait commandés.

— Où est-ce que tu veux que je mette ça ? a demandé Wendy, en fixant le chargement. Elle avait poussé tout ce qu'elle pouvait contre les murs, mais nous n'avions pas assez d'étagères pour stocker toutes les palettes. Nous allions devoir laisser des cartons au sol pendant des semaines.

— On va faire de notre mieux. Je vais aller voir en magasin si on peut compléter certains des présentoirs qu'on a et commencer à déballer quelques cartons.

— Je viens avec toi, a déclaré Wendy.

Nous avons parcouru les allées et trouvé quelques endroits où nous pouvions ajouter des articles, mais c'était loin d'être suffisant pour gérer la montagne de marchandises que nous avions dans l'arrière-boutique.

Je n'avais aucune idée de ce à quoi pensait Penny en commandant autant de choses. Mais j'allais le découvrir à son arrivée.

Wendy et moi avons travaillé jusqu'à l'ouverture du magasin, entassant des choses partout où nous le pouvions pour tenter de prioriser la sécurité. Ce n'était pas facile, mais grâce à quelques solutions de rangement créatives de Wendy, nous avons réussi à nous en sortir.

J'ai travaillé en magasin avec Wendy et les employés, ayant besoin d'être entourée des enfants pour apaiser mon inquiétude. Je commençais à me demander si j'avais pris la mauvaise décision en promouvant Penny. Je pensais qu'elle serait parfaite pour le poste, mais elle se dérobait à ses responsabilités, laissait les autres faire le travail et ne se montrait pas quand elle était censée être là.

Ce n'était pas l'étoffe d'une directrice.

Elle ne faisait jamais ce genre de choses quand elle était directrice de magasin. Qu'est-ce qui avait changé ?

— Vous pouvez nous aider avec ça ? dit une femme, attirant mon attention alors que je traversais le magasin.

— Bien sûr, dis-je en m'approchant d'elles. En me rapprochant, j'ai réalisé que je les reconnaissais. — Oh, rebonjour. Je vous ai vues à Just Tacos la semaine dernière. Sans haricots.

La fillette gloussa. — Ça fait faire des prouts.

— C'est ce que j'ai entendu dire. Je lui fis un clin d'œil. — Comment puis-je vous aider, toutes les deux ?

— Mme Harris ! cria Penny, arrivant du bout de l'allée. — Comment allez-vous ?

— Oh, Penny ! Bonjour, ma chère. Comment vas-tu ?

— Je vais bien. Et vous ? Ça fait une éternité que je ne vous ai pas vue. Penny serra chaleureusement la femme dans ses bras, la tenant à bout de bras et souriant.

— Ça fait un bail. Comment va ta mère ?

— Elle va bien. Travailler avec tout le monde chez Cracked lui manque, cependant. Elle essaie de profiter de sa retraite, mais elle n'arrête pas de dire que la Floride n'est pas comme chez elle.

— Ton père a toujours voulu déménager dans le sud.

— Je sais. Je pense qu'elle essaie de le convaincre de revenir. Surtout avec un petit-fils dans les parages.

— Vous ? demanda Mme Harris.

Penny a ri. — Oh, pas du tout. C'est ma sœur. Je n'ai pas l'intention d'avoir des enfants de sitôt, voire jamais.

— Oh, les enfants sont une merveilleuse bénédiction.

— C'est ce que dit ma sœur, quand elle ne se plaint pas. Qui est-ce ? demanda Penny.

— C'est ma petite-fille, Isla. La fille de Kingsley.

Mon cœur s'est arrêté. Kingsley. Mme Harris. Oh, merde. L'adorable petite fille était la fille de Kingsley. C'était le papa qui préparait de bons hamburgers et qui n'aimait pas les haricots parce que ça fait faire des prouts.

— Tu ressembles à ton papa, dit Penny en s'accroupissant pour se mettre à la hauteur des yeux d'Isla. — Tu es très jolie.

— Merci, dit Isla, en se serrant contre la jambe de sa grand-mère et en se cachant à moitié de Penny.

Penny se releva et se concentra de nouveau sur Mme Harris. — Comment va le docteur Harris ? De retour à la maison, si j'ai bien compris ?

Mme Harris hocha la tête. — En effet. Il est prêt à s'y remettre. Il ne supporte pas de rester en place. J'ai beau lui dire que Kingsley a tout en main, mais Grégory veut travailler.

— J'imagine que tous ceux qui ont l'habitude de travailler tout le temps sont comme ça. Surtout qu'il sait qu'il retournera au travail à un moment ou à un autre.

— Vous avez probablement raison. Quand j'ai pris ma

retraite, j'étais prête à ne plus être debout tout le temps, mais Gregory n'a pas encore tout à fait fini.

— Il décidera quand ce sera le bon moment. Penny a souri. — Je ne voulais pas vous interrompre, cependant. Daisy s'y connaît mieux que personne en jouets. Penny mit sa main en coupe et chuchota d'un air théâtral : — C'est ma patronne.

Mme Harris gloussa. — Eh bien, je pense que nous avons trouvé la bonne personne alors. Isla regardait ceci pour la piscine, mais je n'étais pas sûre que ce soit la bonne taille pour elle.

Penny est passée discrètement derrière nous pendant que j'ouvrais la boîte contenant la bouée. — Voyons voir ce que tu en penses. J'ai tenu la bouée à côté d'Isla. Le bas touchait presque le sol, et le haut dépassait sa tête d'une trentaine de centimètres. — Eh bien, je pense que la question est de savoir si tu vas beaucoup grandir au cours des prochaines semaines. Parce que si tu grandis autant avant la fin de l'été, alors il te faudra peut-être quelque chose de plus grand.

Isla a gloussé. — Je ne crois pas que je puisse grandir autant.

— Alors ça devrait aller. Mais seulement si tu es sûre que tu ne vas pas grandir plus que ça.

Isla a ri et secoué la tête. — Non. Je ne grandis pas si vite.

— Eh bien, ça me semble parfait, alors. Vous cherchez autre chose ?

— Isla va retrouver de nouveaux amis vendredi et nous voulions qu'elle ait quelque chose à apporter là-bas. Peut-être quelque chose que tous les enfants pourraient faire ensemble ? a suggéré Mme Harris.

— Bien sûr, allons voir les jeux d'extérieur. Qu'en dites-vous ?

— Ouais ! a dit Isla.

Nous avons discuté en marchant et j'ai pris soin de

prétendre que je n'avais aucune idée de l'endroit où elles allaient, parce que ce serait bizarre que je le sache, même si c'était le cas, mais c'était bizarre. Isla a choisi trois jeux que j'étais presque certaine que Finley n'avait pas, et sa grand-mère l'a aidée à n'en choisir qu'un seul.

— On pourra revenir en chercher un autre si vous en avez marre de celui-ci, a dit Mme Harris.

— D'accord. Merci, mamie.

— De rien, ma chérie. Et merci pour votre aide, Daisy, a dit Mme Harris.

— Ce fut un plaisir. J'étais vraiment contente de vous revoir toutes les deux. Ne vous approchez pas des haricots.

Isla a éclaté de rire, sa petite tête se renversant en arrière. Elle a pris la main de sa grand-mère et l'a suivie jusqu'à la caisse.

J'ai souri, puis je suis partie à la recherche de Penny. Je n'avais aucune hâte d'avoir la conversation que nous devions avoir, mais il le fallait.

— Salut, a dit Penny quand je l'ai trouvée dans l'arrière-boutique.

— Salut. Pourquoi n'étais-tu pas là ce matin pour la livraison ?

— Wendy était censée y être. Elle n'est pas venue ?

— Si, mais c'est ton travail d'être ici pour gérer les livraisons.

— Je pensais que du moment que c'était géré, ça ne posait pas de problème.

J'ai secoué la tête lentement. — Ce n'est pas ce dont nous avions discuté. Tu étais censée évaluer quels produits se vendent, passer de nouvelles commandes, et être ici pour décharger les camions et vérifier les livraisons.

— D'accord, je suis désolée. Je ne pensais pas que c'était si important. J'ai dû aider ma sœur ce matin, et Wendy a dit qu'elle pouvait s'en occuper.

— Si ce poste ne te convient pas…

— Si, il me convient. J'ai juste mal compris. Je vais m'arranger.

— Bien. Merci. Maintenant, à propos de cette commande ? Ça fait beaucoup plus que ce que nous rentrons habituellement en une seule fois.

Elle a désigné une palette du doigt. — Ceux-là se vendent beaucoup ces derniers temps. J'ai regardé et, au cours des six derniers mois, nous en avons vendu le double. Et ceux-là, a-t-elle ajouté en montrant une autre palette, — se sont vendus deux fois plus vite, alors j'ai commandé le double. Les ventes de ceux-ci ont également grimpé.

— Tu estimes que tout ce stock va nous durer combien de temps ?

— Quelques mois ?

— Des mois ? D'accord. C'est ce que je pensais aussi. Mais nous n'avons pas vraiment la place pour plusieurs mois de stockage.

— Mais la livraison était beaucoup moins chère en commandant cette quantité.

— Je sais. C'est toujours le cas. Mais si ça signifie que nous devons déplacer les choses trois fois, c'est une autre forme de gaspillage. La zone de stockage est presque dangereuse en ce moment, avec les palettes empilées comme elles le sont.

— Je pensais que tu serais contente que j'aie fait des économies, a dit Penny en croisant les bras.

— Je le suis, mais j'avais aussi prévu les frais de livraison supplémentaires, et avoir autant de stock va impacter ma comptabilité de fin de mois. Il y a des raisons pour lesquelles je faisais les choses comme je le faisais.

— D'accord, mais tu as dit que tu voulais que j'essaie de nouvelles choses. Tu voulais de nouvelles idées. Tu étais prête à me laisser faire à ma façon. Et maintenant, tu me dis que j'avais tout faux ?

— Non, ce n'est pas ça. Et tu as raison. Je vais prendre du recul. Mais on ne peut pas accepter d'autres livraisons tant qu'on n'aura pas dégagé toutes ces palettes du sol. Il faut s'assurer que cet endroit est sécurisé, surtout parce qu'on utilise le chariot élévateur ici et que ça peut être dangereux si on manque de visibilité.

— Soit.

Je me suis pincé les lèvres, résistant à l'envie de l'apaiser. C'était une employée, et elle devait apprendre à voir la situation dans son ensemble. — Je veux que ça marche, Penny. Nous devons être prêtes à nous écouter.

— C'est bon.

— D'accord. Merci de m'avoir écoutée.

— Ouais.

J'ai pris une inspiration et je me suis éloignée, me demandant toujours si j'avais pris la mauvaise décision.

15

J'avais besoin d'un verre. Je ne me souvenais pas de la dernière fois où j'avais eu cette pensée, mais c'était la seule qui me trottait dans la tête quand je suis sortie du travail.

Penny avait été passive-agressive toute la journée. Elle me répondait par monosyllabes et m'évitait chaque fois que c'était possible. Ce n'était pas bon signe, et ce n'était pas une bonne attitude.

Les choses finiraient par s'arranger, je le savais, mais c'était difficile. C'était une lutte de ne pas la prendre à part pour en discuter, mais ça ne marchait pas avec tout le monde. J'aimais résoudre les problèmes le plus vite possible, mais Natalie me rappelait toujours que tout le monde n'était pas comme moi. Beaucoup de gens avaient besoin de temps pour réfléchir à la situation et analyser leurs sentiments, surtout quand ils se sentaient attaqués.

Penny n'avait aucune raison de se sentir attaquée, mais juste au cas où, j'ai laissé couler et je me suis promis de lui parler d'ici un jour ou deux.

Je l'ai chassée de mes pensées sur le chemin du retour et

j'ai réalisé que je n'avais jamais eu de réponse de Kingsley. Après avoir rencontré sa fille et sa mère, je n'étais plus sûre que nous voir soit une bonne idée, mais je ne regrettais pas de l'avoir contacté. Ni de l'avoir vu. Cela ne faisait que me confirmer que quelque chose de temporaire était la bonne décision pour nous. Sa fille devait être sa priorité, et je le comprenais, mais si c'était sérieux entre nous, ça me dérangerait.

Je n'avais jamais été la priorité de qui que ce soit. Pas dans mes souvenirs. La malédiction d'avoir des frères jumeaux. Mes parents devaient les faire passer en premier, car ils réclamaient toute l'attention, et même en grandissant, c'était une seconde nature pour eux de les gâter.

Je n'en voulais pas à mes frères, mais je voulais que quelqu'un me traite comme eux l'avaient été. Je voulais quelqu'un dont le visage s'illuminait en me voyant, qui me ferait sentir que j'étais la personne la plus importante à ses yeux.

Kingsley ne serait jamais cette personne, et je le savais déjà, mais rencontrer sa fille avait été un bon rappel.

Alors, le fait qu'il n'ait pas répondu à mon texto n'avait pas d'importance. Ce n'était pas grave. Il était occupé, j'étais occupée, et ce que nous avions était temporaire. Il partait dans quelques semaines, et il était…

Sur mon porche.

J'ai laissé échapper un rire et j'ai mis mon véhicule utilitaire sport en position « parking », sortant avec un sourire aux lèvres. — Qu'est-ce que tu fais ici ?

— Tu m'as demandé si on pouvait se voir aujourd'hui. J'ai eu une journée plus courte à la clinique et je me suis dit que j'allais passer te faire la surprise.

— J'étais au travail.

— Je m'en doutais. J'allais attendre encore un peu, histoire que tes voisins ne s'inquiètent pas et n'appellent pas les flics en voyant un type étrange rôder devant chez toi.

J'ai secoué la tête. — Alors je suppose que tu ferais mieux d'entrer, pour qu'ils ne voient pas le type bizarre.

Il s'est écarté pour me laisser déverrouiller la porte d'entrée, puis m'a suivie à l'intérieur. — Je suis content que tu m'aies envoyé un texto. Je pensais à toi aujourd'hui.

— Ah ouais ?

Il a hoché la tête pendant que je posais mon sac à main sur la table près de la porte. — Ouais. Ça fait un bail que je n'ai pas mis la main sur toi.

J'ai haussé un sourcil. — Ce n'est pas encore le cas.

Il s'est élancé en avant, m'a pris la mâchoire en coupe et a collé ses lèvres sur les miennes. Le souffle m'a manqué lorsqu'il m'a plaquée contre le mur et m'a embrassée comme un homme affamé.

Je n'allais pas me plaindre. J'ai enroulé mes bras autour de sa taille et je l'ai attiré plus près, adorant la sensation de son corps contre le mien. J'ai fait glisser mes mains plus bas et j'ai attrapé ses fesses, lui arrachant un grognement.

— La chambre ? Il a posé la question comme si j'allais refuser.

J'ai hoché la tête, l'attirant de nouveau pour un baiser tandis que nous nous dirigions vers ma chambre. J'ai fermé la porte, la verrouillant juste au cas où, et je l'ai tiré de nouveau vers moi. Sa peau était chaude d'être resté dehors, et la bosse dans son pantalon était dure. Ma réaction a été immédiate, mon corps prêt pour lui alors que nous étions encore tout habillés. Encore une fois.

Il a soulevé mon T-shirt et a étalé sa main sur mon flanc, la faisant glisser pour m'attirer plus près. Sa langue s'est enfoncée dans ma bouche, explorant chaque recoin et me donnant envie de plus de lui.

J'ai tiré sur son T-shirt, le soulevant entre nous pour pouvoir sentir son corps pressé contre le mien. Il était chaud et les poils courts sur son ventre se sont hérissés sur ma peau, ajoutant à l'intensité de ma réaction.

Kingsley a reculé et a arraché son T-shirt, ses mains s'emparant du mien la seconde suivante et les laissant tomber tous les deux sur le sol. Il m'a attirée de nouveau contre lui avec une main sur ma mâchoire et l'autre sur mon sein, pinçant mon téton à travers mon soutien-gorge.

Je me suis tortillée contre lui, respirant lourdement et voulant le sentir sur ma peau. J'ai essayé de pousser le bonnet sur le côté, mais il m'en a empêchée, rompant notre baiser et baissant la tête pour aspirer mon téton dans sa bouche, avec le soutien-gorge et tout le reste.

La friction du coton a ajouté au plaisir, et j'ai gémi. Il a tiré sur mon autre sein, triturant mon téton avant de se frayer un chemin de baisers jusqu'à lui et de tremper ce bonnet avec sa bouche tortionnaire.

— Si bon, ai-je soufflé.

Il a grogné en guise de réponse, poussant mon short pour y glisser la main. Je l'ai fait glisser sur mes hanches, écartant grand les cuisses pour lui en laisser l'accès. Bon sang, cet homme. Il n'hésitait pas à me taquiner et à me tenter avant de prendre son propre plaisir. C'était une combinaison enivrante, qui a balayé mon besoin d'alcool. Kingsley était tellement meilleur.

Ses doigts ont glissé facilement dans mon intimité humide, appuyant sur ce point au plus profond de moi qui faisait flageoler mes genoux. Je me suis déhanchée contre sa paume. Il frottait le plat de sa main contre mon clitoris à chaque va-et-vient de ses doigts en moi, me plongeant dans une frénésie.

Il s'est redressé et s'est emparé de mes lèvres tandis que mon orgasme dévalait ma colonne vertébrale. J'ai joui dans un cri qu'il a étouffé, grognant tout du long, son érection dure contre ma hanche.

— Encore, a-t-il soufflé, mordillant mes lèvres avant de les lécher et de plonger à nouveau sa langue dans ma bouche.

Il a retiré ses doigts de moi et a porté ses doigts trempés sur mon clitoris, les étalant autour et pinçant le faisceau de nerfs entre deux doigts avant de tirer dessus et de faire voler ma réalité en éclats.

Je me suis accrochée à lui, totalement incapable de supporter le poids de mon corps alors que mon orgasme me dévastait. Mes hanches se sont cabrées contre sa main, mes jambes se sont transformées en guimauve et mon ventre s'est retourné.

Le sexe n'allait pas me faire tomber amoureuse d'un homme, mais si c'était possible, ce serait de cet homme-là.

Sa femme l'avait bien éduqué.

Ce à quoi je ne voulais absolument pas penser pendant que je chevauchais sa main en gémissant à travers les répliques qui embrouillaient mon cerveau et laissaient mon corps en redemander.

— Préservatif ? a-t-il demandé, et mon corps a chanté de joie.

— Table de chevet, ai-je réussi à souffler. Puis il a retiré sa main, et j'ai frissonné en reprenant ma respiration.

Son sourire suffisant disait qu'il savait exactement ce qu'il venait de me faire. Non que je le cachais ou que je luttais contre les orgasmes qu'il me donnait.

— Ouais, ouais, l'ai-je taquiné. « Essaie de tenir debout après un truc pareil.»

— J'ai déjà du mal, a-t-il murmuré contre mes lèvres avant de m'embrasser fougueusement, son souffle sifflant près de ma joue. « Je ne peux pas te résister.»

— Moi non plus, ai-je admis en attrapant son bras pour me soutenir.

Il m'a aidée à atteindre le lit, puis a baissé son pantalon, laissant jaillir son sexe en érection. J'ai eu l'envie soudaine de le goûter, mais pour une raison quelconque, cela me semblait plus personnel, plus intime que le sexe, alors je me suis allongée sur le dos et je l'ai regardé dérouler un préservatif le long de sa verge.

Il a grimpé sur le lit et s'est positionné entre mes cuisses. J'ai laissé mon regard parcourir son corps, adorant le fait qu'il ne se cachait pas de moi. Il a caressé une fois son érection, puis s'est aligné à mon entrée et a commencé à s'enfoncer en moi.

Je ne lui ai opposé aucune résistance, et il s'est enfoncé tout au fond de moi en seulement quelques poussées. J'ai frissonné en le sentant, et il a gémi.

— Comment peux-tu être aussi bonne ? a-t-il murmuré.

— Je me posais la même question. Au bon endroit, au bon moment.

Il a souri. — C'est exactement ça.

Il s'est retiré, puis est revenu en moi, trouvant le bon rythme. J'ai contracté mes parois autour de lui, adorant la façon dont cela faisait frémir ses narines et lui coupait le souffle. J'ai levé une jambe pour l'enrouler autour de sa hanche, et il s'est enfoncé plus profondément.

— Putain, a-t-il sifflé entre ses dents, son rythme s'accélérant. Il m'a empoigné les fesses et a basculé mes hanches, et je me suis resserrée autour de lui.

— Oh, oui, ai-je soufflé.

Il a encore accéléré, nos corps s'entrechoquant dans la maison par ailleurs silencieuse. Il a changé de position, soutenant mes hanches sur ses cuisses, puis a approché un doigt de mon clitoris.

— Putain, ai-je haleté à la première caresse. J'étais proche, déjà sur le fil du rasoir à cause de mes orgasmes précédents et chancelant à son simple contact.

Il martelait en moi, son doigt frottant à un rythme rapide qui me rendait folle de désir pour la libération.

Il a grogné, sa mâchoire s'est crispée, et il s'est violemment enfoncé en moi, son sexe gonflant avant qu'il ne jouisse avec un gémissement et une longue expiration.

J'y étais, si proche, suspendue au bord du gouffre, mais laissée en souffrance, et plus que déçue. J'avais terriblement envie de descendre ma main pour finir ce qu'il avait commencé, mais j'avais déjà joui deux fois. Je pourrais me finir moi-même plus tard.

Puis il a recommencé à bouger. Son sexe ramollissait, mais il était toujours là. Tout comme son doigt.

— Désolé. Tu étais si bonne autour de moi. J'ai essayé de me retenir.

— Ce n'est rien, ai-je soufflé, les mots m'échappant en une inspiration saccadée.

— J'aime te regarder, murmura-t-il, si bas que j'ai failli ne pas l'entendre. Ça fait un peu pervers.

J'ai haleté et secoué la tête. — Moi aussi, j'ai aimé te regarder.

Il a pincé mon clitoris et l'a stimulé à chaque coup de rein qu'il donnait en moi.

— Oh, oui, ai-je soufflé.

Il a empoigné mon sein et a tiré le bonnet de mon soutien-gorge vers le bas, posant enfin sa main sur mon téton nu. Il l'a tiré, presque jusqu'à la douleur, et a balancé mon sein au même rythme, imposant une cadence à mon corps.

C'était comme un orgasme corporel total, où tout montait en puissance, de mes orteils à la pointe de mes cheveux. Je n'avais jamais ressenti ça auparavant, comme si chaque cellule de mon corps était sur le point de jouir.

— Oh, mon Dieu. Kingsley. Oui. Oh, oui. Oh !

— Putain, qu'est-ce que tu es belle, murmura-t-il, ses mots parvenant à peine à percer le brouillard de mon orgasme.

Il a continué ses coups de hanches, même si je sentais bien que ça ne lui faisait rien. Il a accompagné mon orgasme jusqu'au bout, restant en moi, les mains sur ma peau jusqu'à ce que je frissonne et que je me détende enfin.

J'ai rouvert les yeux une minute plus tard et je l'ai trouvé en train de m'observer avec un sourire satisfait sur le visage. — Que puis-je dire ? Tu es très doué pour ça.

Sa poitrine s'est gonflée de fierté. — J'accepte le compliment, mais je n'étais certainement pas le seul à faire en sorte que ça arrive. Tu es sublime quand tu jouis.

— Toi aussi.

Il s'est penché en avant pour m'embrasser, son sexe ramollissant glissant hors de mon corps. Il n'a pas précipité le baiser, prenant son temps pour se maintenir au-dessus de moi et m'embrasser comme si j'étais quelqu'un qui comptait.

Peut-être que le sexe allait me faire tomber amoureuse de lui.

Non. Non. Ce n'était pas possible. Ça ne le pouvait pas. Il n'était pas disponible. Il allait partir, il avait une fille et une femme décédée, et je n'allais pas m'engager là-dedans.

Il me montrait simplement ce que je méritais. Ce que je voulais. J'allais me servir de cette expérience pour trouver l'homme qui était vraiment et totalement fait pour moi.

— Merci.

J'ai souri, en me souvenant de sa gêne la dernière fois qu'il m'avait remerciée. — Merci.

Il m'a de nouveau embrassée, un petit rire lui échappant au passage, puis il s'est levé du lit. Il est allé dans la salle de bain, et l'eau coulait quand j'ai entendu la porte d'entrée se refermer.

— Daisy ? a appelé Natalie.

— Merde. Merde, merde, merde, ai-je sifflé. J'ai sauté hors du lit et j'ai attrapé mes vêtements. Natalie n'entrerait pas comme ça, mais elle avait manifestement vu la voiture de

Kingsley et elle se douterait sans aucun doute de la raison de sa présence.

La porte de la salle de bain s'est ouverte, et j'étais si ridiculement reconnaissante que nous ayons chacune notre salle de bain, ainsi Kingsley ne se promenait pas nu dans la maison, même si la vue était sacrément belle.

— Ma coloc est rentrée, ai-je chuchoté en enfilant mon t-shirt par-dessus ma tête.

— Oh, euh, d'accord ? Il a attrapé son pantalon et l'a enfilé. — Je suppose que tu ne veux pas que je reste. C'est vraiment ta coloc, n'est-ce pas ? Pas le genre de situation où tu me dis « c'est ma coloc » mais en fait vous sortez ensemble ?

Natalie a frappé à ma porte. — Daisy ? Tu es là ?

— Oui, Nat. On sort tout de suite.

— On ? Oh. Euh, d'accord. Désolée ! Ne vous pressez pas… Je veux dire, merde. Je m'en vais !

Kingsley m'a regardé, attendant toujours une réponse.

— Non, ce n'est pas une histoire de couple ou de tromperie. C'est ma meilleure amie, et elle est très amoureuse de son copain, qui est génial.

— Mais tu ne veux pas qu'elle sache pour nous ?

— Elle sait. Elle a juste… J'ai enfilé ma culotte et mon short.

— Elle ne veut pas nous voir ensemble. Je la connais ? — Il a attrapé sa chemise et l'a enfilée.

J'ai secoué la tête. — Je ne pense pas. Et ce n'est rien de personnel. Elle est protectrice avec moi et s'inquiète parce que tu n'es là que pour quelques semaines.

— Tu ne fais pas ce genre de choses.

J'ai de nouveau secoué la tête. — Non.

Il s'est approché de moi et m'a pris le visage en coupe. — Je ne veux pas te faire de mal.

— Je sais, et tu n'en as pas l'intention. Je connais les règles du jeu, j'ai accepté. Merde, je crois même que c'est moi qui l'ai proposé. Tout va bien. Elle est juste en pleine lune de miel et ne comprend pas pourquoi je serais intéressée par quelque chose qui n'a aucun potentiel à long terme.

Il a hoché la tête, d'un mouvement un peu saccadé. — C'est bien d'avoir des amis qui se soucient de nous. Même quand on n'est pas d'accord avec ce dont ils essaient de nous protéger.

— C'est vrai.

— Tu veux lui faire diversion pendant que je me faufile dehors ? Ou… — Il a jeté un coup d'œil dans la pièce. — Je ne crois pas être déjà sorti par une fenêtre, mais je peux essayer. Heureusement que c'est le rez-de-chaussée.

J'ai ri alors qu'il se dirigeait vers la fenêtre pour jeter un œil dehors. — Tu n'as à faire ni l'un ni l'autre. Elle sait que tu es là. Elle a vu ta voiture. Tu n'es pas mon vilain petit secret. Du moins, pas pour elle.

Il a haussé les sourcils. — Mais pour d'autres ?

Je me suis mordillé la lèvre. — Je suis amie avec Finley, Trinity et les autres que tu as rencontrées vendredi. Dimanche, elles ne tarissaient pas d'éloges à ton sujet et ont suggéré de nous caser ensemble.

Il a souri. — On dirait que tes amies ont l'œil.

J'ai grogné. — Oui, mais je ne leur ai pas dit qu'on se voyait déjà, en quelque sorte.

— Tu ne veux pas qu'elles le sachent ?

J'ai secoué la tête. — Ce n'est pas toi. Je… J'ai regardé ma porte. — Après la réaction de Natalie, je ne voulais pas entendre la même chose de la part de tout le monde.

— Ah. Il a hoché la tête en se frottant la mâchoire. — Je comprends. Moi non plus, je n'ai parlé de nous à personne.

— À ce propos, j'ai rencontré ta mère et ta fille aujourd'hui.

— Quoi ? Où ? Comment ?

— Elles sont venues dans mon magasin. Je ne savais pas qui elles étaient. On s'était déjà croisées la semaine dernière, aussi. J'étais derrière elles dans la file pour déjeuner, mais je ne savais pas… Ça ne pose pas de problème ? Je ne leur ai pas dit que je te connaissais.

— Ouais. Il a passé une main dans ses cheveux. Il a enfilé ses chaussures et s'est redressé. — Jouets Lincoln, c'est toi, n'est-ce pas ?

J'ai hoché la tête. — C'est bien ça.

— C'était inévitable qu'elles finissent par y aller. Je n'ai jamais dit à ma mère qui tu étais quand nous nous sommes rencontrés. Elle a posé la question, mais j'ai refusé de le lui dire, au cas où elle essaierait de te convaincre de me convaincre de rester.

— Tu crois qu'elle ferait ça ?

— Oui. Elle ferait n'importe quoi pour arriver à ses fins. Mais ça n'arrivera pas. Je ne resterai pas ici.

J'ai tressailli en entendant la colère dans sa voix.

— Désolé. Je… Je devrais y aller. Rentrer pour voir ma fille.

— D'accord. L'évitement semblait être mon meilleur allié aujourd'hui.

— Est-ce que tu… Qu'est-ce que…

Je n'allais pas l'aider, alors j'ai attendu qu'il trouve ce qu'il voulait dire. Il m'a surprise quand il a enfin réussi à le formuler.

— Tu es libre ce week-end ?

J'ai hoché la tête. — Oui, je le suis.

— Je peux te revoir ?

— J'aimerais bien.

— Moi aussi.

Il a tendu la main vers la poignée de porte, puis s'est arrêté pour m'attirer à lui. Il m'a embrassée jusqu'à ce que je sois haletante et qu'il soit de nouveau dur.

— J'aimerais vraiment ça, a-t-il murmuré.

— Tant mieux.

Il m'a embrassée rapidement, puis m'a relâchée et s'est rajusté. Il a déverrouillé la porte et me l'a ouverte pour que je passe la première.

Natalie était dans la cuisine, faisant semblant de ne pas nous guetter.

Kingsley est allé droit sur elle et lui a tendu la main. — Je sais que vous n'êtes pas sûre de tout ça, mais je vous promets que je n'ai aucune intention de faire de mal à Daisy. C'est une personne vraiment spéciale.

Natalie lui a serré la main et l'a jaugé du regard. — Elle l'est. C'est ça qui m'inquiète. Les gens profitent d'elle parce qu'elle est trop gentille.

— Nous avons un accord, ai-je dit à Natalie. — Aucun de nous deux ne sera blessé.

Natalie nous a regardés tour à tour et a hoché la tête une fois, sans être d'accord mais sans discuter non plus.

— Enchanté de vous avoir rencontrée, a dit Kingsley.

— Également, a concédé Natalie.

J'ai raccompagné Kingsley à la porte et j'ai souri quand il m'a embrassée avant de partir. J'ai refermé la porte et je me suis préparée à la déception de mon amie, mais quand je me suis retournée, elle tenait un pot de glace et deux cuillères.

— Toujours amies ?

J'ai souri. — Les meilleures.

Natalie a souri largement et m'a rejointe sur le canapé pour une soirée films et crème glacée. Juste nous deux.

16

KINGSLEY

Vendredi, j'ai expédié les derniers patients de la journée, pressé de m'en aller. J'avais des choses importantes à faire et j'étais prêt à partir.

J'avais presque terminé quand Sheila m'a arrêté pour me dire que j'avais encore un patient. J'avais vérifié et je savais que non, alors je lui ai grogné dessus. — J'étais censé avoir fini à quatre heures.

— C'est un patient sans rendez-vous, Dr Harris. Un nouveau patient, et le propriétaire voulait te voir maintenant.

— Et tu as accepté ça ?

Sheila a secoué la tête. — Non.

J'ai soupiré. Si le patient était déjà dans une salle d'examen, je n'avais pas le choix. — S'il te plaît, n'accepte plus de patients aujourd'hui.

Sheila a hoché la tête.

Je suis allé jusqu'à la salle d'examen en grommelant, détestant que mes projets doivent attendre. J'ai frappé une fois, puis j'ai ouvert la porte et j'ai entendu un petit miaulement.

Mon regard a balayé la pièce, se posant sur un homme qui tenait un minuscule chaton qui avait connu des jours meilleurs. — Andre Davidson ? Andre avait deux ans de plus que moi à l'école, mais nous avions eu quelques cours en commun.

Il a levé les yeux. — Kingsley Harris. Comment vas-tu, bon sang ? Ou est-ce que je devrais t'appeler docteur ?

— Tu peux m'appeler Kingsley, Andre.

— Tu es sûr ? Les vrais adultes, on les appelle par leur titre.

— Tu as deux ans de plus que moi. Tu n'es pas un vrai adulte ? Je devrais t'appeler Monsieur Davidson ?

Il a reniflé. — Surtout pas.

— Alors Kingsley, s'il te plaît. Je ne savais pas que tu étais dans le coin. Comment vas-tu ?

— Je vais bien, mec. Très bien. Je suis revenu il y a quelques années. Mon père a eu un AVC et je suis rentré pour aider, puis j'ai eu du mal à repartir. Et toi ? Tu donnes un coup de main pendant que ton père se remet ? Désolé d'apprendre pour sa crise cardiaque.

J'ai hoché la tête. — C'est ça. Mais il va mieux. Espérons qu'il sera bientôt de retour.

— C'est une excellente nouvelle.

J'ai de nouveau hoché la tête. — Qui est cette petite ?

— Molly, a dit Andre en caressant la tête du chaton. C'est comme ça que je l'appelle. Je pense qu'elle est errante, mais c'est un amour. Elle traîne du côté de Retraite avec vue sur la montagne. J'y vais tous les week-ends pour m'occuper du jardin, mais je devais vérifier quelques trucs aujourd'hui et cette petite m'a enfin laissé la prendre.

— Laisse-moi jeter un œil. Andre me tendit le minuscule chat, qui laissa échapper un grognement qui me montra à quel point elle était ravie de changer de mains. — On dirait qu'elle s'est attachée à toi.

— Le sentiment est partagé. J'espérais l'adopter, si tu me dis qu'elle n'appartient à personne d'autre.

J'ai hoché la tête, examinant rapidement Molly avant de la poser sur la table. Elle a filé droit sur Andre, se blottissant contre son ventre et faisant de son mieux pour se cacher de moi. — Vérifions. J'ai attrapé le scanner et l'ai passé sur le dos de Molly, guettant la moindre indication de la présence d'une puce électronique. J'ai secoué la tête. — Elle ne semble pas avoir de puce. La plupart des animaux de compagnie en ont une de nos jours. Depuis combien de temps traîne-t-elle à Retraite avec vue sur la montagne ?

— Deux mois, à vue de nez. J'ai cru la voir quand j'ai commencé à nettoyer l'endroit, mais elle se cachait toujours. J'ai commencé à lui laisser de la nourriture, et elle est venue plus souvent. D'habitude, je suis seul là-bas, alors j'essaie de lui parler et de m'approcher d'elle quand j'y suis, mais elle est craintive.

— Ça n'en a pas l'air, là, tout de suite.

Andre gloussa. — Ouais. Elle se laisse approcher. Elle a hurlé pendant tout le trajet, mais une fois dans la pièce, elle s'est blottie contre moi et a refusé de bouger.

— Elle se sent en sécurité avec toi.

— C'est le cas.

— C'est une bonne chose. Je me suis passé une main sur le visage. — Alors, on a plusieurs options. Je peux la garder ici quelques jours, faire une analyse de sang et quelques examens, lui faire ses vaccins, m'assurer que tout va bien, puis programmer sa stérilisation et la pose de sa puce, si ça te va.

Andre a hoché la tête sans m'interrompre.

— L'autre option, c'est que tu la ramènes à la maison et que tu reviennes la semaine prochaine pour tout ça.

— Je préférerais qu'elle reste avec moi, si tu penses que c'est possible. Je n'ai pas d'autres animaux.

— Tant mieux. Le problème, c'est qu'elle a des puces, probablement la gale des oreilles, et qui sait quoi d'autre. Je te recommande vivement de ne pas la faire dormir dans ton lit, et je te suggère de la laisser ici pour le week-end. Le temps que le traitement anti-puces fasse effet, que l'on vérifie les résultats pour la gale des oreilles et que l'on programme son opération pour lundi matin, à la première heure. Ensuite, tu pourras la ramener à la maison après l'opération et vous serez tranquilles.

— Tu crois qu'elle va paniquer ? a demandé Andre. Il a frotté le dos de la chatte, la protégeant d'une manière que le petit chaton n'avait probablement jamais connue.

Molly a ronronné et s'est blottie contre Andre comme s'il était son héros. C'était toujours difficile de séparer un animal de son maître.

— Probablement. Elle est clairement attachée à toi. Changer d'environnement sera une transition difficile, et tout ceci ne fera que compliquer les choses.

— Je ne veux pas qu'elle pense que je l'ai abandonnée. Il n'y a pas une autre option ?

J'ai haussé les épaules. — Ce sont les puces qui m'inquiètent le plus, parce que ton appartement peut être infesté rapidement. Tu peux lui donner un bain. Il existe du shampoing anti-puces, mais les chats n'aiment pas l'eau.

Andre a eu un petit rire. — Celle-ci est bizarre. Elle joue dans les flaques d'eau.

— Non.

Andre a hoché la tête. — Si, si. Je pense même qu'elle va aimer prendre un bain.

— Si tu veux essayer, on peut te donner tout ce dont tu as besoin et programmer son opération pour la semaine prochaine.

Andre a de nouveau hoché la tête. — Oui, c'est la meilleure option. Merci, Kingsley.

— Je t'en prie. Tu as une cage de transport pour elle? Une litière? De la nourriture? N'importe quoi d'autre?

Andre a secoué la tête. — Je n'ai pas vraiment planifié mon coup. J'allais m'arrêter quelque part pour prendre le nécessaire en rentrant à la maison.

— On a des articles de démonstration que tu peux emporter si ça t'intéresse. De quoi te dépanner pour le week-end. Ensuite, tu pourras peut-être acheter tout ce dont tu as besoin quand elle sera là pour l'opération. On devra la garder pour la nuit, mais tant que tout se passe bien, ce ne sera qu'une seule nuit.

Andre a poussé un grand soupir. — D'accord. Faisons ça. Merci. Franchement, c'est bien mieux que ce que je craignais.

— C'est super ce que tu fais pour Molly. Je lui ai donné une tape dans le dos et j'ai ouvert la porte pour le laisser passer devant moi avec Molly.

Andre m'a suivi jusqu'à la réserve où tous les échantillons étaient stockés. J'ai d'abord pris un bac à litière, puis j'ai ajouté assez de litière pour une semaine, un petit sac de nourriture pour chaton, une brosse et quelques jouets. Nous sommes ensuite allés dans la salle des médicaments chercher le bain et le traitement antipuces qu'il devait utiliser. J'ai tout transporté jusqu'à l'accueil pour lui pendant qu'il tenait Molly.

— Merci encore, Kingsley, m'a dit Andre alors que je le raccompagnais à la sortie.

— Quand tu veux. On se voit lundi matin. Appelle-moi si tu as besoin de quoi que ce soit ce week-end.

— Merci. J'espère ne pas en avoir besoin, mais merci.

J'ai serré la main d'Andre, puis j'ai attendu qu'il s'installe avec Molly dans son pick-up avant de rentrer.

Il était bien plus tard que je ne l'avais prévu, et plus tard que l'heure à laquelle j'avais dit à Finley que je reviendrais chez elle pour récupérer Isla. Merde.

J'ai parcouru mes notes à la hâte et je suis parti de là, m'assurant que tous les autres partaient ou étaient déjà partis avant de m'en aller. Je me suis garé dans l'allée de Finley et Trent quarante-cinq minutes plus tard que prévu.

Andrew, le gardien de la maison des MacKellar, a ouvert la porte et m'a indiqué le jardin, où les enfants jouaient et les adultes étaient assis autour d'une table avec vue sur l'eau.

— Kingsley! Bienvenue! m'a lancé Trent en me voyant. — Tu restes dîner avec nous? Trent se tenait devant un barbecue immense, portant un tablier qui le proclamait fièrement « Meilleur Papa du Monde ».

J'ai secoué la tête. — Nous avons déjà abusé de votre hospitalité. Je ne voudrais pas m'imposer."

— Ce n'est pas une intrusion," a dit Trent. "J'ai tout ce qu'il faut sur le gril, et les autres restent. Toi et Isla êtes toujours les bienvenus."

Finley s'est approchée de moi et m'a pris dans ses bras pour une étreinte chaleureuse. "Isla a été adorable aujourd'-hui. Elle a fait une sieste d'environ trente minutes pendant que les autres enfants se reposaient aussi, mais elle' a été super. Nous avons eu des fruits pour le goûter, des biscuits en forme d'animaux, et des tartines de beurre de cacahuète et de confiture pour le déjeuner."

— Merci beaucoup. C'est tellement bon pour elle." C'était la deuxième semaine qu'Isla passait la journée avec Finley, mais la semaine d'avant, j'étais arrivé à l'heure. Finley et Blake étaient là avec les enfants, ainsi que la nounou, Reegan, mais cette semaine, il y avait plus de monde.

— C'est un amour. Une enfant très douce. Elle' a été vraiment super avec les plus petits, s'assurant qu'ils allaient tous bien."

— Merci."

— Pour ce qui est de rester pour le dîner, Trent cuisine toujours assez pour environ trois fois plus de personnes qu'il n'y en a ici, donc il y a amplement de quoi pour que vous vous joigniez à nous, et nous serions ravis que vous restiez." Elle a attrapé mon bras et l'a serré, souriant en le faisant, mais sans pour autant me tirer vers la table où se trouvaient les autres.

J'ai jeté un coup d'œil à la table et j'ai vu Ian et Blake, Trinity et James, Karissa Thomas avec un homme qui semblait être le sien, et un autre couple que je ne connaissais pas.

— Reegan reste aussi pour dîner. Non pas que j'essaie de vous caser ! C'est juste pour que tu saches. Viens rencontrer les autres." Cette fois, elle me tirait vers la table.

J'ai secoué la tête et j'ai cessé de résister, la laissant me conduire là où tout le monde était assis.

— Voici Laura et Nico Allison. Nico est propriétaire du *L'anse MacKellar Cancer Care* et de la *Margaret Allison Memorial Clinic*. Laura est l'une de ses meilleures infirmières," a dit Finley alors que nous arrivions à la table.

J'ai serré la main de Nico et Laura. "Le travail que vous faites est si important."

Nico a hoché la tête. "Nous le pensons aussi. Vous êtes Kingsley Harris ?"

— C'est bien moi."

— Ravi de vous rencontrer."

— Vous aussi.

— La mère de Kingsley travaillait avec la mienne, a dit Karissa. —J'adore Mme Tina.

— Elle t'adore. Elle m'a dit de te passer le bonjour si je te revoyais.

— Passe-lui le bonjour de ma part, s'il te plaît. Ton père va mieux ? a demandé Karissa.

— Oui, de jour en jour. Il compte reprendre le travail la semaine prochaine. Une seule journée, leur ai-je dit, sachant que tout le monde en ville adorait mon père. Ils ne connaissaient pas le même homme que moi.

— Waouh. C'est une excellente nouvelle, a dit Trent. —Il a été si bon pour Kenny. Trent a fait un signe de tête vers un chien qui dormait au bord du jardin. —Il commence à se faire vieux.

— On vieillit tous, a dit Ian.

Trent a eu un petit rire. —Ce n'est que trop vrai.

J'ai tendu la main à l'homme qui avait le bras autour de Karissa. —Je ne crois pas que nous nous soyons rencontrés. Kingsley Harris.

— Xavier Hogan. Enchanté. Je vous ai vu il y a quelques semaines, mais je n'ai pas eu l'occasion de vous saluer. Heureux de vous revoir.

— De même.

Je me suis assis à côté de Ian, me sentant un peu déplacé, mais heureux de voir un visage familier.

— Grosse journée ? a demandé Ian.

J'ai hoché la tête. —Ouais, et un patient de dernière minute au moment où je partais.

— Tout va bien ? a demandé Blake.

— Ouais, quelqu'un voulait adopter une chienne errante et l'a enfin attrapée. On l'a amenée pour un bilan de santé, leur ai-je expliqué.

— Comment se fait-il que tu n'aies pas une douzaine d'animaux de compagnie ? La seule chose que Maddox veut, c'est un chien, un chat, un hamster ou un poisson. Il jure qu'il fera tout pour s'en occuper, mais on continue de lui dire d'attendre d'être un peu plus grand, dit Blake.

J'ai ri doucement. — Je répète à Isla depuis sa naissance, ou presque, que les animaux demandent beaucoup de travail. En plus, j'habite dans un appartement qui n'autorise pas les animaux.

— Malin ! dit Blake. — Ian, on déménage.

Ian eut un petit rire et l'embrassa sur la tempe. — D'accord, ma chérie.

— Je ne sais pas ce qu'on va faire quand Kenny mourra. On sait que ça va arriver, mais George y est tellement attaché, dit Finley.

— Ne prends pas un nouvel animal trop vite. Je vois ça souvent, et ça ne fait qu'empirer les choses. On ne remplace pas un animal par un autre. Tu peux envisager d'en prendre un maintenant, comme ça vous en aurez deux pendant un petit moment, mais si tu attends, assure-toi que ta famille ait le temps de faire son deuil. Ensuite, prends un chien différent. N'en choisis pas un qui lui ressemble comme deux gouttes d'eau, sinon ce sera encore plus dur, lui ai-je dit.

— Je n'avais jamais pensé à tout ça. On a envisagé de prendre un autre chien, mais on craignait que ce soit un problème pour Kenny, dit Finley.

— Ça peut être compliqué d'introduire un nouveau chien, mais si tu t'y prends avec précaution et que tu trouves le bon, ce qui est un peu une question de chance, alors c'est une bonne chose, ai-je expliqué.

Trent est arrivé avec un plateau rempli de steaks qui avaient l'air parfaits. — Tout le monde a faim ?

— Kingsley a dit qu'on devrait prendre un autre chien, a dit Finley.

Trent m'a jeté un regard qui m'a fait me demander si mon invitation à dîner était révoquée.

J'ai levé les mains. — Je parlais juste des options.

— Et ma femme essaie de me convaincre de prendre un autre chien et a probablement entendu ce qu'elle voulait entendre, dit Trent en lançant un regard noir à Finley.

— Je ne fais qu'écouter quelqu'un qui en sait beaucoup plus que moi sur les animaux de compagnie, dit Finley en penchant la tête en arrière.

Trent se pencha et l'embrassa fougueusement. — Tu es terrible.

— Tu adores ça.

— Je t'aime. Et on en parlera. Mais d'abord, à table. Trent se tourna vers le jardin et siffla. — Les enfants, on mange !

Les enfants poussèrent des cris de joie et se précipitèrent, s'arrêtant tous juste avant d'atteindre l'immense table.

Je haussai les sourcils, et Finley me fit simplement un clin d'œil.

— Qui a été le plus gentil aujourd'hui ? demanda Trent.

Chacun d'eux pointa quelqu'un d'autre du doigt.

— Je pense que, puisque c'est la première fois qu'Isla est notre invitée, elle devrait se servir en première, déclara Trent.

Trois des enfants pointaient déjà Isla du doigt, et après sa déclaration, les autres la désignèrent à leur tour. Ma gorge se noua d'amour pour ma fille, qui semblait ne pas croire à l'honneur qui lui était fait.

— Viens, Isla. Tu te sers en premier. Qu'est-ce que tu veux, ma chérie ? lui demanda Trent. Il l'aida à remplir son assiette, puis la posa à la place à côté de moi.

Isla jeta ses bras autour de mon cou. — Salut, Papa !

— Salut, ma puce. Tu as passé une bonne journée ?

— La meilleure de toutes. Et on a à manger. Monsieur Trent est un très bon cuisinier. Et il nous a dit que les gens les plus gentils sont les meilleures personnes. Il a dit qu'on devrait tous essayer de rendre le monde meilleur, dit Isla en s'agitant sur sa chaise, attrapant sa fourchette pour piquer dans le mélange de légumes de son assiette.

— Il a raison, dis-je.

Isla hocha la tête. — Je sais.

Mon estime pour les MacKellar grandit instantanément, me confirmant qu'ils étaient le genre de personnes dont j'avais toujours voulu que ma fille soit entourée. Isla apprenait des autres des choses que j'essayais de lui enseigner. Parfois, entendre les choses d'une autre source était ce qu'il y avait de mieux.

Les autres enfants se sont servis et se sont installés près de leurs parents pour manger. Une fois qu'ils se sont calmés, les adultes se sont passé les plats autour de la table, et chacun a eu un steak, plein de légumes, des pommes de terre au four et de la salade. On a rempli et distribué des verres d'eau, et quelqu'un a dit que le dessert était sur le comptoir à l'intérieur.

Nous avons mangé et discuté, et je me suis senti comme si j'avais toujours été là. Comme si je les avais connus toute ma vie. Je ne m'étais pas senti comme ça avec qui que ce soit depuis très longtemps. Ni avec mes collègues à Philadelphie, ni avec des amis, ni avec personne depuis Faith.

Sauf avec Daisy.

Mais Daisy n'était pas là. Et entre Daisy et moi, c'était temporaire. Nous profitions l'un de l'autre, et je m'amusais bien avec elle, mais c'était tout.

Après le dîner, les enfants ont demandé à sauter dans la piscine, et tous les parents ont accepté. Nous sommes restés assis autour de la table, à parler des enfants et de la vie. Cette amitié simple et cette camaraderie entre eux étaient quelque chose qui m'avait toujours manqué. Des gens qui te connaissent si bien que tu n'as pas besoin de raconter tes propres histoires parce qu'ils peuvent le faire pour toi. Des gens qui sont là pour toi et qui traitent tes enfants comme les leurs. Des gens qui te soutiennent, prennent soin de toi et veulent ce qu'il y a de mieux pour toi.

Je n'avais pas réalisé à quel point je m'étais senti seul jusqu'à ce que je sois entouré de gens qui me donnaient l'impression que je ne l'étais pas. C'était une bénédiction et une malédiction, parce que cet endroit n'était pas mon avenir. Ce n'était pas mon foyer. Plus maintenant. Plus jamais.

Les enfants sont sortis de la piscine en traînant les pieds et ont commencé à fatiguer, mettant fin à la soirée. Isla s'est changée à contrecœur, mais je savais qu'elle serait endormie avant même qu'on arrive chez mes parents. J'ai remercié Finley et Trent et je suis parti.

J'ai porté Isla à l'intérieur et je l'ai bordée avant d'aller chercher toutes ses affaires dans le véhicule utilitaire sport. La maison était silencieuse, mais alors que je mettais une tournée de linge dans la machine, ma mère est apparue.

— Elle s'est encore bien amusée ? a demandé maman.

J'ai souri. — Effectivement. Ce sont des gens vraiment formidables. Ils nous ont invités à rester pour le dîner. Je suis arrivé en retard, et ils étaient sur le point de manger.

— C'est gentil de leur part.

— Ça l'était.

— On dirait que tu te construis une petite communauté ici. Et Isla adore ça.

— C'est vrai. Ça lui a fait du bien de passer du temps avec d'autres enfants. Je sais que tu la veux ici avec toi, mais on n'a pas ça à Philadelphie.

— Tu devrais peut-être envisager de revenir, a dit Maman.

Le monde s'est arrêté à ces mots. Je ne pouvais pas. Elle ne savait pas pourquoi, mais je ne pouvais pas. Je ne pouvais pas être près de mon père tous les jours. Je ne supportais pas de le voir, lui et Sheila. Je n'en étais pas capable.

— Non, ai-je dit.

— Mais…

— Je suis désolé, Maman, mais ça n'arrivera jamais. Nous ne reviendrons pas vivre ici. Ni maintenant, ni jamais.

17

DAISY

Je n'arrêtais pas de sourire. C'en était presque indécent. J'ai toujours été de nature joyeuse, mais là, c'était bien plus que ça.

Et tout ça, c'était grâce à Kingsley.

Enfin, presque. C'était aussi grâce à Natalie, parce que tout était redevenu comme avant entre nous après notre discussion de la semaine dernière. Elle m'avait même demandé comment ça se passait avec Kingsley alors que je me préparais pour notre rendez-vous.

— Je suis vraiment contente pour toi, Daisy, m'a-t-elle dit, assise sur mon lit en me regardant décider quelle robe porter.

— Merci. Je m'amuse beaucoup. Je sais que ça va se terminer, et que ce sera triste, mais ça va. Il m'aide à comprendre ce que j'attends d'une relation.

— Qu'est-ce que tu veux dire ?

J'ai enfilé la dernière option par-dessus ma tête. Une robe bleu pâle à la taille empire qui épousait mes courbes, mais qui me faisait me sentir sexy au lieu de me donner l'air enceinte. Je me suis tournée vers Natalie, et elle a souri en hochant la tête. — Merci. Et je veux dire, avant Kingsley, je sortais avec des hommes, mais j'essayais toujours d'être celle que le type voulait que je sois. Je mettais ma joie en sourdine, je l'interrogeais sur sa vie, j'acceptais tout ce qu'on me donnait. Il y a une certaine liberté à être avec quelqu'un qui ne va pas rester. Je n'ai pas besoin de faire semblant.

Le front de Natalie s'est plissé. — Tu ne devrais pas avoir à faire semblant. Je ne… Je suis désolée que tu te sois toujours sentie comme ça.

J'ai haussé les épaules. — Ce n'est pas grave. Je pense que ça fait partie du jeu des rencontres, mais avec Kingsley, je vois un autre aspect des choses. Une autre option.

— J'ai toujours fait ça, moi aussi, a avoué Natalie. — Faire semblant d'être différente. J'ai toujours fait semblant d'être plus comme toi.

J'ai laissé échapper un rire. — Et maintenant, je brise ton illusion en te disant que j'ai toujours manqué de confiance en moi.

— Ouais, a-t-elle ri. — C'est exactement ça.

J'ai gloussé. — Désolée.

— C'est pour ça que tu étais si contrariée quand je t'ai questionnée. Parce que tu étais toi-même avec lui, tu sentais que c'était une bonne relation, et moi, je démolissais tout.

J'ai hoché la tête. — Oui, un peu. Je sais que tu t'inquiètes pour moi, mais je te promets que ça me va. Si je tombe amoureuse de lui, ça ira aussi.

Elle a haussé les sourcils. — Tu es en train de tomber amoureuse de lui ?

— Non, mais je pourrais. C'est quelqu'un de bien. Gentil et attentionné. Il est… J'ai marqué une pause, puis j'ai continué, parce que c'était ma meilleure amie. — Il est vraiment bon au lit.

Natalie a ri. — Eh bien, tant mieux.

— Oui. Je veux dire, je ne savais pas que le sexe pouvait être aussi bon. C'est addictif.

— C'est ce que je ressens avec Omar. C'était une toute nouvelle expérience.

— Ça l'est vraiment. Mais c'est une autre bonne chose. Parce que ça me prouve qu'il y a mieux pour moi que ce que j'ai connu jusqu'à présent. Je me suis tellement investie dans Jouets Lincoln ces dernières années, entre l'idée de départ, puis sa concrétisation et son lancement. J'ai à peine eu de rendez-vous, et je commençais à craindre qu'il y ait quelque chose qui n'allait pas chez moi, ou que j'avais raté ma chance de trouver quelqu'un.

Natalie a secoué la tête. — Je ne crois pas. Chacun est différent.

J'ai acquiescé. — Je sais. Et j'y crois à nouveau. J'étais en train de me faire à l'idée de ne jamais me marier ou avoir d'enfants, mais maintenant, je profite de ce que je vis avec Kingsley et je suis ouverte à rencontrer la personne avec qui je suis censée être.

— Eh bien, c'est bien. Je suis contente d'entendre ça.

— Merci, Nat. Je me suis retournée pour lui faire face, mes bijoux mis et mon gloss appliqué, mes cheveux relevés en un chignon lâche pour dégager ma nuque par cette chaude nuit d'été. — Comment tu me trouves ?

— Tu as l'air partie pour passer une super soirée. En parlant de ça, je dors chez Omar ce soir.

— Tu n'es pas obligée de faire ça.

Elle a hoché la tête.

— Je sais, mais retourner chez Kingsley n'est pas une option, et je voulais m'assurer que vous étiez à l'aise ici.

— Tu es la meilleure amie du monde.

— Non, c'est toi, a-t-elle dit.

J'ai eu un petit rire et je l'ai serrée dans mes bras. La vie était beaucoup plus simple quand tout allait bien entre nous.

Natalie faisait partie de ma famille, et être en froid avec elle était si difficile. J'étais heureuse que tout soit rentré dans l'ordre.

— Je peux te poser une question ? m'a-t-elle demandé en me raccompagnant à la porte.

— Bien sûr.

— Pourquoi tu n'as pas dit aux autres que Kingsley et toi, vous sortez ensemble ?

J'ai enfilé mes sandales et j'ai passé mon sac à main sur mon épaule.

— Je ne voulais pas que tout le monde me dise que je faisais le mauvais choix.

— À cause de moi.

J'ai haussé les épaules.

— Je sais que tu partais d'une bonne intention, vraiment, mais c'était difficile à entendre.

— Je suis désolée. Je pense que tu devrais leur dire.

— J'y réfléchirai. Un coup frappé à la porte a fait renaître mon sourire.

— Il est là.

— Ouvre la porte. Amuse-toi bien ce soir. Je vais préparer un sac. Natalie m'a serrée rapidement dans ses bras, puis s'est dépêchée de regagner sa chambre avant que je n'ouvre la porte.

Kingsley était sur mon porche, terriblement sexy dans un short noir, une chemise verte à col et des sandales noires. Son regard a glissé le long de mon corps avant qu'il ne passe une main sur son visage.

— Ouah, a-t-il soufflé.

— Toi aussi, tu es ouah, ai-je dit.

Il est entré et m'a embrassée avec une douceur qui m'a donné le tournis et a fait battre mon cœur la chamade. Mes doigts se sont crispés sur sa chemise, voulant le retenir.

— Tu es magnifique.

— Merci.

— Tu es prête à y aller ?

J'ai hoché la tête. — Je le suis.

Il a reculé et m'a laissée sortir avant lui, puis il a attendu que je ferme la porte d'entrée à clé. Il a ouvert ma portière de sa voiture, puis a posé sa main sur ma cuisse quand il s'est assis à côté de moi. Il m'a regardée avec un grand sourire avant de passer la marche arrière et de sortir de l'allée.

— Que fait Natalie ce soir ?

— Elle va chez Omar.

— Toute la nuit ?

— Toute la nuit. Elle a voulu nous laisser le champ libre pour qu'on ait la maison pour nous. Si on voulait. Je n'essaie pas de te mettre la pression.

Il a gloussé. — Crois-moi, tu ne m'en mets aucune. Je suis plus que partant pour rentrer chez toi.

J'ai souri. La soirée s'annonçait bien.

Pendant le trajet vers le restaurant, nous avons parlé de notre semaine. Il m'a raconté des choses bizarres que les chiens qu'il soignait avaient mangées, ce qui m'a rassurée au sujet de la digestion du hot-dog en caoutchouc de Dozer. Je lui ai parlé de quelques nouveaux jouets que nous avions reçus, y compris une nouvelle gamme de jouets de Timeless Timber Toys.

J'ai aussi mentionné mes difficultés avec Penny, qui ne s'arrangeaient pas.

Alors qu'il se garait devant le restaurant, il a demandé :
— Tu veux mon avis ou simplement que j'écoute ?

J'ai attendu qu'on sorte de la voiture pour le regarder.
— Tu ferais l'un ou l'autre ?

Il a hoché la tête. — Parfois, on a besoin de vider son sac, pour ainsi dire. Parfois, on a besoin d'un point de vue extérieur. Avant de choisir lequel des deux, je me demandais ce dont tu avais besoin en ce moment.

— Ouah. Personne ne m'a jamais demandé ça.

— Okay, eh bien, moi je te le demande. Réfléchis-y une minute. Il a ouvert la porte du restaurant et m'a laissée passer devant.

L'hôte nous a demandé si nous avions une réservation, puis nous a conduits à la table que Kingsley avait manifestement réservée. Elle donnait sur l'eau, nous offrant une vue imprenable sur le Saint Lawrence River et les bateaux qui passaient.

Il a pris son menu, sans me presser de répondre à sa question.

J'ai pris le mien, mais j'ai fixé la carte sans rien y voir. Des conseils ou juste une oreille attentive ? C'était nouveau pour moi. Et ça m'a plu. Il avait raison. Il y avait des moments où je ne cherchais pas quelqu'un pour résoudre mes problèmes. Mais j'ai réalisé que ce n'était pas l'un d'eux. Je ne savais pas trop comment m'y prendre avec Penny, et j'étais curieuse de savoir ce qu'il en pensait.

— J'aimerais avoir ton avis, s'il te plaît, lui ai-je dit.

Il a replié son menu et a posé ses mains dessus. — D'accord. D'abord, je noterais tout. Même si tu es la propriétaire et que tu n'as pas de service RH, c'est toujours bien d'avoir une trace écrite au cas où elle finirait par te poursuivre en justice.

J'ai eu le souffle coupé. Je n'avais même pas envisagé qu'elle le ferait, ou pourrait le faire. — Tu crois qu'elle le ferait ? Non. Elle ne ferait pas ça. Hein ?

Il a haussé les épaules. — Je ne la connais pas, donc je ne peux pas te dire, mais quand les gens se sentent lésés, même à tort, ils sont capables de faire des folies. Notre clinique vétérinaire a été poursuivie par une famille après la mort de leur chien. Ils sont arrivés et le chien était très malade. Un de mes collègues, l'un des propriétaires, a examiné le chien. L'animal était clairement en détresse, et il voulait faire des radios et des tests pour voir ce qui se passait. La famille a refusé. Ils ont dit qu'une chose similaire était arrivée par le passé et que le chien avait juste besoin de médicaments. Mon collègue a refusé, en expliquant qu'il pouvait y avoir d'autres causes. L'estomac du chien était sensible au toucher, et il grognait sur tout le monde. La famille a refusé tous les tests et a ramené le chien à la maison. Le chien est mort cette nuit-là. Ils ont poursuivi la clinique pour refus de traitement.

— Que s'est-il passé ?

— Malheureusement, l'affaire est allée jusqu'au procès, et il s'est avéré que le père était violent envers le chien. Il lui avait donné des coups de pied et avait provoqué une hémorragie interne. Si des scanners avaient été faits, une opération aurait été nécessaire, mais la famille pensait que le chien avait mangé quelque chose qui l'avait rendu malade. Elle n'avait aucune idée que le père le maltraitait.

— Oh, non.

Kingsley a hoché la tête. — Ça a été très traumatisant pour tout le monde, et ça a été douloureux pour nous, en tant que clinique, parce que nous avons tous juré de soigner les animaux. En voir un souffrir sans pouvoir rien faire, c'est dur.

— Surtout quand vous auriez pu.

— Ouais.

Le serveur s'est approché avec de l'eau et une corbeille de pain. — Je peux vous servir des entrées pendant que vous consultez le menu ?

Kingsley m'a regardée. — J'avais repéré quelques trucs, mais je te laisse passer en premier.

J'ai souri au serveur. — Je n'ai même pas encore regardé. Ça vous ennuie de nous donner une minute ?

—Bien sûr. Prenez votre temps. Je reviens tout de suite.

—Merci.

Il a souri et nous a laissés à notre conversation et à nos menus.

—Désolée, ai-je dit à Kingsley.

—Il n'y a pas de quoi être désolée. Tu veux savoir ce que je regardais ? Au cas où tu voudrais partager ?

—Bien sûr.

Il a ouvert de nouveau le menu. — Les champignons farcis avaient l'air bons, et je pensais au cocktail de crevettes. Peut-être la bruschetta.

—Tout ça me tente bien, ai-je dit en parcourant les entrées et en constatant que ce serait aussi mon trio de tête.

—Parfait. Et c'est pour moi. Je ne te dis pas ça pour que tu choisisses quelque chose de bon marché. Je te le dis parce que je ne veux pas que tu te demandes si tu dois essayer de réclamer l'addition ou non. C'est moi qui régale.

—Tu n'es vraiment pas obligé de faire ça.

—Je sais, mais j'aimerais beaucoup. Si tu me le permets.

J'ai souri, hochant la tête une fois et ignorant la douce chaleur qui se propageait en moi. Je pourrais vraiment tomber amoureuse de cet homme.

Mais je ne le ferais pas.

Nous avons étudié nos menus et étions prêts quand le serveur est revenu. Après son départ, Kingsley a pris ma main.

—On ne sait jamais quand quelqu'un va faire appel à un avocat. Il y a de nombreuses fois où c'est tout à fait justifié. Quand ma femme est décédée, j'ai engagé un avocat pour s'occuper du procès pour homicide involontaire. Personne n'appelle un avocat en pensant avoir tort, donc il est prudent d'avoir des documents, si possible quelque chose qu'elle a signé, pour ne pas te retrouver en faillite si le pire arrive.

— Je me sens complètement dépassée par ça, ai-je avoué. Je pense être une bonne patronne, et quand je lui ai donné le poste, c'était parce qu'elle avait de bonnes idées et voyait les choses différemment de moi, mais après quelques semaines, j'ai l'impression de m'être tout simplement trompée.

— C'est possible. Parfois, on doit être prêt à l'accepter, lâcher prise, et passer à autre chose.

— Ouais, peut-être.

— Il n'y a que toi qui saches si c'est le moment de faire un changement ou non. Je ne donne pas beaucoup de chances aux gens. Surtout quand on parle de quelque chose d'important. Isla a droit à des chances illimitées parce qu'elle est encore en plein apprentissage, mais les adultes savent à quoi s'en tenir. Ton employée connaît les attentes et a choisi de ne pas les satisfaire. Si tu veux lui donner une seconde chance, assure-toi que les choses soient claires.

— Je lui ai déjà donné plusieurs secondes chances, ai-je admis.

Kingsley a grincé des dents. — Désolé. C'est à toi de gérer les choses à ta façon.

— Ouais, mais si je suis trop gentille, elle va se permettre n'importe quoi avec moi.

— C'est possible, ouais.

Les hors-d'œuvre sont arrivés, et la conversation s'est éloignée de mes problèmes de travail pour nous amener à mieux nous connaître.

— Qu'est-ce qui t'horripile le plus ? lui ai-je demandé par-dessus les champignons farcis.

— La malhonnêteté, a-t-il dit sans hésiter.

— Ça, je suis bien d'accord.

— Et toi ?

— La méchanceté.

Il a hoché la tête. — C'est dans la même veine.

— Oui. Qu'est-ce que tu fais quand tu es heureux ?

— Heureux ? Hmm. Te faire l'amour, ça me rend heureux.

Sa remarque fit monter le rouge à mes joues. — Eh bien, ça me rend heureuse aussi.

Il laissa échapper un rire. — Ce que je fais quand je suis heureux ? Je ne sais pas. Je n'y ai jamais vraiment pensé. Je crois que je passe plus de temps à ne pas être heureux.

— C'est pour ça que ton pseudo était DrGrincheux ?

Il gloussa. — Évidemment, tu sais bien que ce n'est pas moi qui ai trouvé ça, mais c'est probable. Je peux être un peu grognon.

— Alors, qu'est-ce que tu fais quand tu n'es pas heureux ? Tu as un moyen de t'en sortir ?

Il se pencha en arrière et secoua la tête. — Je ne sais pas. Isla me change les idées. Elle me donne toujours l'impression que tout ira bien. C'est une enfant tellement joyeuse, même si elle a toutes les raisons du monde de ne pas l'être.

— Pourquoi donc ?

— Sans sa mère. Elle pourrait être en colère.

— Je dirais que c'est tout à ton honneur. Elle pourrait être en colère, mais c'est une enfant heureuse parce qu'elle se sait aimée. Elle m'a dit qu'elle aimait le violet parce que sa mère aussi, alors même si elle ne s'en souvient probablement pas, sa mère fait toujours partie de la vie d'Isla.

— Elle t'a dit ça ? murmura-t-il.

Je hochai la tête. — Oui. C'est une fille très chanceuse de t'avoir comme père.

Il prit ma main et la porta à ses lèvres. — Merci, Daisy.

Je souris. — De rien.

— Un dessert ? demanda le serveur, interrompant ce moment.

Kingsley haussa les sourcils en me regardant, une lueur espiègle dans ses yeux sombres.

— Je pense que ça ira, dis-je, bien plus affamée à l'idée de découvrir ce qui se cachait derrière ce regard dans les yeux de Kingsley.

Le serveur ramassa nos assiettes vides. — À emporter ?

Kingsley haussa les sourcils en me questionnant du regard.

— Je me laisserais bien tenter, dis-je.

— Nous avons du cheesecake smoking, de la tarte à la crème au chocolat, un blondie avec de la glace à la vanille, de la tarte au citron vert et du gâteau red velvet.

— Elle prendra le red velvet, dit Kingsley avant que je ne puisse le commander.

— Comment savais-tu que je voulais celui-là ? demandai-je.

— C'est ton préféré.

— Je n'ai pas souvenir de te l'avoir dit.

Il sourit. — Je t'ai dit que j'ai lu tous les messages que tu as envoyés.

Je serrai les lèvres pour m'empêcher de… je ne sais pas de quoi. Pleurer ? Lui dire que je l'aimais ? Quoi ?

Je ne le lui avais jamais dit, mais il avait lu les messages que j'envoyais à sa mère. Et tout comme je savais que son dessert préféré était le cheesecake aux noix de pécan et au caramel, il savait que le mien était le gâteau red velvet.

Il s'en souvenait.

Personne, à part Natalie, ne savait que c'était mon préféré. Pas même mes parents. Ils pensaient que j'aimais la vanille parce que c'était ce que mes frères aimaient.

Je ravalai mes larmes et me dis que je ne devais absolument pas tomber amoureuse de Kingsley. Je ne pouvais pas.

Mais s'il était du coin, je le ferais.

Mais ce n'était pas le cas.

Kingsley commanda une part de tarte au citron vert pour lui et remercia le serveur. Il attrapa de nouveau ma main. — Ça te dérange que j'aie commandé pour toi ?

Je secouai la tête et lui serrai la main. — Non. Je… Peu de gens savent que j'adore le red velvet. J'étais surprise.

— Une bonne surprise ?

J'ai hoché la tête. — Absolument.

— Eh bien, tant mieux.

Kingsley a payé l'addition, puis a pris notre dessert et ma main et nous a menés jusqu'à la porte. Il m'a tenu la main pendant tout le trajet de retour chez moi, une décision prise sans que nous ayons eu besoin d'en parler ou d'y réfléchir.

— Tu m'as demandé tout à l'heure si j'avais lu les messages. Ça ne t'a pas dérangée que je les aie lus ? m'a-t-il demandé alors que je mettais les desserts dans le frigo, à la maison.

J'ai hoché la tête et je me suis tournée vers lui. — Bien sûr que non. Enfin, je pensais qu'ils étaient pour toi de toute façon. Pourquoi serais-je contrariée que tu les aies lus ?

Il a haussé les épaules. — Je ne savais pas trop où était la limite. Quand j'ai découvert ce que ma mère avait fait, j'étais en colère. Je ne suis là que pour deux mois. C'était malhonnête et déplacé. J'ai eu l'impression qu'elle essayait de me pousser à faire quelque chose pour lequel je n'étais pas prêt.

— Parce que tu n'es pas beaucoup sorti avec quelqu'un depuis ta femme… ?

Il a secoué la tête. — Ma mère n'est pas au courant. Je ne lui parle jamais de tout ça. Et ce n'était qu'une partie du problème. Je gérais beaucoup de choses quand nous sommes arrivés.

— Je peux imaginer. Ton père malade, le déménagement de ta fille ici, reprendre son cabinet. C'est beaucoup de choses.

Il a acquiescé. — Ouais.

Il y avait quelque chose dans ce simple mot qui m'échappait, mais je ne savais pas quoi.

— Ma mère veut que nous restions ici. Elle me l'a demandé hier soir quand nous sommes rentrés de chez Finley et Trent.

Mon cœur a fait un bond. Bon sang, je voulais qu'il reste. Je ne pouvais pas le lui dire, mais j'espérais…

— Je lui ai dit que ça n'arriverait jamais. C'est juste que… je ne veux plus être à L'anse MacKellar. Elle ne… comprend pas ça.

— Les familles, c'est compliqué, ai-je dit au lieu de lui demander pourquoi. Je voulais savoir pourquoi il ne pouvait pas être à L'anse MacKellar. Pourquoi il ne pouvait pas rester avec moi.

Mais je ne pouvais pas demander.

— Ouais. Il a expiré lentement. — Bref, tout ça pour dire que je suis désolé si j'ai envahi ton intimité.

J'ai haussé un sourcil en le regardant, refoulant les émotions qui menaçaient de faire surface. Notre relation était sans prise de tête. On s'amusait bien. Il n'était pas question de s'attacher sentimentalement.

Bon, d'accord, c'était mon cas, mais je n'en avais pas le droit, alors j'ai mis ça de côté et je me suis dirigée nonchalamment vers lui.

— Je crois qu'on a largement dépassé le stade de l'intimité.

Il a eu un petit rire. — Tu m'as partagé tous tes secrets ?

J'ai secoué la tête et j'ai enroulé mes bras autour de son cou. — Pas vraiment. Je dois garder une part de mystère.

Il a souri et m'a attirée contre lui. — J'aime percer tes mystères.

J'ai gémi quand il m'a léché la gorge.

— Comme le fait que tu aimes tant ça.

— Oh, oui, ai-je murmuré.

— Voyons si je peux trouver d'autres endroits qui te font gémir.

18

Merde. Merde. Merde. J'étais en train de tomber amoureuse de lui. Éperdument. Et ça allait faire un mal de chien quand il partirait.

Mais il ne partait pas encore. Il me guidait vers ma chambre, ses lèvres contre les miennes, sa langue pillant ma bouche, et son sexe pressé contre mon ventre.

Il a allumé la lumière quand nous sommes arrivés dans ma chambre, et il a reculé d'un pas. — Je veux te regarder ce soir.

J'ai eu le souffle coupé. Je ne faisais jamais l'amour avec la lumière allumée. Non pas que j'aie eu à me battre avec beaucoup d'hommes à ce sujet, mais la lumière était toujours éteinte. Les autres fois où Kingsley était venu dans ma chambre, c'était frénétique et précipité, et je n'avais pas pensé à la lumière.

Pas cette fois.

— Hum, tu es sûr ? ai-je demandé.

Il a hoché la tête, son regard glissant le long de mon corps avant de revenir sur mon visage. — Ouais.

Chaque parcelle de ma peau frémissait. Rien qu'avec le

regard dans ses yeux, il m'excitait. Un regard qu'il dirigeait sur moi. Mon Dieu, qu'est-ce qui était en train de se passer ?

Non. Pas de panique. Je ne flippe pas. J'allais profiter de la nuit avec l'homme que j'aimais peut-être, probablement, un peu, et j'allais m'accrocher à ces souvenirs quand il retournerait à sa vie et que je ne le reverrais plus jamais. C'était bien. Tout allait bien.

Kingsley s'est de nouveau approché de moi, ses mains glissant sur le bas de mes hanches. Il a retroussé ma robe, soulevant le tissu de la jupe centimètre par centimètre, la lente remontée du tissu étant une torture délicieuse contre mes cuisses.

Le bout de ses doigts a effleuré ma peau nue, et j'ai haleté. Il a souri, lâchant ma jupe pour pouvoir empoigner mes jambes à deux mains. Il m'a tirée brutalement contre son corps, sa bouche s'abattant sur la mienne au même instant.

Dévorée de la tête aux pieds, ses mains massant mes cuisses et mes fesses pendant que sa langue s'affairait dans ma bouche, me goûtant comme si j'étais la meilleure chose qu'il ait eue de toute la nuit.

Peut-être même de tout le mois. Ma culotte était trempée quand une de ses mains a glissé entre mes cuisses et a frotté par-dessus le tissu. Il a grogné et l'a poussée sur le côté, enfonçant un doigt en moi.

— Putain, Daisy, a-t-il murmuré contre mes lèvres.

— Ouais.

Il a ajouté un deuxième doigt et a caressé mon clitoris avec son pouce.

J'ai haleté, mes hanches se balançant au rythme de ses mouvements.

Il m'a embrassée avec fougue, sa langue pulsant dans ma bouche au même rythme que ses doigts me baisaient, extirpant le plaisir de tout mon être. Mes tétons étaient durs, mon intimité trempée, mon corps frissonnait, prêt à lâcher prise.

Il a frotté la pulpe de son pouce contre mon clitoris, et j'ai lâché prise, le souffle court, m'agrippant à lui, certaine qu'il ne me laisserait pas tomber.

Mais je suis tombée. Mon dos a heurté le matelas, et avant que j'aie pu comprendre ce qui se passait, Kingsley était à genoux, ma robe passée par-dessus sa tête, et ma culotte glissait le long de mes cuisses.

— Kingsley, ai-je soupiré.

— S'il te plaît, dis oui, Daisy.

— Oui, ai-je haleté, son souffle sur ma peau brûlante me faisant gémir.

Il a déposé de doux baisers à l'intérieur d'une de mes cuisses, puis de l'autre. Il a parcouru ma chair tendre du bout de son doigt, ou de sa langue, je n'étais pas sûre. Le contact était léger comme une plume et m'a fait frissonner de partout.

Ses mains ont écarté davantage mes cuisses, laissant de la place pour ses épaules. Il s'est penché, son souffle se faisant plus intense sur mon corps avant que sa langue ne s'enfonce en moi.

— Oh, mon Dieu, ai-je soufflé. J'étais déjà excitée et prête, et il y avait cet homme sexy et grincheux à genoux qui essayait de me faire jouir encore plus ? Comment était-ce possible que ce soit ma vie ? Et comment pouvais-je en avoir plus ?

Kingsley a remonté le chemin de mon entrée jusqu'à mon clitoris avec ses baisers, prenant son temps pour explorer les replis de ma chair. Sa langue s'est promenée sur moi, goûtant chaque parcelle de ma peau avant de lécher mon clitoris, une seule fois, et je me suis cambrée contre lui.

Il a gloussé en attrapant mes chevilles. — Si pressée.

— C'est si bon ce que tu fais, ai-je soufflé.

— Tu as bon goût. Je ne sais pas pourquoi j'ai commandé

un dessert. Si j'avais su à quel point tu étais douce, je ne l'aurais pas fait.

J'ai encore frissonné, ses mots me donnant envie de lui demander de rester.

Je ne pouvais pas.

Il a soufflé contre ma chair surchauffée, puis a couvert ma peau de sa bouche, sa langue se frayant un chemin jusqu'à mon clitoris avant de le délaisser.

J'ai grogné.

Il a de nouveau gloussé, sa langue continuant de m'explorer. Il s'est arrêté pour goûter mon intimité, puis est revenu à mon clitoris, me taquinant de toutes parts.

— Kingsley, ai-je soufflé.

— Es-tu prête à jouir ?

— Je suis prête depuis des jours.

— Des jours ? Tu ne t'es pas occupée de toi ?

J'ai secoué la tête, mais il était toujours sous ma robe et ne pouvait pas me voir, alors j'ai dit : — Non.

— Tu attendais que je t'aide ?

— Ouais.

— Alors je suppose que je devrais le faire, hein ?

— S'il te plaît.

Il ne s'est pas pressé, même si je le suppliais pratiquement. Il a pris son temps, ses mains posées sur mes chevilles remontant le long de mes jambes pendant que sa langue continuait sa découverte. Il a placé ses mains au creux de mes genoux, écartant davantage mes cuisses avant de passer mes jambes sur ses épaules et de me tirer vers lui, laissant mes fesses nues pendre au bord du lit.

Alors, et seulement alors, Kingsley a concentré toute son attention sur mon clitoris. Et quand cet homme était concentré, putain, il était incroyable.

Ses doigts se sont enfoncés profondément en moi, m'envoyant une décharge que j'ai sentie jusqu'à la pointe des pieds. Sa bouche s'est posée sur mon clitoris, aspirant avec force jusqu'à ce que toutes ses taquineries précédentes convergent vers un orgasme monumental dont je n'avais pas réalisé qu'il montait pendant tout le temps où je m'impatientais contre lui.

Quelques secondes à peine ont dû s'écouler avant que je sois haletante, le souffle court, le suppliant de me faire jouir.

Ses doigts pompaient plus fort, leur courbe frottant profondément en moi. J'ai perdu tout contrôle, toute raison. Il était toujours caché à ma vue, mais j'avais besoin de le voir. J'avais besoin de regarder sa tête entre mes cuisses, d'ancrer ce souvenir en moi pour pouvoir le revivre quand il serait parti.

J'ai soulevé ma jupe, rabattant le tissu sur mon ventre.

Kingsley a levé les yeux vers moi, son regard sombre percutant le mien. L'expression dans ses yeux, sa façon de bouger, la sensation de ses mains et de sa langue sur mon corps, tout cela s'est conjugué pour me transporter dans une euphorie que je n'avais jamais connue.

Mes orteils picotaient, ma gorge s'est nouée. J'ai crié, ou gémi, ou quelque chose dans le genre, des sons s'échappant de moi que je n'avais jamais produits auparavant.

Et pendant tout ce temps, Kingsley a soutenu mon regard. Ses yeux rivés aux miens, il me regardait perdre complètement le contrôle tandis qu'il me démantelait.

Putain, j'ai adoré ça.

— Ne bouge pas, a-t-il grogné en se retirant. Ses doigts jouaient toujours en moi, mon corps détendu, pleinement comblé et prêt pour tout ce qu'il pouvait encore me donner.

Il tenait un préservatif entre ses dents, déchirant l'emballage d'une main, l'autre toujours entre mes jambes. Il a déroulé le préservatif, d'une seule main, puis il a retiré sa main de mon corps, ce qui m'a fait frissonner.

— Putain, ce que tu es belle. Il s'est positionné à mon

entrée, s'immobilisant alors qu'il pénétrait en moi, centimètre par centimètre.

— C'est tellement bon.

— Tu avais bon goût, a-t-il dit. Je veux recommencer.

— Vraiment ? ai-je couiné.

— Putain, ouais. Avant de partir ce soir, je vais de nouveau te manger.

— Ce soir ?

Il s'est enfoncé profondément en moi, envoyant à nouveau des picotements jusqu'à mes orteils. — Oui, ce soir.

— D'accord. Il n'était jamais resté après l'amour. Je ne le lui avais jamais demandé, mais il s'était toujours empressé de partir, devant retourner auprès d'Isla.

Je ne lui en voulais pas, mais je détestais tout de même qu'il s'enfuie juste après l'amour.

Jusqu'à ce soir.

— Tes pensées sont très bruyantes en ce moment, a-t-il dit.

— Désolée. J'ai réalisé qu'il ne bougeait plus. — Est-ce que ça va ?

— J'allais te le demander. Je voulais être sûr que tu es avec moi.

J'ai eu le souffle coupé. Cet homme. Il était si dangereux pour moi. Mais tellement bon. Je ne pensais pas qu'il existait des hommes comme lui. J'avais juste toujours choisi les mauvais.

— Je suis avec toi, ai-je murmuré.

— Bien. Il s'est retiré en douceur, prenant son temps, puis s'est de nouveau enfoncé avec la même lenteur. — J'adore me regarder disparaître en toi.

— J'adore cette sensation.

— Ça aussi. Tu es si serrée autour de moi, comme si tu ne voulais pas me laisser partir.

— Je ne veux pas, ai-je lâché avant de pouvoir réfléchir à ce que je disais.

Il a souri. — Toujours avec moi ?

J'ai hoché la tête.

— Bien. Il s'est enfoncé complètement, s'arrêtant quand son corps a rencontré le mien. Le frôlement de ses poils pubiens contre mon clitoris m'a fait frissonner. — Tu aimes ça ?

J'ai hoché la tête. — Tu frôlais mon clitoris.

— Tu peux jouir encore ?

— Je crois bien. C'est l'impression que ça m'a donné.

— Vas-tu serrer ma bite au plus profond de toi ? a-t-il demandé en donnant un coup de rein, un coup qui m'a fait tourner la tête.

— Oui.

Il s'est penché sur moi, frottant mon clitoris à chaque va-et-vient. — Tu es si bonne.

— Pareil.

Il a eu un petit rire face à ma réponse laconique.

— Désolée. Trop bon… pour parler.

— C'est le plus beau des compliments que tu puisses me faire.

J'ai gémi en guise de réponse.

— Peut-être bien que c'était ça, a-t-il dit.

Cette fois, j'ai contracté mes muscles autour de lui en guise de réponse, et il a gémi. — Ouais, bonne réponse.

Il a eu un petit rire et a posé ses mains sur le matelas, de chaque côté de mon corps. Sa position au-dessus de moi le faisait se frotter contre moi à chaque coup de rein, et mon orgasme est monté encore plus vite.

— Tu y es presque, a-t-il grogné. — Je le vois dans tes yeux. Putain, Daisy. Lâche-toi pour moi. Laisse-moi te sentir.

J'ai soutenu son regard, ses mots rauques me poussant au-delà de la limite alors que je le fixais. Ma bouche s'est ouverte, mon souffle s'est échappé, tout s'est tendu, puis relâché alors que je me contractais autour de lui.

— Putain, oui. Oh, putain, Daisy. Il s'est immobilisé en moi, le gonflement de sa queue correspondant à mes spasmes alors qu'il jouissait avec force, ses yeux se révulsant juste avant qu'il ne s'effondre sur moi.

Son souffle chaud caressait mon épaule, repoussant mes cheveux à chaque expiration. Le chignon que j'avais fait ressemblait plus à rien après ça, et je n'aurais pas pu être plus heureuse.

— Waouh, a-t-il murmuré, toujours sur moi.

— Je suis d'accord.

Il s'est retiré de moi, m'embrassant le cou, le décolleté, le ventre, puis les cuisses avant de ramper jusqu'à la salle de bain, ses fesses nues étant la seule chose que je pouvais voir.

J'ai ri. — Je t'ai épuisé ?

— Tu sais bien que oui.

Je ne pouvais pas bouger non plus, la brûlure de sa barbe de trois jours entre mes cuisses me faisant sourire autant que la sensation dans le reste de mon corps.

De l'eau s'est mise à couler dans la salle de bain, puis un petit rire a atteint mon oreille. — Je ne suis pas le seul à être épuisé.

— Non, en effet.

— La robe, on la met ou on l'enlève ?

— Je crois qu'elle a besoin d'être lavée.

Il a ri de nouveau. — J'aime vraiment cette robe.

— Moi aussi. Je lui ai souri en levant les yeux, sachant que je ne porterais plus jamais cette robe sans penser à lui.

— Allez, on l'enlève, ensuite on pourra se reposer une minute le temps que je récupère. Après, je te goûterai à nouveau.

— Et moi, j'aurai le droit de te goûter ? ai-je demandé.

Il s'est immobilisé, attendant que je croise son regard.
— C'est à toi de voir.
— Ça me plairait. Si tu es d'accord.
Sa verge a tressauté, répondant pour lui.
— Je prends ça pour un oui.
Il a eu un petit rire, puis m'a aidée à enlever ma robe et mon soutien-gorge. Il a éteint les lumières, puis s'est allongé à côté de moi, m'a prise dans ses bras et m'a embrassée sur le côté de la tête. — Juste une minute.

UNE MINUTE s'est transformée en deux heures, et quand je me suis réveillée, ses doigts étaient entre mes cuisses et j'étais à mi-chemin d'un autre orgasme. Dès que Kingsley a su que j'étais réveillée, il s'est glissé sous les draps et m'a léchée jusqu'à ce que je jouisse sur sa langue. Il est remonté le long du lit pour m'embrasser, puis m'a laissée lui rendre la pareille pendant une minute.

— J'ai besoin de te sentir à nouveau, a-t-il soufflé en déroulant un préservatif. Il s'est positionné entre mes cuisses et nous a ramenés tous les deux au paradis, nous envoyant dans des orgasmes ensommeillés, les yeux encore mi-clos.

Après, il est sorti du lit et est allé dans la salle de bain. J'étais vaguement consciente qu'il ramassait des vêtements et s'habillait dans le noir. Quand il m'a embrassée et m'a dit qu'il devait partir, je me suis levée.

— Reste au lit.
— Je dois fermer la porte à clé.
— Oh, c'est vrai. Je suis désolé.
— Ce n'est rien. J'ai attrapé un short et un débardeur, je les ai enfilés en sachant que je me rendormirais en quelques minutes.

Il a gémi. — Tu n'essaies même pas de me tenter de rester et je suis à l'agonie.

J'ai gloussé. — Je ne saurais même pas comment te tenter si j'essayais.

— C'est ce que j'aime chez toi. Il m'a embrassée tendrement, s'attardant juste assez longtemps pour que j'hésite à le ramener au lit. Peut-être qu'il resterait.

Il s'est retiré.

Je l'ai laissé faire.

Je l'ai suivi jusqu'à la porte, allumant les lumières extérieures pour lui. Il m'a embrassée une dernière fois, puis m'a souhaité une bonne nuit avant de rejoindre son VUS. Je l'ai regardé jusqu'à ce que ses phares se tournent vers la route, puis disparaissent, avant de regagner mon lit.

Je n'aimais vraiment pas avoir tort, mais c'était le cas. J'étais en train de tomber amoureuse de Kingsley, et j'allais avoir le cœur brisé quand il partirait.

Bordel.

NATALIE A PASSÉ la majeure partie du dimanche chez Omar, ce qui m'arrangeait bien. J'ai eu beaucoup de temps pour comprendre ce que je ressentais vraiment pour Kingsley.

Malheureusement, cela signifiait que j'avais beaucoup de temps pour obséder sur chaque petit détail.

Je n'allais pas être une de ces personnes qui déforment la réalité et voient des choses qui n'existent pas. Kingsley avait été honnête avec moi depuis le début. Il m'avait parlé de sa mère dès qu'il avait découvert l'application. Il avait dit qu'il n'aimait pas quand les gens n'étaient pas honnêtes. Il avait dit qu'il retournait chez lui et qu'il ne voulait pas rester à L'anse MacKellar.

Tomber amoureuse de lui était mon problème, pas le sien.

Il n'avait rien fait de mal. Je finirais par m'en remettre. Et d'ici là, j'allais profiter de notre temps ensemble. Ça ferait peut-être encore plus mal, mais je ne pouvais pas le laisser partir. Pas maintenant. Je le ferais quand le moment serait venu, mais jusqu'à son départ, j'allais l'aimer sans jamais, au grand jamais, le lui dire.

Et je n'allais certainement pas en être triste. J'avais trouvé l'amour. Ce n'est pas parce que ça allait se terminer que je ne devais pas en profiter. Alors c'est ce que je ferais.

Mais écouter mes amies parler de trouver quelqu'un d'autre pour Kingsley, encore une fois, était ma limite. Et c'est exactement ce qui s'est passé au club de lecture le dimanche soir.

Natalie est rentrée juste avant que je me prépare à partir. Elle voulait m'accompagner, alors j'ai conduit, et elle m'a demandé comment s'était passée ma soirée.

— C'était très amusant. Merci pour ça, mais je m'en veux de vous avoir chassés de chez vous.

Natalie a secoué la tête. — Personne n'a été chassé. Et ce n'était pas un sacrifice pour moi de rester chez Omar.

J'ai gloussé. —Tant mieux.

— Quand est-ce que vous vous revoyez ?

— Je ne sais pas, lui ai-je dit. — Il est parti très tard, et nous n'en avons pas parlé.

— Si tu as encore besoin que je vous laisse le champ libre, dis-le-moi.

— Merci.

— Bien sûr.

Ma bonne humeur légère a perduré jusqu'à ce que Finley mentionne à quel point elles s'étaient toutes amusées avec Kingsley vendredi soir. — Sa fille est si mignonne. Absolument adorable. Elle n'arrêtait pas de me faire des câlins toute la journée.

— Ohhh, ont dit les autres femmes.

Natalie m'a adressé un sourire complice.

— Il s'intégrerait si bien à notre groupe. Trent a dit qu'il participait aux soirées entre mecs et qu'il s'entendait avec tout le monde. Si on lui arrangeait un coup, peut-être qu'il resterait dans le coin, a poursuivi Finley.

— Ne me regarde même pas, a dit Casey. — Je viens à peine de divorcer, et je sens tes yeux sur moi. La réponse est non.

— C'est la même chose que Melody a dite, a dit Elise. — Toi seule sais quand tu seras prête.

— Merci, a dit Casey. — Et merci, Mel. J'adorerais me sentir prête à sortir de nouveau avec quelqu'un, mais je n'en suis tout simplement pas encore là.

— On comprend, a dit Melody.

— J'ai dit qu'on devrait lui présenter Daisy, mais elle a dit non, a dit Finley.

Natalie m'a regardée, les sourcils haussés.

J'ai souri et je me suis penchée en avant. — En fait, on se fréquente déjà.

Le silence s'est fait dans la pièce.

Elise s'est penchée en avant, a levé la main, puis l'a ouverte. — Et bim. Punaise, ma belle. Bravo.

Les questions ont fusé de toutes parts.

— Depuis combien de temps vous sortez ensemble ?

— Quand est-ce que vous vous êtes rencontrés ?

— Est-ce qu'il va rester ?

J'ai secoué la tête et levé la main. — C'est fou, mais… J'ai eu un petit rire. — Ça fait quelques semaines. Il me plaît. Beaucoup. Mais je sais qu'il part, et je ne vais pas lui demander de rester ou essayer de le convaincre. Il n'aime pas être ici.

— Tu vas déménager là-bas pour être avec lui ? a demandé Haley.

J'ai secoué la tête. —Non. Ce n'est pas si sérieux entre

nous.

— Lui n'est pas sérieux, ou c'est toi qui ne l'es pas ? a demandé Elise. — Parce que je vois toutes sortes d'émotions sur ton visage.

J'ai souri en haussant les épaules. — Je suis peut-être en train de tomber amoureuse de lui, mais ce n'est pas réciproque. Et ce n'est pas grave, me suis-je empressée d'ajouter. — On le savait tous les deux en commençant. C'est un homme bien, et je m'en remettrai. Il me montre ce que je veux dans une relation, et ça, c'est une très bonne chose.

— Donc tu veux ça avec lui, ou pas ? a demandé Haley.

— Oui, mais ce n'est pas une option. Je le sais. Je ne lui demanderais jamais de rester. Pas quand je sais qu'il ne veut pas être ici. Et quand je rencontrerai quelqu'un d'autre, je sais que ce sera le bon.

— Vraiment ? Est-ce que ce sera un jour le bon si ce n'est pas Kingsley ? a demandé Finley.

— Il faudra bien, parce que Kingsley et moi ne sommes pas faits pour être ensemble pour toujours. Et ça me va.

— Tu es sûre ? demanda Natalie.

J'ai hoché la tête.— Oui. Je l'aime assez pour vouloir qu'il soit heureux, et il n'est pas heureux ici, alors je l'aimerai et je le laisserai partir le moment venu. Je me souviendrai de cette période, en sachant que c'était la bonne personne au mauvais moment, et ça me suffira.

— Oh, Daisy, a dit Finley.

Les larmes me sont montées aux yeux, mais je les ai essuyées.— Ça va. Je vous le promets.

En quelques secondes, j'ai été entourée de câlins, de réconfort et d'une autre part de gâteau. Et si j'avais eu le moindre doute auparavant, je savais que ça irait, car j'avais la plus incroyable des familles d'amis au monde, et ils veilleraient à ce que j'aille bien.

Cela suffirait jusqu'à ce que je rencontre l'homme avec qui j'étais vraiment destinée à être.

19

KINGSLEY

Ce n'était pas une bonne journée. Pas du tout. Ça aurait dû être une bonne journée, mais bordel.

Mon père était de retour au travail.

Tout le monde était si putain de content de le voir, si excité qu'il soit revenu. C'était le héros, quasiment un revenant, et ils étaient ravis.

Ça aurait dû être une bonne nouvelle. C'en était une. Ça signifiait que j'étais sur le point de foutre le camp de L'anse MacKellar, de rentrer chez moi. De m'éloigner de lui.

Alors pourquoi est-ce que je me comportais comme un connard avec quiconque osait me regarder ?

Premier patient de la journée ? J'ai grogné sur une petite fille qui essayait de protéger son nouveau chiot d'une piqûre et s'était trop approchée.

Deuxième patient de la journée ? Je me suis emporté contre Megan quand elle a ouvert la porte sur moi alors que je me tenais trop près.

Troisième patient ? La chienne m'a mordu parce qu'elle a senti mon humeur et a réagi avec peur. Pas la faute de la chienne. La mienne. Mais ça ne m'a pas aidé.

Je me lavais les mains et pansais mon doigt là où la chienne m'avait entaillé la peau quand mon téléphone a sonné. D'habitude, je l'ignorais quand je travaillais, mais j'ai vérifié pour m'assurer que ce n'était pas ma mère et j'ai vu le nom de Daisy s'afficher sur l'écran.

— Salut, ai-je dit, en répondant sans y réfléchir à deux fois.

— Salut, a-t-elle dit, avec un soupir de soulagement dans la voix.

— Ça va ? Je me suis éclipsé dans une réserve pour avoir un peu d'intimité.

— Oui. J'avais besoin d'entendre une voix amicale. Je sais que tu es en pleine journée de travail. Je pensais que j'allais tomber sur ta messagerie vocale.

— Je suis… entre deux patients. Que se passe-t-il ?

— Tu te souviens de l'employée dont je te parlais ?

— La nouvelle responsable des stocks ?

— Ouais. Elle n'est pas venue ce matin. Encore une fois. J'ai une de mes directrices de magasin qui fait son travail à sa place et qui me le cache.

— Ouh là, ce n'est pas bon signe.

Elle a soufflé. — Non. En effet.

— Qu'est-ce que tu vas faire ?

Elle est restée silencieuse un long moment. — Je ne sais pas, a-t-elle gémi.

J'ai eu un petit rire. — Si, tu le sais. Tu sais ce que tu veux faire, et tu sais ce qui est juste, mais tu n'as pas envie de le faire.

— Je sais. Elle a expiré bruyamment. — Je n'aime pas être la méchante.

— Peu de gens aiment ça, mais ça fait partie du rôle de patronne. Tu dois le faire.

— Et si elle me fait un procès ?

— Tu as ton dossier. Tu as des preuves. Si c'était une

bonne employée à son ancien poste, peut-être que tu devrais juste remanier les choses.

— Tu veux dire la rétrograder ?

J'ai haussé les épaules. — Je ne sais pas quelle serait la meilleure option, mais c'est peut-être une piste à envisager. Quelque chose qui signifierait qu'elle garderait son emploi, mais qu'elle ferait un travail qui correspondrait mieux à ses compétences.

— Je n'avais jamais pensé à ça.

— Tu as dit que la directrice de magasin faisait le travail. Peut-être qu'elles pourraient échanger leurs postes.

— Alors je n'aurais pas à la virer.

— C'est une option. S'il faut la renvoyer, tu dois le faire, mais s'il y a une autre raison pour laquelle ça ne marche pas, peut-être qu'un retour à son ancien poste serait préférable. Tout le monde n'est pas fait pour évoluer, et je ne dis pas ça pour être méchant. Tout le monde ne veut pas plus de responsabilités ou de promotion. Certaines personnes se contentent de faire leur travail et d'avoir la liberté et la souplesse de profiter de leur temps libre sans avoir à penser au boulot.

— Dis-moi que ce n'est pas vrai, souffla-t-elle, un rire dans la voix.

Je gloussai à sa réponse. — Je sais, hein ?

— C'est vrai qu'elle parle beaucoup de sa sœur et du fait qu'elle aide son neveu. C'est peut-être en partie pour ça.

— Alors tu as peut-être trouvé ta réponse. Quelque chose qui arrangera tout le monde. Si l'autre employée est prête à accepter le poste.

Daisy prit une profonde inspiration. — Elle le fait déjà, mais ouais, je pense que je dois y réfléchir un peu plus. Et en discuter avec elle.

Un bruit en arrière-plan me fit marquer une pause avant que j'entende la voix d'un homme appeler Daisy.

— J'arrive, Jeff ! répondit-elle.

Je n'aurais pas dû être en colère qu'elle parle à un employé. Ou à un client. Ou à qui que soit ce putain de Jeff. Je partais bientôt. Mon père avait repris le travail. Mes patrons m'avaient contacté pour savoir quand je revenais. L'été tirait à sa fin.

Daisy resterait à L'anse MacKellar et vivrait sa vie avec Jeff et tous les autres qui seraient là quand je n'y serais pas, et je retournerais à mon existence solitaire à des centaines de kilomètres de là.

— Désolée, dit-elle. — Je dois retourner travailler, mais merci. Je me sens mieux après t'avoir parlé.

— Ravi d'avoir pu aider, dis-je, en espérant que ma voix paraisse normale.

Elle ne releva rien, donc mission accomplie. — Merci. On se reparle plus tard. Salut !

— Salut, dis-je, mais elle avait déjà raccroché. Se précipitant pour retrouver Jeff.

Je serrai mon téléphone si fort que j'aurais voulu le fracasser pour évacuer ma colère. Non. Je ne pouvais pas faire ça.

Je glissai mon téléphone dans ma poche et sortis du débarras.

Juste à temps pour voir Sheila et mon père à l'autre bout du couloir. Ils étaient blottis l'un contre l'autre, en train de chuchoter.

Sa main était sur son bras. Un sourire sur son visage. Le regard dans ses yeux…

Putain, c'est quoi ce bordel ?

Et lui ! Il la regardait comme si elle était la meilleure chose qui lui soit jamais arrivée. Penché vers elle pendant qu'ils parlaient. Se foutant royalement d'être à la vue de tous les passants.

J'ai tourné au coin de la rue et je me suis éloigné, retenant la nausée qui me montait à la gorge. Il me l'avait promis. Putain, il me l'avait promis.

Putain de menteur.

J'ai fermé les yeux très fort et j'ai ravalé mes larmes. À peine une journée de retour au travail et il trompait encore ma mère.

Et après ça, il se demandait pourquoi je ne voulais jamais lui parler.

— Docteur Harris ?

— Ouais, Megan ? Mes mots sont sortis plus comme un grognement, et je l'ai aussitôt regretté. — Excuse-moi.

— Ce n'est rien, a-t-elle dit, avec un ton qui laissait entendre que ce n'était absolument pas rien. — La salle six est prête pour vous.

J'ai hoché la tête, je me suis sorti les doigts du cul et je suis retourné au travail. J'avais un putain de boulot à faire, et plus vite je le ferais, plus vite je pourrais foutre le camp d'ici et m'éloigner de mon père et de Sheila.

J'ÉTAIS TELLEMENT, mais tellement prêt à partir. Mais en montant dans mon véhicule utilitaire sport et en quittant le parking, j'ai su que je ne devais pas aller chez mes parents. Si je le faisais, je lâcherais quelque chose qui blesserait ma mère, ce qui nuirait à jamais à ma relation avec elle et ruinerait toute chance pour Isla de rester en contact avec sa grand-mère.

Ça, et je risquais aussi de faire peur à ma fille. Je n'allais pas déchaîner ma colère en sa présence. J'avais travaillé dur pour l'en préserver, pour ne lui montrer que les facettes de moi qu'elle devait connaître. Je n'ai jamais voulu que ma fille ait peur de moi, et je n'allais pas revenir là-dessus maintenant.

Pas à cause de lui.

Alors, quand je me suis retrouvé devant la maison de Daisy, je n'étais pas entièrement surpris. Je suis resté dans l'allée, à fixer la maison et sa voiture garée à côté de la mienne, et j'ai su que je n'étais pas juste avec elle non plus.

J'étais là parce que j'étais d'humeur massacrante. J'étais là parce qu'elle me faisait me sentir mieux. J'étais là parce qu'elle avait tout laissé tomber quand ce putain de Jeff l'avait appelée.

J'étais un connard, et je devais simplement partir avant qu'elle ne me voie. Ce n'était pas notre accord. Je n'étais pas censé être jaloux des autres hommes dans sa vie. Nous avions dit que si l'un de nous voulait quelqu'un d'autre, nous y mettrions un terme.

Mais elle ne m'avait pas dit qu'elle voulait y mettre fin. Elle avait juste raccroché quand un autre homme avait prononcé son nom.

Putain.

J'ai tendu la main pour redémarrer mon véhicule utilitaire sport au moment même où sa porte d'entrée s'est ouverte et où elle est apparue sur le porche. Elle m'a souri de cette manière qui était la sienne, celle qui me faisait croire que tout irait bien, parce que rien de mal ne pouvait arriver quand elle me souriait.

Elle a haussé les sourcils, une question dans le regard.

Elle ne s'est pas approchée, restant sur son porche et me laissant décider si je voulais la rejoindre.

Je devrais partir. Je devrais passer la marche arrière et lui épargner mon humeur, ma jalousie et ma frustration. Je devrais aller faire un tour en voiture et me débarrasser de tout ça d'une autre manière.

Mais j'ai ouvert la portière.

Le coin de sa bouche s'est relevé en un sourire. Elle a reculé pour entrer dans la maison alors que je m'approchais, me tenant la porte tandis que je la traquais comme si elle était ma proie et moi un animal affamé, mourant d'envie de la goûter.

Je ne me suis pas arrêté avant qu'elle soit dans mes bras, que la porte se soit refermée d'un coup de pied derrière moi et que mes lèvres soient sur les siennes.

Elle a couiné en guise de réponse, puis a gémi quand j'ai forcé le passage de ses lèvres pour la goûter. Ses bras se sont enroulés autour de mon cou, s'accrochant comme si elle me désirait aussi désespérément que moi. Elle a reculé avec moi, nos rythmes désynchronisés alors que nous luttions pour nous rapprocher l'un de l'autre tout en nous rapprochant de son lit.

Nos dents se sont heurtées. Nos mains se sont agrippées. Nous ne nous sommes jamais arrêtés.

La porte de sa chambre a été refermée d'un coup de pied, comme celle de l'entrée, mais elle s'est arrêtée pour tourner le verrou de celle-ci. Ce son a été le premier depuis que je suis sorti de mon véhicule utilitaire sport et que je me suis frayé un chemin dans sa maison.

— Qui est Jeff ? ai-je demandé, me détestant à la seconde où les mots ont franchi mes lèvres.

— Jeff ? L'air confus sur son visage a été remplacé par une lueur de compréhension. — Mon nouveau gérant de magasin ?

— Tu as raccroché quand il t'a appelée par ton nom, ai-je avoué, en lui faisant comprendre ma frustration.

— J'étais au travail, et il avait une question. Si ça peut te rassurer, il a six ans de moins que moi, c'est mon employé, et il est marié à son amour de lycée.

— Tu aurais dû commencer par ça.

Elle a gloussé. — Où aurait été le plaisir, sinon ?

J'ai grogné et j'ai à nouveau pris ses lèvres, adorant la façon dont elle me répondait avec le même empressement.

Mes mains se sont glissées sur son t-shirt, le soulevant pour que mes doigts puissent toucher sa peau. Je n'ai pas été tendre avec elle en repoussant son short et en enfonçant un doigt dans son intimité chaude.

Elle a putain de gémi et s'est déhanchée contre moi. — Kingsley.

— Putain, ai-je grogné, en retirant mon doigt trempé pour étaler sa moiteur sur son clitoris. — Déjà ?

— Je suppose que le regard furieux a son effet sur moi. Peut-être aussi la jalousie.

— Devrais-je te parler du serveur que je voulais étrangler pendant le dîner quand il a reluqué tes seins ? Ou des types chez O'Kelley's que j'ai eu envie de frapper quand ils se sont approchés trop près de toi ? Ou de la femme que j'ai entendue dire à son amie qu'elle aurait aimé que tu sois lesbienne pour pouvoir te draguer ?

Elle a ri, gémissant quand j'ai appuyé sur son clitoris. — Il n'y a que toi que je vois.

— Il n'y a que toi que je vois, aussi, Daisy. Tu as rendu ma présence ici supportable. Tu l'as rendue amusante.

— Oh, a-t-elle haleté. Ses doigts se sont plantés dans mes bras, ses hanches se balançant plus vite.

— Tu vas jouir pour moi ?

— Oui.

— Putain, ai-je grogné, en redoublant d'efforts pour l'amener au bord du gouffre. J'avais besoin de le sentir, de savoir qu'elle était là avec moi, de laisser ma marque sur elle. Je partais, et quand je serais parti, elle trouverait quelqu'un d'autre et continuerait sa vie. C'était le marché.

Mais d'ici là, j'allais m'assurer qu'elle ne penserait à personne d'autre pour la faire jouir.

— Kingsley, a-t-elle murmuré.

— Jouis pour moi, Daisy. Jouis sur mes doigts.

Elle s'est cambrée contre ma main, se balançant au rythme de mes doigts.

Je les ai écartés autour de son bouton et les ai resserrés, emprisonnant le faisceau de nerfs tandis que je faisais glisser mes doigts de haut en bas. Je ne pouvais pas aller bien loin, car nous n'avions pas encore réussi à nous débarrasser de nos vêtements, mais à la façon dont elle s'agrippait à moi, je savais que c'était amplement suffisant.

— Oh, oui. Kingsley. Oui. C'est si bon. Putain. Elle a joui avec un gémissement, en plantant légèrement les dents dans mon épaule et en déversant un flot de liquide contre mes doigts.

— Putain, ai-je soufflé, retenant de justesse mon propre orgasme avant qu'elle ne m'emporte dans le sien. Le simple fait de la sentir jouir m'avait déjà presque achevé.

— Ouais, a-t-elle dit en frissonnant quand elle a bougé et que mes doigts ont de nouveau frôlé son clitoris. Putain.

— Les vêtements, ai-je dit, utilisant mon autre main pour pousser son short sans retirer celle qui se trouvait dans sa culotte.

Elle m'a aidé, se déhanchant pour faire glisser son short le long de ses hanches, sa culotte suivant une seconde plus tard.

J'ai glissé mes doigts entre ses lèvres, mais elle est tombée à genoux avant que je puisse la faire monter à nouveau.

Elle a levé les yeux vers moi, son haut toujours en place, le regard voilé, et a déboutonné mon pantalon. Elle l'a poussé et l'a laissé tomber avant d'accrocher ses doigts dans mon caleçon et de le faire glisser vers le bas.

Avant que je puisse me libérer de l'un ou de l'autre, elle a enroulé ses lèvres autour de ma queue, m'avalant profondément et gémissant lorsque j'ai heurté le fond de sa gorge.

— Putain de merde, ai-je grogné, ma main propre se posant dans ses cheveux. J'ai enveloppé sa mâchoire de mon autre main, et elle a levé les yeux vers moi.

Son regard était empreint d'un désir pur, et ma queue a durci davantage.

Elle m'a repris dans sa bouche, rompant notre contact visuel et pompant ma queue dans sa bouche humide. Mes couilles se sont serrées, et j'ai poussé une fois dans sa bouche, puis j'ai reculé, manquant de trébucher sur mon pantalon.

Sa bouche était humide d'avoir sucé ma queue, encore en forme de O. Elle a finalement levé les yeux vers moi, son regard glissant vers ma queue avant qu'elle ne se relève.

Elle a balancé son t-shirt, puis a dégrafé son soutien-gorge sans un mot, attrapant un préservatif sur sa table de nuit avant que j'aie eu le temps d'enlever le mien.

Elle se remit à genoux, et je reculai d'un pas. — Je ne tiendrai pas longtemps.

Elle a brandi le préservatif, un sourcil levé d'un air interrogateur.

J'ai fermé les yeux et pris une lente inspiration, il fallait que je me reprenne avant qu'elle ne s'y mette.

Trop tard.

Elle a enroulé sa main autour de mon sexe et a commencé un va-et-vient, me faisant grogner. Elle a souri, puis a déroulé le préservatif le long de mon membre trop impatient.

— Tu es une tentation à laquelle je ne m'attendais pas.

— Moi non plus, a-t-elle dit. — Mais je ne le regrette pas. Et toi ?

— Non, ai-je dit instantanément, sans la moindre hésitation. J'ai grimpé sur le lit au-dessus d'elle, l'embrassant avec fougue, puis je me suis éloigné pour couvrir son corps de baisers. J'ai léché ses tétons, mordillé sa hanche, avant de m'installer entre ses cuisses pour ma récompense. — Tellement bon.

— Oui, a-t-elle murmuré en retour.

J'ai plongé, sans prendre le temps de la préparer, me régalant simplement de sa chatte délicieuse. Elle a répondu en soulevant les hanches avec un gémissement qui a rempli la pièce. Son clitoris était déjà sensible à cause de mes doigts, et je me suis concentré dessus avec ma langue, le léchant par petites touches rapides avant de refermer ma bouche dessus et de le sucer avec force.

Elle a haleté et grogné, les sons qui s'échappaient d'elle ressemblaient à ceux que font les animaux lorsqu'ils s'accouplent. C'était putain de génial. De savoir que je la sortais de sa tête et que je lui offrais quelques minutes de plaisir pur. De savoir qu'elle pouvait se laisser aller complètement et jouir violemment contre mon visage.

Je l'ai léchée à nouveau, la taquinant un peu avant de sucer son clitoris une fois de plus, enfonçant deux doigts en elle juste au moment où elle commençait à jouir. Elle a crié, le bon genre de cri, et a chevauché mon visage pendant tout le processus, haletant, suffoquant et me suppliant de ne pas m'arrêter.

Comme si j'allais le faire.

Quand elle s'est effondrée contre les oreillers, je me suis aligné avec son entrée. Ses yeux se sont ouverts brusquement quand elle m'a senti et ont fixé mon visage alors que je m'enfonçais dans sa chaleur.

Jusqu'au bout, jusqu'à ce qu'elle me prenne tout entier. J'ai grogné alors qu'elle se resserrait autour de moi, me demandant comment diable ça pouvait être aussi putain de bon avec elle.

Je me suis penché sur elle, sachant que c'était ce qu'elle préférait quand je lui frottais le clitoris en la baisant.

Elle a souri, d'un sourire langoureux et plein de plaisir, et tout son corps a tremblé.

J'ai saisi sa main et je l'ai portée à mes lèvres, puis je l'ai soulevée au-dessus de sa tête, sans la lâcher. Son sein s'est bombé sous l'effet du mouvement, et j'ai pris son autre main, m'offrant ses seins.

Je me suis penché et j'ai capturé un téton entre mes dents. Elle a serré ma bite avec force et a gémi bruyamment.

J'ai mordu l'autre, et elle a fait la même chose.

— J'adore apprendre ce qui te fait du bien, ai-je murmuré contre son sein. — Savoir que tes tétons sont si sensibles, que tu aimes jouir quand je te frotte le clitoris. Putain, Daisy.

— J'aime quand tu me parles, a-t-elle chuchoté.

— Ah oui ?

Elle a hoché la tête.

— Tu aimes savoir à quel point tu es délicieuse enroulée autour de moi ? À quel point il m'est difficile de me retenir alors que tout ce que je veux, c'est perdre la tête et te baiser sauvagement ?

— S'il te plaît, a-t-elle gémi.

— Tu veux que je te baise, Daisy ?

— Oui. Kingsley, oui.

Je me suis mis sur les genoux, sans lâcher ses mains, et je me suis enfoncé en elle, sachant qu'elle aimait ça quand ses yeux s'écarquillaient et que tout son corps frissonnait.

— C'est bon ?

— Ou-ui.

— Tu es si serrée autour de ma bite, tu l'agrippes et tu la serres. Tes seins qui rebondissent à chaque coup de rein. Tu ne peux même pas me regarder parce que tu es si près de jouir sur ma bite. Tu vas encore jouir pour moi ?

— Oui, a-t-elle gémi, en étirant le mot alors que l'orgasme la submergeait. — Oh, putain, oui.

Le flot de sa jouissance a jailli avec ses mots, rendant son sexe encore plus glissant, me permettant de la baiser plus vite et plus fort.

Elle a grogné, son corps secoué de spasmes, répondant à mes coups de reins par son rythme frénétique et me faisant basculer avec elle. Nos corps ont explosé ensemble au moment où nous avons tous les deux lâché prise.

— Daisy, ai-je soufflé, en enfouissant mon visage dans le creux de son cou tandis que je jouissais si fort que j'ai cru que j'allais perdre connaissance, ou vomir, ou peut-être ne jamais quitter son lit.

Putain.

Je me suis effondré sur elle et j'ai aussitôt roulé sur le côté, l'entraînant avec moi. Je ne pouvais pas encore la lâcher. Je savais que je le devais. Je devais la libérer de tout ce que j'étais, mais pas tout de suite.

Pas encore.

Pas encore.

a dernière fois que je n'arrivais pas à me résoudre à quitter le lit d'une femme, je l'ai épousée. J'ai fait de son lit le mien et je ne suis plus jamais parti.

Mais je ne pouvais pas rester dans le lit de Daisy. Parce que je ne pouvais pas rester dans sa ville. Je devais partir. Je n'avais pas le choix.

Le souvenir de mon père et de Sheila a tenté de s'immiscer dans mes pensées, mais je l'ai repoussé. Je n'allais pas penser à eux alors que j'étais blotti contre Daisy, nos corps encore moites après l'amour.

J'ai fermé les yeux et je me suis avoué la vérité. Ce n'était pas du sexe. Ce n'était pas une baise. C'était lui faire l'amour. C'était lui montrer qui j'étais. Et elle a tout pris, tout de moi. C'est elle qui l'avait demandé.

Elle a adoré ça.

Alors j'ai fait ce que je devais faire et je lui ai embrassé le sommet du crâne, puis je suis sorti de son lit pour me débarrasser du préservatif, avant d'ignorer mon reflet et de quitter sa salle de bains.

Elle était déjà debout et à moitié habillée, et c'était exactement ce dont j'avais besoin. Elle était totalement avec moi pendant l'amour, mais dès que j'ai quitté son lit, elle n'a pas attendu en espérant que je revienne, en me suppliant de rester ou en me demandant plus que ce que nous avions convenu.

Ce n'était pas elle qui changeait les règles du jeu. C'était moi.

Mais je ne pouvais pas. Je partais. Elle ne pouvait pas être à moi pour toujours. J'avais déjà eu l'amour de ma vie. Daisy était… en deuxième position.

Elle méritait mieux, et elle le savait, alors je devais partir.

Nous nous sommes habillés rapidement et en silence, attrapant nos vêtements pour les enfiler. J'ai rentré ma chemise dans mon pantalon et j'ai pris une profonde inspiration.

Elle a souri et s'est approchée de moi. — Laisse-moi t'aider. Elle a levé les mains et a tiré sur mon col. Je l'ai senti se remettre en place, un inconfort que je n'avais pas remarqué jusqu'à ce que ses doigts effleurent mon cou et apaisent la sensation. Elle a lissé le reste du col de ses mains, puis a descendu le long de ma poitrine. Elle a levé les yeux vers moi, et mon souffle s'est coincé dans ma gorge.

Ce n'était pas de l'amour dans ses yeux. C'était impossible. Ce n'était pas ce qu'elle voulait de moi. Je projetais mes propres sentiments. Et il fallait que je sorte d'ici avant de dire quelque chose que nous regretterions tous les deux.

Parce que je partais.

— Merci, ai-je marmonné.

Elle a souri et a reculé, ses mains quittant ma poitrine. Elle a déverrouillé la porte de sa chambre et m'a conduit vers l'entrée, sans me donner aucune raison de rester plus longtemps que je ne l'avais déjà fait.

Peut-être qu'elle avait des projets. Peut-être qu'elle avait un rendez-vous. Peut-être que Natalie allait bientôt rentrer et qu'elle n'approuvait toujours pas notre relation.

Je voulais demander, mais je ne méritais pas la réponse. J'étais son aventure d'été, pas son futur mari.

Je me suis arrêté près de la porte et me suis tourné vers elle. Elle m'a souri, et j'ai tendu la main pour glisser une mèche de cheveux derrière son oreille. Je me suis attardé, mes doigts effleurant sa mâchoire.

Ses yeux se sont fermés et son sourire s'est liquéfié, comme si elle se souvenait de mes doigts sur d'autres parties de son corps.

— Je suis désolé de passer sans cesse comme ça.

Ses yeux se sont rouverts, une lueur de blessure y est apparue une seconde avant qu'elle ne sourie. — Tu n'as jamais à t'excuser auprès de moi. On s'amuse. On profite de l'été. Et tu as une fille qui a besoin de toi. Je sais que le temps que nous passons ensemble est tout ce que tu peux m'accorder, et ça me va.

— On dirait que je ne me soucie pas de toi.

Elle a eu un petit rire et a secoué la tête. — Je ne suis pas ta priorité, Kingsley. Je le sais. Et ce n'est pas grave. Je ne m'attends pas à l'être. Ce n'est pas la nature de notre relation.

— Mais tu…

Elle a posé sa main sur ma poitrine. — Ne me dis pas des choses qui ne sont pas vraies. C'est temporaire. C'est ce que nous avons convenu. Je n'essaie pas de changer ça. Je n'essaie pas de te demander plus que ce que tu peux me donner. Elle a cligné des yeux plusieurs fois et a dégluti avant d'esquisser un sourire qui ne semblait pas aussi éclatant que d'habitude. — Tu es un homme incroyable. Je m'amuse beaucoup. Je n'attends rien d'autre de toi. Je ne cherche pas de promesses sur un avenir que nous n'aurons jamais. Ce n'est pas la nature de notre relation. Tout va bien. Je te le promets.

— Oh, d'accord. C'était à mon tour de déglutir, ravalant mes sentiments et sachant que je devais quitter sa maison avant de la supplier de reconsidérer sa décision.

Mais pourquoi ? Qu'est-ce que ça changerait si elle le faisait ? Je n'allais pas m'installer à L'anse MacKellar, et elle n'allait pas quitter sa boutique, sa carrière, ses amis. Rien ne pouvait changer. Ce qui voulait dire que rien ne pouvait changer.

— J'espère te revoir bientôt, dit-elle en souriant de nouveau et en faisant un pas vers la porte.

— Ouais, dis-je. — Samedi ? Tu es libre ?

Elle afficha un grand sourire. — Je le suis.

— C'est un rendez-vous, dis-je en me penchant pour l'embrasser une dernière fois avant de partir. — Je te dis à samedi, alors.

Elle hocha la tête et me tint la porte pendant que je sortais. Quand je me suis retourné, elle était appuyée contre le chambranle, en train de me regarder. Elle me fit un signe de la main.

Je lui ai répondu par un signe de la main, puis je suis monté dans mon véhicule utilitaire sport et je suis parti. Parce que l'autre option n'en était pas une.

UNE SEMAINE et demie plus tard, j'ai quitté le travail plus tôt pour aller chercher Isla chez Finley et Trent. Mon père était de nouveau au bureau, trois jours cette semaine, et il a insisté pour que je parte.

Ce qui voulait dire qu'il était au travail avec Sheila. Seul.

Je voulais m'y opposer, mais je ne supportais plus d'être près de lui et de Sheila une minute de plus. La façon dont ils rapprochaient leurs têtes pour parler, la façon dont elle posait la main sur son bras pour attirer son attention, la façon dont il la regardait.

J'en avais assez.

Je bouillais de rage sur le trajet pour traverser la ville, sachant que je devais me ressaisir avant d'arriver près d'Isla. Elle adorait son grand-père, et tout comme je ne pouvais pas gâcher sa relation avec ma mère, je ne pouvais pas gâcher sa relation avec ma fille.

Je me suis garé dans l'immense allée qui menait à MacKellar Estates et je me suis dirigé vers la porte. Il y avait plus de voitures que d'habitude, mais chaque semaine semblait attirer un groupe différent d'enfants et de parents. Je reconnaissais la plupart d'entre eux des soirées entre mecs chez O'Kelley's, un événement dont j'étais devenu un habitué.

Andrew a ouvert la porte quand j'ai sonné et m'a souhaité la bienvenue. Il a hoché la tête, sachant que je connaissais le chemin pour rejoindre le groupe qui se rassemblait toujours dehors pour s'amuser le vendredi.

Trinity dirigeait un nouvel atelier créatif avec les enfants et, d'après ce que je pouvais voir, elle était sur le point de finir. Deux filles plus âgées entouraient Isla, l'aidant toutes les deux à perfectionner sa création.

— Salut, Kingsley, a dit Finley, la première à me remarquer. Elle s'est approchée pour me prendre dans ses bras, puis m'a conduit vers les autres adultes.

Isla a levé les yeux quand je suis passé et a souri, avant de se reconcentrer sur sa tâche.

— Qui sont les filles avec Isla ? Je crois qu'elles étaient là la première semaine où Isla est venue, mais je n'ai jamais demandé qui elles sont, ai-je demandé à Finley alors que nous rejoignions les autres.

— La rousse, c'est Amber, la fille de Ramsey et Melody. La brune, c'est la meilleure amie d'Amber, Mikayla. Sa mère, c'est Casey White, elle travaille pour le journal local. Ses parents ont divorcé il y a environ un an. Le père est toujours dans les parages, mais c'est la mère qui a la garde principale. Je n'ai jamais rencontré le père, a chuchoté Finley pour que les filles ne l'entendent pas.

— Elles sont vraiment super avec Isla. Elles ont toujours l'air de l'inclure, ai-je dit.

— Elles ont intérêt, a dit Melody en nous rejoignant. « Nous avons été très clairs avec les deux filles : si elles viennent ici, elles doivent jouer avec tous les enfants, pas seulement se cacher dans un coin toutes les deux.»

— Merci. Isla a vraiment apprécié d'être la grande, mais je crois qu'elle aime aussi que les plus grandes s'occupent d'elle, ai-je dit. Melody a hoché la tête. « Elles ont toutes réalisé qu'elles seraient dans la même école. Si tu restais. Je te préviens, parce que j'ai l'impression que ça va être un sujet de conversation ce soir. Isla disait à Amber et Mikayla qu'elle ne voulait pas retourner dans son ancienne école.»

J'ai grogné et je me suis demandé si c'était l'œuvre de ma mère ou simplement parce qu'elle s'amusait avec ses nouvelles amies. « Merci pour l'avertissement.»

— Bien sûr. Nous n'avons jamais déménagé, mais Casey y songeait quand elle et Kyle ont divorcé. Mikayla a surpris leur conversation et a piqué une crise. Elle a refusé de vivre ailleurs qu'à L'anse MacKellar. Melody a secoué la tête avec compassion. — Casey se sentait déjà la pire des mères à cause de la fin de son mariage, et voir sa fille unique se mettre si en colère à la simple idée de déménager l'a rendue terriblement triste. C'est une vraie lutte pour elle, cependant. Même avec la pension alimentaire, la vie est chère.

J'ai hoché la tête, ne comprenant que trop bien les difficultés d'être un parent célibataire.

— Papa ! Papa ! a appelé Isla en courant vers moi à travers le jardin. — Regarde ce que j'ai fait ! Elle s'est arrêtée juste avant de me rentrer dedans et a fièrement brandi son attrape-rêves.

— Ouah, Isla, c'est magnifique. J'adore les couleurs que tu as choisies. Du rose et du violet pour toi et maman ?

Isla a hoché la tête, un large sourire illuminant son visage. — Ouais. Et du bleu comme l'eau et du jaune pour le soleil. Il va faire en sorte que je ne fasse que de beaux rêves. Je peux l'accrocher dans ma nouvelle chambre ce soir ?

— On peut l'accrocher dans ta chambre chez mamie.

Le premier signe d'une dispute est apparu dans son froncement de sourcils. — Ouais. Ma nouvelle chambre.

— Eh bien, ce n'est ta chambre que pour l'instant, Isla. On va bientôt rentrer à la maison.

— Mais je me plais ici.

J'ai jeté un coup d'œil à Finley et Melody, interceptant le « désolée » silencieux de Melody, puis j'ai emmené Isla sur le côté. Je me suis accroupi en face d'elle, les yeux dans les yeux. — Je sais, chérie, mais mon travail est à Philadelphie. Ton école est là-bas.

— Mais je ne veux pas y retourner. Je veux rester ici. Je peux aller à l'école avec Mikayla et Amber. Et voir George, Nina et Maddox. Et vivre avec mamie et papi. Les pleurnicheries avaient commencé pour de bon.

— Chérie, ce n'est tout simplement pas une option pour nous de déménager ici.

— Pourquoi pas ?

J'ai pris une grande inspiration, et une fois de plus, j'ai dû cacher quelque chose à l'une des personnes que j'aimais le plus au monde. — Parce que ce n'est pas là où nous sommes censés être. Ce n'est pas chez nous.

— Mais je veux que ce soit chez nous. Je veux rester ici. Je ne veux pas retourner dans notre vieille maison qui pue et dans ma vieille école qui pue. Je veux vivre ici !

Mon cœur s'est fendu en deux. Ça aurait pu être notre

vie. Faith et moi avions prévu d'élever Isla à L'anse MacKellar. Nous voulions être ici. Nous ne parlions que de ça.

Mais ce n'était pas notre réalité. Ce n'était pas notre avenir. Je ne pouvais pas faire face à mon père après ce que j'avais vu. Je ne pouvais pas regarder ma mère chaque jour en sachant que je lui cachais quelque chose.

Et je ne le pouvais toujours pas.

Des années de mensonges, et je n'avais pas été capable de changer. Faith comprenait. Elle n'aimait pas ça plus que moi, mais elle comprenait. Elle m'avait soutenu quand j'étais parti pour ne plus jamais revenir.

Mais maintenant, j'étais le seul à prendre la décision. Le seul à briser le cœur de notre fille et à l'arracher aux amies qu'elle s'était faites, les premières vraies amies qu'elle s'était jamais faites.

— On devrait y aller, Isla, ai-je dit doucement.

— Non ! Je ne veux pas. Je veux rester ici.

— Allons chez mamie. Passons un peu de temps avec elle.

Isla s'est jetée par terre et s'est mise à pleurer.

J'ai fermé les yeux. Ça faisait plus d'un an qu'elle n'avait pas piqué une crise comme ça. Il n'y avait rien d'autre à faire que de la laisser faire. La laisser évacuer ses émotions et exprimer sa colère, sa déception et sa tristesse.

J'aurais aimé pouvoir faire de même. Pouvoir me jeter par terre et pleurer devant l'injustice de la situation. Devant le chagrin, la douleur et la faiblesse.

Parce que j'étais faible. Trop d'années avaient passé pour que je puisse dire à ma mère ce que je savais. J'aurais dû le lui dire le jour où je l'avais découvert. Le jour où je les avais vus s'embrasser. Mais je lui avais caché la vérité. J'avais protégé l'homme que je considérais comme mon héros et blessé la femme qui l'était vraiment.

Et maintenant, ma fille en souffrait.

Quand Isla eut fini de pleurer, je l'ai prise dans mes bras

et j'ai remercié Finley de l'avoir gardée. Finley s'est excusée de ne pas s'être assurée qu'Isla fasse une sieste.

— Ce n'est pas de ta faute. Elle m'en veut, et pour être honnête, je m'en veux aussi. C'est ici que j'ai toujours voulu vivre, mais ça ne devait pas se faire. Si tu préfères qu'elle ne revienne pas la semaine prochaine...

— S'il te plaît, ne t'en fais pas pour ça. Chacun de ces enfants a déjà piqué une crise comme Isla vient de le faire. Ça fait partie du jeu, et personne ici ne lui demanderait jamais de ne pas revenir.

J'ai hoché la tête. —Merci, Finley. Je suis désolé. À bientôt.

— Oui.

J'ai fait un signe de tête aux autres parents et j'ai porté ma fille endormie jusqu'au véhicule utilitaire sport. Je l'ai attachée et je suis parti en luttant contre mes propres larmes.

Chez ma mère, j'ai porté Isla à l'intérieur, où je n'ai trouvé que ma mère.

— Elle s'est épuisée, n'est-ce pas ? a demandé maman.

— Elle a piqué une crise quand je lui ai dit que nous ne déménagions pas ici. Tu lui as dit que tu voulais qu'elle reste ? ai-je exigé.

Maman a reculé d'un pas et a croisé les bras. —J'espère bien que tu ne vas pas me parler sur ce ton chez moi, Kingsley Adam Harris.

J'ai serré les dents et j'ai fermé les yeux. —Je m'excuse. Je ne devrais pas te reprocher son comportement.

— Tu as sacrément raison. Et que je lui aie dit ou non que je voulais que tu restes n'a rien à voir là-dedans. Le menton de maman s'est relevé dans un geste de défi, me donnant ma réponse.

J'ai soupiré et secoué la tête. J'ai tourné les talons et j'ai marché dans le couloir jusqu'à ma chambre, ignorant ses demandes de revenir et ses exigences de savoir pourquoi.

Je ne pouvais rien lui dire.

J'ÉTAIS UN LÂCHE. Un grand lâche. Je suis resté dans ma chambre toute la nuit, sans sortir lorsque j'ai entendu Isla quitter sa chambre pour aller voir ma mère, ni lorsqu'Isla a frappé à ma porte, ni lorsque ma mère a recouché Isla, ni lorsque ma mère m'a souhaité une bonne nuit de l'autre côté de ma porte. J'étais un lâche.

Pire encore, après une nuit de sommeil pourrie, je suis sorti de la maison en douce au petit matin, m'arrêtant chez Cracked pour prendre un petit-déjeuner à emporter avant que quiconque dans la maison de mes parents ne soit réveillé.

J'ai pris mon petit-déjeuner dans mon véhicule utilitaire sport devant la clinique en regrettant de n'avoir pas pris un deuxième café. Un seul ne semblait pas devoir suffire pour la journée, mais c'était trop tard maintenant.

J'ai ouvert les portes de la clinique et j'ai commencé ma routine matinale. J'ai vérifié le planning et préparé les choses pour la journée, laissant la monotonie de la routine m'apaiser.

J'avais tourné et viré dans mon lit toute la nuit. Dans les rares moments où j'étais honnête avec moi-même, j'admettais que je voulais rester à L'anse MacKellar. Je voulais les amitiés qu'Isla et moi avions nouées. Je voulais Daisy dans ma vie. Je voulais diriger ma propre clinique vétérinaire et vivre une vie calme, simple et facile.

Mais chaque fois que j'envisageais de choisir cette option, je pensais à mon père. À la façon dont il avait ri avant d'embrasser Sheila toutes ces années auparavant. Aux mensonges que j'avais racontés à ma mère quand elle me demandait pourquoi je ne pouvais pas rentrer à la maison depuis des années. Aux mensonges que je lui racontais encore.

Je ne méritais pas d'avoir les choses que je voulais. Je méritais d'être seul.

Mais être seul signifiait imposer la même chose à ma fille.

Mon esprit tournait en rond jusqu'à ce que le réveil sonne et que je me lève pour partir au travail.

Apparemment, mon esprit tournait toujours en rond, car je n'avais pas remarqué que je n'étais pas seul dans le bâtiment. Un bruit devant le bureau m'a fait lever la tête au moment où Sheila se penchait pour ramasser une tablette.

— Qu'est-ce que tu fais ? Tu l'as cassée ? lui ai-je craché au visage.

— Non, ça va, a-t-elle répondu en la ramassant et en passant la main sur le dos et l'avant de l'appareil.

— Tu dois faire attention. Tu ne peux pas jeter tes affaires n'importe comment.

— Ce n'est pas ce que je faisais. J'étais…

— Quoi ? En train de tripoter quelque chose que tu n'as pas le droit de toucher ? lui ai-je grogné.

Ses yeux se sont écarquillés et son regard a fureté sur le côté. Elle a rentré ses lèvres, se retenant de répondre.

Un autre bruit m'a attiré dans le couloir, où une mère et un petit garçon tentaient de maîtriser un chiot qui se débattait pour s'échapper.

— Je vous prie de m'excuser, a dit la mère. « Il était sur le point de sauter de mes bras et Sheila l'a rattrapé. C'est de ma faute si elle a laissé tomber la tablette. Je la remplacerai si elle est endommagée. »

— Ce n'est rien. Elle n'est ni cassée, ni même rayée, a dit Sheila, en me lançant un de ces regards que ma mère m'adressait quand elle voulait que je sois d'accord avec elle devant les autres.

— Ce n'est rien, ai-je dit, en forçant les mots à sortir. J'ai étiré mes lèvres en un sourire et j'ai essayé d'avoir l'air moins con.

Voilà pourquoi je ne pouvais pas être là. M'en prendre à elle devant des patients ? Ne pas faire attention à ce qui se passait autour de moi ? Je ne pouvais pas. Pas tant que mon père était là. Et Sheila.

Je suis retourné dans le bureau et j'ai ignoré Sheila et la patiente, ayant besoin d'une minute avant de devoir leur faire face.

Encore deux semaines. Dans deux semaines, j'aurais quitté L'anse MacKellar et je ne reverrais plus jamais Sheila.

Mon téléphone a vibré. J'ai hésité à l'ignorer. Ce devait être ma mère qui me demandait pourquoi j'étais parti si tôt. Mais ça pouvait aussi être quelque chose à propos d'Isla.

J'ai attrapé mon téléphone et j'ai tapoté l'écran pour voir le message.

DAISY

> J'ai hâte de notre rendez-vous de ce soir. Natalie reste chez Omar. Et j'ai acheté une surprise. 💦

> Attends, ça c'est un maillot de bain. Je ne connais pas l'émoji pour la lingerie, mais je sais quelle tête tu vas faire quand je vais défiler pour toi. 😏 Viens plus tôt.

Daisy. Rendez-vous. Ce soir.

Mon corps a réagi immédiatement, l'idée de Daisy en lingerie pour moi… C'était plus que je ne pouvais supporter. Mais j'étais un homme marié. J'avais juré d'aimer Faith toute ma vie. Nous faisions des projets. Nous avions un avenir tout tracé.

Et au lieu d'honorer ça, d'honorer mes vœux, je tombais amoureux de Daisy et j'oubliais ma femme.

Je ne valais pas mieux que mon père. C'était ma pire crainte qui devenait réalité. J'étais pareil que lui. Un homme incapable de rester fidèle à ses vœux. Un homme qui a trahi la seule personne qu'il aimait.

Quatre ans. Ça faisait quatre ans que Faith était partie, et pendant tout ce temps, je n'avais pas pensé une seule fois à une autre femme. En seulement quelques semaines à côtoyer mon père, j'avais donné mon cœur à une autre femme et trahi la mienne.

Il fallait que ça cesse.

DAISY

J'ai fixé mon téléphone en attendant sa réaction. J'ai attendu. Et encore attendu. C'était bizarre.

Peut-être qu'il était occupé. Il avait dit qu'il travaillait, et que ça ne l'enchantait pas. Ça devait être ça.

Je me suis étirée et je suis sortie du lit. J'étais réveillée depuis un petit moment, mais je ne m'étais pas encore décidée à me lever. Mon estomac a gargouillé. Un petit-déjeuner s'imposait.

J'ai enfilé mes chaussons, puis je me suis dirigée vers la cuisine. Natalie dormait encore, alors j'ai fait le moins de bruit possible en préparant mon café et en regardant ce qu'il y avait à manger.

Mon téléphone a sonné, et j'ai répondu avec un sourire.
— Salut. Bonjour.

— Bonjour, Daisy, a dit une voix qui n'était pas celle de Kingsley.

J'ai regardé mon téléphone. Dick. Le chauffeur du camion. Merde. — Hum, salut, Dick. Qu'est-ce qui se passe ?

— Désolé de t'appeler si tôt, mais on dirait qu'il n'y a personne ici.

— Tu as une livraison, ai-je dit, énonçant une évidence. Pourquoi d'autre m'appellerait-il ?

— Ouais. Prévue pour huit heures. J'ai fait ma marche arrière et je suis prêt, j'ai frappé à la porte, mais il n'y a aucune voiture. Il n'y a aucune chance que tu ne m'aies simplement pas vu arriver ? Il a gloussé comme s'il connaissait déjà la réponse.

— Je suis vraiment désolée. Je suis à la maison, mais ma responsable des stocks était censée s'occuper des livraisons. Je me suis précipitée dans ma chambre, retirant mes chaussons et mon pyjama d'un geste vif.

— Ouais, ça ne ressemble pas à Wendy. Elle a toujours été super.

— Wendy ? Non, c'est Penny la responsable des stocks. Je me suis arrêtée, à moitié nue, en me demandant pourquoi il pensait que Wendy était la responsable des stocks.

— Oh. Vraiment ? Je… Euh, alors…

— Je suis désolée, Dick. Je pars tout de suite. Je serai là dans cinq minutes pour t'aider à décharger. J'ai enfilé un t-shirt par la tête et j'ai sauté dans un short. J'attrapais déjà mon sac à main et je sortais avant même qu'il ait pu répondre.

— Merci beaucoup, Daisy. Je suis désolé de te déranger. Je sais que tu n'aimes pas les livraisons pendant les heures d'ouverture, alors je voulais m'assurer que ce soit fait maintenant.

— Ne t'en fais pas, Dick. Merci d'avoir appelé. À tout de suite.

— Merci, Daisy. Bye, ma belle.

— Bye, ai-je dit en raccrochant et en sortant de mon allée en marche arrière.

Mais que se passait-il, bon sang ? J'allais demander à Dick avant qu'il ne parte, car si Wendy couvrait Penny encore plus que je ne le pensais, un changement s'imposait.

Dick m'a rejointe à la porte une fois garée et arrivée en

toute hâte. — Salut, a-t-il lancé, souriant comme si de rien n'était.

— Salut, Dick. Je suis vraiment désolée, encore une fois. Je sais que tu fais ces livraisons pour pouvoir rentrer chez toi, et tu attends ici depuis tout ce temps.

— Ce n'est rien, Daisy. On va s'occuper de tout ça. Teri aura le café et le petit-déjeuner de prêts quand je rentrerai. Elle a proposé de nous apporter quelque chose ici.

— C'est vraiment gentil de sa part.

Dick a gloussé. — J'ai vraiment une femme en or. Je ne sais toujours pas pourquoi elle me laisse entrer, mais je suis assez malin pour ne pas poser la question et lui rappeler qu'elle est bien trop bien pour moi.

J'ai ri avec lui. — Oh, Dick, elle est surtout maline de te garder. Tous les hommes ne sont pas aussi attentionnés que toi.

— On dirait que tu as des soucis avec les hommes. Tu vois quelqu'un, mademoiselle Daisy ?

— Oh, non, rien de ce genre.

— Mais il y a bien quelque chose. Est-ce que je dois m'occuper de quelqu'un pour toi ? Je peux le conduire dans un autre État et l'y abandonner. Ça lui donnera de quoi réfléchir pendant son voyage de retour.

J'ai ri. — Non, non. C'est un type bien. Juste la bonne personne, au mauvais moment.

— Ah. Tu es tombée amoureuse de quelqu'un qui n'est pas libre.

J'ai hoché la tête, surprise par sa perspicacité. — C'est à peu près ça, ouais.

— Désolé, ma petite. On est tous passés par là. Peut-être qu'il se rendra compte du trésor que tu es.

J'ai secoué la tête. — Ce n'est pas une option, mais merci. Ça ira. Un de perdu, dix de retrouvés, tout ça, n'est-ce pas ? J'ai balayé ça d'un rire, même si ça me faisait mal de savoir que Kingsley partait dans seulement deux semaines.

— Ouais, a dit Dick, son ton m'indiquant qu'il ne croyait pas plus que moi à mes mensonges, mais qu'il n'allait pas le relever.

— Allez, on te décharge pour que tu puisses rentrer prendre ce petit-déjeuner.

Il a hoché la tête. — Merci, Daisy.

Le camion n'était pas trop plein, et j'ai réussi à le décharger assez rapidement. La réserve était encore remplie des cartons de la première livraison commandée par Penny, et manœuvrer tout ça était une vraie galère, mais je m'en occuperais une fois Dick parti.

Mais d'abord, il fallait que je découvre pourquoi il pensait que Wendy était la responsable des stocks.

— Dites, avant que vous partiez, pourquoi vous vous attendiez à ce que Wendy soit là ?

— Euh. Il a traîné des pieds et a examiné ses papiers. — Je ne veux causer d'ennuis à personne.

— Ça n'arrivera pas. Je te le promets. C'est juste que… j'ai donné le poste à Penny après quelques bonnes suggestions, mais je ne suis pas sûre que ça lui convienne. J'ai découvert à plusieurs reprises que Wendy couvrait Penny, mais si tu pensais que c'était Wendy qui gérait les stocks, ça me laisse à penser que c'est arrivé bien plus souvent que je ne le crois.

Dick soupira. — Avant, je les voyais toutes les deux, à peu près autant l'une que l'autre, mais depuis un mois ou un mois et demi, je n'ai vu que Wendy. Tu avais mentionné Penny avant, mais j'ai cru que les choses avaient changé quand j'ai arrêté de la voir.

Je poussai un long soupir. — C'est à peu près le temps qui s'est écoulé depuis que Penny a pris ce poste. Et comme tu nous livres plus que n'importe quel autre chauffeur, ça me montre que Penny ne fait pas vraiment son travail.

— Je suis désolé, Daisy. J'étais persuadé… Je ne voulais pas causer de problèmes.

— Tu n'en as pas causé. J'apprécie que tu aies été honnête avec moi. Rentre chez toi. Merci pour ton appel.

— Tu vas tout arranger. J'en suis sûr. Passe une bonne journée !

— Toi aussi, Dick. Je lui fis un signe de la main tandis qu'il grimpait dans son camion. Il s'éloigna avec un coup de klaxon, et je retournai à l'intérieur pour organiser le désordre de cartons causé par mon mauvais choix de responsable des stocks.

Jeff arriva trente minutes après le départ de Dick. Il me proposa de l'aider à ranger les cartons, mais le magasin allait bientôt ouvrir et il avait d'autres choses à faire. Ce qui signifiait que j'étais épuisée et frustrée quand Penny arriva d'un pas léger, cinq minutes avant l'ouverture du magasin.

Elle me vit sur le chariot élévateur et me fit un signe de la main, se dirigeant vers le bureau sans s'arrêter pour me parler. Aucune explication, aucune excuse, rien.

Mais c'est quoi ce bordel ?

Je terminai ce que je faisais et garai le chariot. Je me rendis au bureau et trouvai Penny en train de fixer l'ordinateur. Un ordinateur rempli de commandes.

— Qu'est-ce que c'est ? demandai-je.

— Des commandes que je suis en train de passer. On est à court de certains jouets et je voulais m'assurer qu'on ne soit pas en rupture de stock.

— On n'a pas la place pour ça. L'entrepôt est plein, Penny. Trop plein.

— Ouais, mais tout finira bien par se vendre.

— Je l'espère, mais je ne peux pas accepter de nouvelles commandes alors que celles en cours ne sont pas encore vendues. Ça me coûte de l'argent de garder un tel inventaire. C'est pour ça que j'ai toujours géré les choses à ma façon, avec des commandes plus petites qui tenaient sur les étagères au lieu de remplir tout l'espace.

Elle a pivoté vers moi, le regard plein de défi. — Tu veux que je fasse ce travail, oui ou non ? Parce que c'est toi qui es venue me chercher.

— Est-ce que tu fais ton travail, Penny ? Parce que nos chauffeurs de camion pensent que c'est Wendy la responsable des stocks. Et je suis ici en ce moment parce qu'il n'y avait personne pour décharger un camion il y a deux heures. Il a attendu là pendant trente minutes avant de m'appeler.

Penny a froncé les sourcils. — Mon… mon réveil n'a pas sonné. Les mots étaient crédibles, mais ils n'étaient pas vrais.

— Ton réveil ?

Elle a haussé les épaules. — Ce n'est pas ma faute.

J'ai pincé les lèvres, gardant la dispute pour moi. Elle mentait. Elle ne faisait pas son travail. Et le peu qu'elle faisait nuisait à mon entreprise. Je ne pouvais pas me permettre les commandes qu'elle passait. Pas dans les quantités qu'elle commandait.

— Penny, je pense que…

Un fracas provenant de l'entrepôt a interrompu mes paroles. Nous nous sommes toutes les deux précipitées pour trouver Jeff sur le chariot élévateur, un tas de peluches autour de lui.

— Je suis vraiment désolé, Daisy. J'allais réapprovisionner les bacs et j'ai vu la caisse tout en haut. Je pensais l'avoir, mais j'imagine que non, a dit Jeff, en regardant les restes de la palette et des caisses.

— Tu n'as rien ? lui ai-je demandé.

Il a secoué la tête. — Ça va. C'est tombé devant l'engin.

Les fourches du chariot élévateur avaient transpercé les cartons au lieu d'être solidement insérées dans la palette à laquelle ils étaient arrimés. Le poids de la palette et la pression des fourches à travers le film plastique ont dû suffire à le déchirer, et la palette est tombée. Privés de leur support, les cartons ont suivi.

Heureusement, il s'agissait de quelque chose de doux et léger, mais ça aurait pu être bien pire.

— Allez, on nettoie tout ça, dis-je. Jeff, si tu as besoin d'une pause, je t'en prie, prends-la."

Il a secoué la tête. — Ça va, je te le promets. J'ai eu plus de peur que de mal."

— Si tu as besoin d'une minute pour te remettre, ne t'en fais pas."

Il a souri. — Je vais bien, Daisy. Merci. Désolé pour tout ça."

— Ce n'est rien."

Jeff et moi nous sommes affairés à tout nettoyer, triant les peluches abîmées à jeter et empilant les cartons qui n'étaient pas tombés.

Penny a donné un coup de main un petit moment, puis elle est retournée au bureau.

Quand Jeff et moi avons eu terminé, il est retourné dans les rayons pour garnir les étagères, en s'excusant à nouveau. Je l'ai rassuré en lui disant que ce n'était pas grave, puis je suis allée chercher Penny.

Et j'ai découvert qu'elle était déjà partie.

J'ai expiré lentement, sachant que je ne voulais pas prendre de décision sous le coup de la colère. Je lui avais donné une promotion alors que j'étais frustrée, et ce n'était pas une bonne chose de la renvoyer ou de la rétrograder dans le même état d'esprit.

Mais ça ne fonctionnait pas. Elle ne pouvait pas continuer à se défiler de ses responsabilités et à laisser tout le monde porter le chapeau pour ce qu'elle faisait.

Je devais vérifier les commandes qu'elle passait. Je n'étais pas d'accord avec sa façon de gérer les choses, mais il fallait que ce soit plus qu'une simple divergence d'opinions. J'avais besoin de preuves, comme Kingsley me l'avait dit.

J'ai passé les deux heures suivantes devant l'ordinateur, à éplucher toutes les données dont je disposais. Finalement, j'ai eu ma réponse.

Penny était une excellente gérante de magasin, mais une catastrophe pour la gestion des stocks. En plus de ne pas être présente pour faire son travail, elle m'avait déjà coûté le double de mon budget habituel pour les commandes, et l'entrepôt était si plein que c'en était dangereux.

Il fallait que ça cesse. Et Penny n'avait pas l'intention de m'écouter, à en juger par la commande qu'elle a passée pendant que j'aidais Jeff à nettoyer.

J'ai vérifié le planning et j'ai vu que Penny travaillait mardi. Avec Wendy. Il était temps d'avoir une conversation franche avec elles deux. Et d'apporter quelques changements.

Soulagée par mon plan et certaine de prendre la bonne décision, je suis allée voir Jeff, puis je suis partie. Je devais me préparer pour mon rendez-vous.

En rentrant à la maison, j'ai vérifié mon téléphone. Toujours aucune réponse de Kingsley. Une petite voix au fond de moi a essayé de me mettre en garde, mais j'ai chassé cette pensée. Tout allait bien. Nous allions bien. Il ne savait pas que j'étais amoureuse de lui, et personne n'allait le lui dire. Encore deux semaines et je n'aurais plus à m'en soucier, parce que je ne le reverrais plus jamais.

J'ai frotté ma poitrine face à cette douleur. Ça faisait très mal.

Mais je savais que ce serait le cas. Je savais que tomber amoureuse de lui signifierait souffrir à son départ. Parce qu'il allait partir. Toujours. Et je n'avais pas d'autre choix que de l'accepter.

Je suis entrée dans la douche et j'ai laissé l'eau chaude couler sur mon corps. Je me suis lavé les cheveux et le corps, je me suis tout rasée, et j'ai laissé l'excitation monter en moi.

Ça allait être une soirée formidable.

En sortant de la douche, je me suis badigeonnée de lotion, adorant le doux parfum sur ma peau. J'ai souri en ouvrant mon tiroir du haut et en voyant la lingerie en dentelle bleue toute neuve. Une gâterie pour Kingsley, mais un cadeau pour moi-même. Quelque chose pour me souvenir de lui. Quelque chose à apprécier quand il serait parti et que je voudrais me sentir belle, sexy et m'aimer.

Peu importait que Kingsley ne m'aime pas. Il n'a jamais dit qu'il le ferait. Il m'a donné bien plus que de l'amour. Il m'a donné un aperçu de ce que la vie pouvait être. À quel point je pouvais être heureuse. Ce que ça faisait d'aimer quelqu'un. Ce que je méritais.

Je ne serais plus jamais la même après avoir aimé Kingsley, et je considérais ça comme une victoire. Je m'étais toujours targuée de savoir qui j'étais, mais j'ai appris tellement plus avec lui dans ma vie. Et cette lingerie n'en était qu'une infime partie.

J'ai pris mon temps avec la dentelle, imaginant l'expression sur son visage quand je défilerais pour lui. Ça allait être une bonne soirée. Une très, très bonne soirée.

Une fois ma lingerie enfilée, mes seins à l'air guilleret et bien galbé, j'ai attrapé la robe que j'avais achetée en même temps que mes sous-vêtements. Elle était sexy, mais sans en faire trop. Le décolleté était plus plongeant que ce que je portais d'habitude, mais sans être indécent. La jupe m'arrivait presque aux genoux, mais son mouvement aguicheur la faisait paraître beaucoup plus courte quand je marchais.

Natalie a frappé à ma porte. — Je ne vais pas tarder à partir.

J'ai ouvert la porte pour pouvoir la voir avant qu'elle ne parte.

— Waouh, a-t-elle soufflé, son regard plongeant directement dans mon décolleté.

— C'est trop ?

Natalie a secoué la tête. — Pas quand tu sors avec l'homme que tu aimes. Ne laisse pas Omar te voir.

J'ai pouffé. — Oh, s'il te plaît. Cet homme n'a d'yeux que pour toi.

— Je sais, mais il risquerait de te demander où tu l'as trouvée et de m'emmener faire les boutiques sur-le-champ.

J'ai ri. — Alors je devrais peut-être aller lui dire bonjour. Lui donner une raison de te gâter.

Natalie a levé les yeux au ciel. — N'importe quoi. Il n'a pas besoin de raison. Chaque fois que je mentionne quelque chose qui me plaît, il l'achète dans l'espoir que j'emmmmmén...

— Que tu emménages ? Qu'est-ce que... Emménager ? Il t'a demandé d'emménager avec lui ?

— Ouais, a-t-elle dit lentement. — Je lui ai dit non. Je ne vais pas te quitter.

— Bien sûr que si, ai-je répondu.

Elle a ouvert la bouche pour protester.

— Natalie, je t'adore, mais tu vas me quitter. Tu vas épouser cet homme parce que tu l'aimes et qu'il t'aime, et ce serait vraiment bizarre qu'il emménage ici avec nous.

Elle gloussa.

— Et je suis ravie pour toi. Je ne veux pas te retenir. Je n'ai jamais voulu ça. Si tu veux emménager avec Omar, tu devrais le faire.

— Mais nous avons un bail. Et je paie la moitié du loyer. Ce ne serait pas juste de te laisser tout payer.

— Ce ne serait pas juste non plus que je t'empêche de faire ce que tu veux vraiment. Je pourrais peut-être me payer la maison toute seule. Ou je peux trouver une autre colocataire. Déménager dans un logement plus petit. Je ne sais pas.

Mais d'abord, tu dois décider quand tu seras prête à emménager avec Omar.

Sa rougeur indiquait qu'elle était plus que prête.

— Ne mets pas ta vie en pause pour moi. Promets-moi juste qu'on continuera à se voir.

Elle me serra fort dans ses bras. — Tout le temps. Tu ne te débarrasseras pas de moi si facilement.

Je la serrai en retour. — Jamais je ne le voudrais.

Natalie recula et essuya les larmes sur ses cils. — Ok, je m'en vais pour que tu puisses finir de te préparer. Je t'aime tellement, Daisy.

— Moi aussi, je t'aime, Natalie. Va voir ton homme.

Elle sourit. — Amuse-toi bien avec le tien.

— Merci. À demain.

— Salut !

Natalie sortit, et je me suis rendu compte qu'elle n'avait même pas fait de sac. Elle était déjà en train d'emménager chez Omar, et soit je ne m'en étais pas rendu compte, soit elle non plus.

Mais elle était heureuse. C'était ce qui comptait pour moi.

Et pendant encore deux semaines, j'allais être heureuse, moi aussi. J'allais savourer chaque minute que je pouvais passer avec Kingsley et l'aimer assez pour lui faire croire qu'il était possible de trouver l'amour à nouveau, même si ce n'était pas avec moi.

J'ai fini de me préparer et j'ai regardé mon téléphone. Il était censé venir me chercher à dix-huit heures, mais je lui avais dit de venir plus tôt quand je lui ai envoyé un texto le matin.

Un texto resté sans réponse.

Ce n'était pas grave. Il n'était que dix-sept heures trente. Il n'était pas en retard. Il était juste occupé. Je n'allais pas paniquer. Pas encore.

Dix-sept heures quarante-trois.

Dix-sept heures cinquante-huit.

Dix-huit heures neuf.

Il n'était jamais en retard. Quelque chose n'allait pas.

J'ai fixé le téléphone que je scrutais depuis quarante minutes. Toujours pas de réponse. Il fallait que je sache ce qui se passait.

Rester naturelle. C'était la meilleure chose à faire.

> Salut ! Je pensais que tu venais me chercher
> à dix-huit heures. Tout va bien ?

J'ai continué à le fixer. Cinq minutes se sont écoulées.

> Je m'inquiète. S'il y a eu un imprévu, je
> comprends, je veux juste savoir si tu vas
> bien.

De nouveau, le silence fut ma seule réponse.

J'ai attrapé mon sac à main et je suis partie, il fallait que je voie de mes propres yeux qu'il allait bien.

22

KINGSLEY

$\mathcal{M}$on téléphone a encore vibré. J'étais vraiment tenté de l'ignorer. Chacun de ses textos était un rappel de qui j'étais. Faible, dans l'erreur, un lâche, un tricheur.

J'ai regardé mon téléphone et je me suis levé.

DAISY

> Je suis dehors. Je suis allée à la clinique, je pensais que tu étais peut-être coincé au travail. Il n'y avait personne, alors je suis venue ici. Ta voiture est là. Je sais que tu es là. Soit tu sors pour me dire ce qui se passe, soit j'entre.

Merde. Merde. Elle ne pouvait pas entrer. Elle ne pouvait pas rencontrer Isla. Même si elles s'étaient déjà rencontrées. Elle ne pouvait pas débarquer comme ça.

Mais elle l'a fait. Et elle m'offrait une chance de la tenir à l'écart de ma vie, de ma famille.

— Je reviens tout de suite, ai-je dit à personne en particulier, sachant que ma mère surveillerait Isla pour moi pendant que je m'éclipserais.

Daisy était encore dans sa voiture quand je suis sorti, mais elle en est descendue en me voyant. Bon sang, qu'est-ce qu'elle était belle. La robe bleue qu'elle portait moulait sa poitrine et semblait l'offrir. À moi. Pour moi.

Ma bite a tressailli alors que je m'approchais d'elle.

Sa jupe était longue mais bougeait au gré de la légère brise, soulevant les bords et me donnant un aperçu de cuisses que je connaissais bien. Des cuisses entre lesquelles je voulais passer plus de temps.

Non. Je ne pouvais pas. Je ne le ferais pas. Elle n'était pas à moi. Elle ne le serait jamais.

Elle croisa les bras sur sa poitrine, soit de colère, soit pour se protéger. Je penchais pour la deuxième option en voyant le regard peiné dans ses yeux. — Tu vas bien ?

J'ai dégluti et acquiescé. — Ouais.

— Alors, tu n'es pas venu parce que c'est fini pour toi.

Ce n'était pas une question. Elle me connaissait déjà assez bien pour savoir ce que je voulais dire sans même que j'aie à le formuler. — Écoute, Daisy, je sais que tu es en colère parce que je ne t'ai pas appelée.

— Parce que tu ne m'as pas appelée… C'est pour ça que tu crois que je suis en colère ?

— Ben, oui. J'aurais dû. J'ai eu tort. Je suis désolé. Mais je sais…

— Tu sais. Je suis contente que tu saches. Ou du moins, que tu croies savoir. Mais tu n'as aucune idée de ce que je pense. Ni pourquoi je suis en colère.

— Je… Vraiment pas ?

— Non. Je ne suis pas en colère que tu ne m'aies pas appelée. Ni que ce soit fini entre nous. Vraiment pas.

— Alors pourquoi…

— Je ne le suis pas, a-t-elle poursuivi au moment même où je commençais ma question. Elle s'est interrompue et a pincé les lèvres, levant vers moi un regard si empli de douleur que j'ai failli la prendre dans mes bras.

Failli.

— Je ne suis même pas vraiment en colère. Je suis blessée. Je suis déçue. Nous avions convenu d'en parler. J'ai toujours su que tu partais. Donc je ne suis pas en colère que tu aies décidé d'en finir quelques semaines plus tôt que prévu. Mais ces dernières semaines, tu m'as montré ce que je devrais rechercher. Tu m'as aidée de tant de manières. Tu m'as permis de devenir la personne que je voulais être, mais que je ne savais pas comment être. Tu m'as montré ce que c'est d'avoir quelqu'un qui tient à vous comme tu le fais. Je sais que tu ne m'aimes pas, que tu ne m'aimeras jamais. Ça n'a jamais été une option, mais tu m'as montré qu'il y a mieux que tout ce que j'ai connu auparavant. Mon Dieu, j'étais… Je savais que tu n'étais pas mon avenir. Tu me l'as dit. Je l'ai accepté. Mais ce que je ne peux pas accepter, c'est que tu me traites comme ça. Tu ne m'as jamais donné l'impression que je n'étais pas importante pour toi, même si je savais que tu avais des gens plus importants dans ta vie. Je n'allais jamais être ta priorité, et ça me convenait. C'est ce que je veux, et ce dont j'ai besoin, de la personne avec qui je finirai ma vie. Tu ne peux pas me donner ça, et tu n'as jamais dit que tu le ferais. Mais je méritais mieux que ton absence ce soir. Je méritais mieux que de ne pas me faire savoir que c'était fini. Je mérite mieux que la façon dont tu m'as traitée aujourd'hui, Kingsley. Alors je suppose que tu m'as bien donné une chose de plus. Tu m'as montré, encore une fois, ce que je mérite. Ce que je veux. Alors… Elle a reniflé et a essuyé les larmes sous ses yeux. — Alors, merci. Et au revoir.

Elle a fait demi-tour et est retournée à sa voiture, est montée dedans et a démarré, s'éloignant du trottoir sans un regard en arrière.

Et emportant une partie de moi avec elle.

Je suis resté sur la pelouse à attendre qu'elle revienne. Qu'elle me dise qu'elle était en colère, mais que tout finirait par s'arranger. Qu'elle me hurle dessus, puis me pardonne d'avoir été un idiot, et qu'elle m'invite chez elle pour me montrer ce qu'il y avait sous cette robe.

Rien de tout cela n'est arrivé.

— Vous allez bien ? m'a demandé quelqu'un. Un voisin qui promenait son chien.

J'ai secoué la tête et me suis écarté du trottoir. — Ouais. Bonne soirée à vous.

— Vous aussi. Il a souri et a continué son chemin, sans se soucier de moi.

Pourquoi l'aurait-il fait ? Nous étions des inconnus. Je ne reverrais jamais cet homme.

Tout comme je ne reverrais jamais Daisy.

Il le fallait.

— IL FAUT QU'ON PARLE, a dit papa le lundi matin, en entrant dans son bureau avant que j'aie pu sortir. Nous partagions l'espace depuis son retour, et ça devenait beaucoup trop étroit.

Je me suis levé et j'ai contourné le bureau par le côté opposé pour pouvoir partir. — Je suis sur le départ.

— Non, pas du tout. Assieds-toi, a dit papa, du même ton que celui qu'il utilisait quand j'étais adolescent et qu'il me surprenait à essayer de faire le mur. Je ne l'ai fait qu'une seule fois parce que je ne voulais plus jamais entendre ce ton.

J'ai dégluti et je me suis rassis, détestant le fait qu'il me domine de toute sa hauteur.

— Je ne sais pas quel est ton problème ces derniers jours, mais il faut que ça cesse.

— Peu importe, ai-je lâché, adoptant mon air d'ado rebelle.

— Ne me sors pas ton « peu importe ». Tu es un adulte, bon sang. Tu as un enfant. Tu n'as pas le droit de te comporter comme un gamin.

— Et toi, si? Tu as le droit de faire ce que tu veux, mais c'est à moi d'être l'adulte? Quel hypocrite! Tu te pavanes ici comme si tu étais le putain de héros, mais cet endroit ne serait plus là sans moi.

— Et cet endroit serait déjà à toi si ce n'était pas de ta faute!

J'ai secoué la tête et je me suis levé, m'éloignant de lui en faisant les cent pas. — Ne rejette pas la faute sur moi. Ce n'est pas juste, et tu le sais très bien.

— Et pourquoi pas? C'est toi qui as choisi de partir. Toi qui ne supportais plus d'être près de moi.

— Tu m'en veux? Vraiment? C'est toi qui avais une liaison. C'est toi qui trompais Maman avec ta technicienne. Est-ce qu'on peut faire plus cliché que ça? Je ne pouvais plus te voir en peinture. C'est toujours le cas.

— Tu peux rester sur tes grands chevaux et prétendre que tu n'as jamais fait d'erreur de ta vie, mais tu ne me parleras pas sur ce ton. Et tu ne traiteras pas Sheila comme tu l'as fait.

J'ai levé les yeux au ciel. — Peu importe. Elle a couru te le rapporter?

Papa s'est approché de moi plus vite que je ne l'aurais cru et a réussi à se planter juste devant mon nez. — N'ose même pas prétendre savoir de quoi tu parles.

— Mais je le sais, ai-je grondé. — Je sais tout. Et chaque fois que je te vois, j'ai l'impression que je vais être malade. J'ai l'impression d'être aussi abject que toi parce que je n'ai jamais dit à Maman ce que tu as fait.

— Elle sait, a-t-il fulminé.

— Quoi? Non. Tu mens. Elle t'aurait quitté si elle avait su. Ou elle me l'aurait dit. Non.

Papa a reculé, la tête basse. — Je ne lui ai jamais dit que tu étais au courant. Je ne voulais pas qu'elle soit contrariée que tu ne le lui aies pas dit immédiatement. Mais elle le sait. Je le lui ai dit. Et elle a choisi de me donner une autre chance.

— Pourquoi ?

Il a secoué la tête. — Parce que ta mère est une meilleure personne que moi.

J'ai reniflé en signe d'approbation.

— Chaque mariage est compliqué, et le nôtre ne fait pas exception. Ta mère m'a pardonné, et nous suivons une thérapie depuis des années pour rester soudés.

— Vous suivez une thérapie ?

Il a hoché la tête. — Oui. Parce que nous avons changé depuis le jour de notre mariage. Nous avons traversé des épreuves et vécu de bons moments et chaque jour, je me réveille en étant reconnaissant d'avoir ta mère.

— Sauf les jours où tu es avec Sheila, ai-je grondé.

— Surtout ces jours-là. Ce qui s'est passé avec Sheila était une erreur. Nous le savions tous les deux, et nous y avons mis fin. Mais c'est un rappel pour moi de ce que j'ai à la maison avec ta mère.

— Alors pourquoi Sheila travaille-t-elle toujours ici ? Si tu es si amoureux de Maman, pourquoi garder ta maîtresse dans les parages ?

— D'une part, il serait illégal de la licencier. Elle n'a rien fait de mal. Si je la renvoyais parce qu'on a été ensemble, ce serait du harcèlement sexuel et elle pourrait, et voudrait, me poursuivre en justice. Et elle gagnerait. Mais la raison principale, c'est que ta mère m'a demandé de ne pas le faire.

— Quoi ? Non. C'est impossible.

— Ta mère aime bien Sheila. Et comme je l'ai dit, c'est une meilleure personne que moi.

— Mais tu l'as trompée. Tu as piétiné tes vœux de mariage au lieu de les honorer. Tu n'aurais jamais dû être avec Daisy !

Les sourcils de Papa se sont haussés d'un coup. — Daisy ? Qui est Daisy ?

— Je parlais de Sheila, ai-je grommelé, sentant le rouge me monter aux joues.

— Non, je ne crois pas. Et je ne suis pas certain que cette conversation me concernait, finalement. Qui'est Daisy ?

— Elle n'a pas d'importance.

— C'est la femme qui est venue samedi soir ? Celle avec qui tu'as passé du temps tout l'été en pensant qu'on ne le remarquerait pas ?

Je l'ai fusillé du regard, et apparemment, cela a suffi comme réponse.

— Le fait que tu t'impliques avec une autre femme n'a rien à voir avec ce que j'ai fait, Kingsley. Rien.

— J'ai fait des vœux, ai-je grommelé.

— Oui, c'est vrai. Et même si je déteste ça, Faith n'est plus là. Si tu aimes une autre femme, il n'y a aucune raison que tu ne puisses' pas être avec elle.

— Je ne l'aime pas.

Mon père m'a observé attentivement, puis il a hoché la tête lentement. «D'accord. Mais je pense que tu ne fais que te faire du mal, à toi et à Isla, en te disant ça.»

Ça m'a frappé assez fort pour que je recule d'un pas. «En quoi est-ce que ça fait du mal à Isla d'honorer la mémoire de sa mère ?»

— L'honores-tu vraiment ? Fais-tu vraiment ce qui'est le mieux pour toi et Isla en te fermant à l'amour ? En décidant que Faith était la seule femme que tu avais le droit d'aimer de toute ta vie, et que maintenant qu'elle'n'est plus là, tu'as fini ? Que dirais-tu à Isla si la même chose lui arrivait ? Si elle épousait quelqu'un qui lui était enlevé trop tôt ? Lui dirais-tu que ce serait mal de se remarier ? Lui dirais-tu qu'elle la tromperait ?

— Non, ai-je admis, détestant le fait qu'il ait raison.

— Alors pourquoi est-ce comme ça pour toi ?

— C'est comme ça, c'est tout, ai-je dit.

Papa a hoché la tête. Il a ouvert la bouche pour répondre, mais on a frappé à la porte, l'interrompant.

Sheila a passé la tête par l'embrasure de la porte.— Salut. Elle a balayé la pièce du regard et m'a vu, s'arrêtant et reculant. — Vous êtes tous les deux là. Le sourire de Sheila était crispé. — Nous avons des patients si vous êtes prêts à commencer la journée.

— On arrive tout de suite. Merci, Sheila.

Elle a hoché la tête et est partie sans un mot de plus.

— Je sais que j'ai tout gâché, Kingsley. Je sais que je suis la cause de toute cette douleur que tu ressens. Mais ça fait des années que je m'efforce de réparer mes erreurs. J'ai commencé avec ta mère, mais je n'ai pas oublié le mal que je t'ai fait. Je n'avais tout simplement pas réalisé à quel point c'était profond. Pour ça, je suis désolé. Tu as une fille incroyable, et tu es un homme formidable. Et je suis désolé de ne pas en avoir fait plus pour t'aider à devenir cet homme.

Il n'a pas attendu ma réponse avant de sortir, me laissant seul dans le bureau à ruminer ses paroles.

IL M'A FALLU deux jours pour trouver le courage de parler à ma mère de Sheila. J'ai quitté le travail avant papa, qui était revenu à plein temps et s'occupait de la plupart des patients, afin de pouvoir voir maman sans lui. J'avais besoin de connaître la vérité.

— Il faut que je te demande quelque chose, lui ai-je dit. Isla faisait la sieste, et maman préparait le dîner.

— Bien sûr, mon chéri. Qu'est-ce qui se passe ?

— Papa a dit qu'il t'avait parlé de sa liaison avec Sheila. C'est vrai ?

Son sourire s'est effacé. Elle a baissé les yeux vers ce qu'elle faisait. Ses mains étaient immobiles, mais tremblantes.
— Comment sais-tu ça ?

— Je... je l'ai toujours su. Je les ai vus. Il y a des années.

— C'est pour ça que tu as quitté la ville. Que tu n'as jamais voulu lui parler. Elle a eu un rire sans joie. — Je me sens tellement stupide de ne pas avoir fait le rapprochement.

— Tu n'es pas stupide, maman. Je... Il n'aurait pas dû faire ça.

— Non, il n'aurait pas dû. Et il le sait. Ça va mieux entre nous. Et sa crise cardiaque a été un électrochoc pour nous. Pour nous deux. J'aime ton père. Je n'ai jamais voulu d'une vie sans lui.

— Même après qu'il t'a trompée ? Pourquoi ? Pourquoi lui as-tu pardonné ? lui ai-je aboyé.

— Kingsley Adam Harris, tu n'as pas à me parler comme ça. Toi et Faith, vous n'avez pas eu assez de temps pour traverser les hauts et les bas de la vie. Elle t'a été arrachée bien trop tôt. Mais le mariage, c'est compliqué. C'est le bazar. Ce n'est pas parfait. Et nous non plus. Ton père a fait une erreur, et une grosse, mais je lui ai pardonné. Il y a des choses que tu ne sais pas, et qui ne te regardent pas, mais tu n'as pas le droit de me juger pour mes décisions.

— Je ne te juge pas, maman. C'est lui que je juge. C'est lui qui est allé voir ailleurs. Ce n'est pas bien. Les vœux, c'est pour la vie. Pas seulement jusqu'à ce qu'on trouve quelqu'un de plus tentant.

— Et nos vœux tiennent toujours. J'aime toujours ton père, et il m'aime. Tu ne vas pas venir ici me dire que j'ai tort.

— Mais maman...

— Non, Kingsley. Non. Je ne vais pas rester là à t'entendre me dire comment je dois me comporter. Je ne te dis pas quoi faire quand tu passes la moitié de ton temps libre hors de cette maison au lieu d'être chez toi avec ta fille. Tu étais tellement agacé quand je t'ai appelé parce que tu avais prévu des choses avec Isla, mais chaque minute de libre que tu as, tu n'es pas ici. Tu es ailleurs. Et ça, ça te regarde. J'adore passer du temps avec Isla parce que je n'en ai pas eu assez. Je n'en aurai jamais assez, mais ne me juge pas pour ce que je fais et ne prétends pas que tu es parfait alors que tu n'es même pas à la hauteur de tes propres attentes.

— Mamie ? dit Isla derrière moi.

Je ne l'avais pas entendue se lever, et à en juger par l'expression sur le visage de maman, elle non plus.

— Viens ici, ma chérie. Ça va ?

Isla secoua la tête et leva les bras pour que maman la prenne. Isla commençait à être trop grande, mais maman la souleva et se dirigea aussitôt vers le rocking-chair dans le coin. Elle câlina Isla sur ses genoux et lui chanta une douce chanson pendant qu'Isla se réveillait.

Je suis sorti de la pièce, sachant que maman avait raison. Je ne faisais qu'empirer les choses. J'avais passé la majeure partie de mon été avec Daisy au lieu d'Isla. Je ne faisais pas passer Isla en premier, même si Daisy disait que si. Je ne pensais qu'à ma gueule d'égoïste.

Et il fallait que ça s'arrête.

J'ai attrapé la valise que j'avais utilisée pour amener mes affaires à L'anse MacKellar et je l'ai jetée sur mon lit. J'ai fouillé les tiroirs et j'ai fourré tout ce que j'avais dans la valise.

Quand j'ai eu fini, je suis allé dans la chambre d'Isla et j'ai fait de même pour elle, empaquetant tous ses vêtements sauf une tenue pour la route.

Nous partions. Dès le lendemain matin. Mon père allait

bien et pouvait s'occuper du cabinet. Ma mère allait retrouver sa vie.

Je pourrais passer les deux dernières semaines avec Isla avant sa rentrée des classes. Nous partions seulement dix jours plus tôt que prévu, mais c'était mieux ainsi. Cela signifiait retourner à notre vie. Retourner aux choses que nous avions dit que nous ferions.

Et cela signifiait laisser derrière moi toutes les erreurs que j'avais commises à L'anse MacKellar.

J'ai transporté nos valises dehors, les posant pour pouvoir ouvrir la porte.

— Qu'est-ce que tu fais ? a demandé maman.

— Nous partons demain matin. À la première heure. Je prépare nos affaires pour que nous soyons à la maison pour le déjeuner.

— Tu n'es pas obligé de faire ça, Kingsley, a dit maman.

J'ai secoué la tête et j'ai ouvert la porte. — Si, maman. Tu avais raison. Ce n'est pas l'été que je voulais avec Isla, alors nous allons rentrer à la maison et passer quelques semaines ensemble avant qu'elle ne commence la maternelle.

— Mais je veux aller en maternelle ici ! Je ne veux pas partir. Je veux vivre avec mamie ! a crié et pleuré Isla, son visage se décomposant.

Maman l'a serrée fort dans ses bras et lui a murmuré quelque chose pendant que je sortais.

Il fallait que nous partions.

J'ai mis les valises dans mon coffre et je me suis appuyé contre l'arrière de mon véhicule utilitaire sport. J'ai balayé le quartier du regard. Faith et moi, nous voulions acheter une maison dans cette rue, près de chez mes parents. Ses parents étaient déjà décédés quand nous nous sommes rencontrés, et elle adorait ma mère. Faith voulait la vie que nous menions, Isla et moi, ces dernières semaines.

Daisy mise à part.

Ma gorge s'est nouée en pensant à elle, mais j'ai chassé cette pensée, comme je le faisais sans cesse depuis qu'elle m'avait tourné le dos. C'était mieux comme ça. Elle continuerait sa vie, et moi...

Je resterais coincé dans la mienne.

Je n'avais pas le choix. J'avais juré d'aimer Faith pour toujours. Je n'allais pas revenir là-dessus maintenant. Ni jamais. Alors, il valait mieux partir.

Isla pleurait toujours quand je suis rentré, alors je suis allé dans ma chambre et j'ai fermé la porte. Me cachant de Daisy, me cachant de ma mère, me cachant d'Isla.

Me cachant de tout ça.

Parce qu'elles méritaient toutes mieux que moi. Partir donnerait cette chance à Daisy. Pareil pour ma mère. Isla finirait par avoir mieux que moi. Et d'ici là, je m'assurerais qu'elle sache à quel point je l'aimais.

23

DAISY

Rares ont été les moments dans ma vie où je me suis sentie complètement désespérée. Des moments où je ne voyais pas le bout du tunnel ou ne savais plus quelle direction prendre. La semaine qui a suivi la fin de mon histoire avec Kingsley a été l'un de ces moments.

Pas entièrement à cause de Kingsley, mais il y était pour beaucoup. Je comprenais enfin pourquoi Natalie s'était tant inquiétée que je me rapproche de lui. L'amour vous fait faire des choses insensées, même quand on pense y être préparé.

L'amour me faisait désirer ardemment qu'il m'appelle. Il me faisait pleurer pour qu'il revienne. Il me donnait envie de rester au lit toute la journée et de ne jamais quitter mon pyjama.

Mais je n'ai rien pu faire de tout ça la semaine suivant notre rupture, car ma responsable des stocks était en vacances. Et avait oublié de me le dire.

Pff.

C'était une bonne chose, en quelque sorte, car cela signifiait que je n'avais pas d'autre choix que de sortir du lit et d'aller travailler. Je ne pouvais pas me morfondre dans mon chagrin et passer mes journées à me lamenter. Je devais fonctionner, être humaine et m'occuper des choses.

Cela me rappelait tout ce pour quoi j'avais travaillé si dur. Même si j'avais voulu de Kingsley dans ma vie, et que je savais que je ne l'aurais jamais, j'avais d'autres choses. De bonnes choses.

Avec l'absence de Penny pendant une semaine, et le fait de reprendre la gestion des stocks, j'ai su que la décision que j'avais prise de lui retirer ce poste était la bonne.

J'ai profité de cette semaine pour observer Wendy et Jeff et déterminer la meilleure marche à suivre. Au moment où Penny devait revenir, je connaissais la réponse et j'avais déjà pris des mesures pour mettre les choses en place.

Wendy était réticente à accepter le poste de Penny avant que j'aie eu l'occasion de parler à cette dernière, mais je lui ai assuré que c'était une affaire conclue et qu'il appartiendrait à Penny de reprendre son ancien poste ou de partir, mais que ni l'un ni l'autre ne concernait Wendy. Si Wendy refusait le poste, je chercherais quelqu'un d'autre, car laisser Penny gérer les choses n'était pas viable.

Wendy a finalement accepté. Elle était enthousiasmée par cette opportunité. Et elle a commencé à apprendre ma façon de faire et à en comprendre les raisons, en posant beaucoup de questions, au lieu de simplement faire à sa manière sans se soucier des motifs de ma gestion des stocks.

Penny aurait pu finir par comprendre, mais elle ne semblait pas en avoir envie, et puis il y avait ses absences répétées et le fait qu'elle déléguait son travail à d'autres. Je ne pouvais pas ignorer tout ça.

Wendy et moi étions dans le bureau mardi matin, la dernière livraison déchargée, en train de passer en revue les commandes à venir, quand Penny est arrivée pour sa journée. Une heure plus tard qu'elle n'aurait dû. Plus dix jours.

— Bonjour ! a lancé Penny, en souriant comme si de rien n'était. — Tout va bien ?

— Bien, a dit Wendy, en se levant précipitamment de sa chaise. — Je vais faire un tour dans la boutique.

J'ai fait un signe de tête à Wendy, puis je me suis concentrée sur Penny.

Penny a regardé Wendy s'en aller, puis s'est tournée vers moi. Elle a soupiré et s'est laissée tomber sur la chaise que Wendy venait de quitter. — Tu vas me virer ?

J'ai secoué la tête. — Je n'en ai pas envie, mais je pense que ça ne dépend que de toi.

— Je sais que je n'ai pas été bonne à ce nouveau poste. Tu devrais le donner à Wendy. Elle a assuré à ma place. La seule chose que j'ai faite, c'est de passer les commandes, et même pour ça je ne suis pas très douée. Je ne vois pas les choses comme toi.

— Pourquoi ne m'as-tu rien dit de tout ça quand je t'ai proposé le poste ?

— Parce que tu avais l'air si débordée et stressée, et je ne voulais pas te décevoir.

— Mais c'est ce que tu as fait en n'assurant pas ton travail.

Elle a soupiré et a hoché la tête. Elle a dégluti difficilement, puis a levé vers moi des yeux humides. — Je vais chercher mes affaires.

— Je ne te vire pas, Penny.

— Pourquoi pas ? J'étais vraiment nulle à la gestion des stocks.

— Oui, c'est vrai. Mais tu étais vraiment douée en tant que gérante de la boutique.

Elle a vivement relevé la tête. — Je peux reprendre mon ancien poste ?

— Si tu le veux.

— Je le veux. Je suis tellement désolée, Daisy. Je... j'aime vraiment travailler ici, et j'ai gâché tellement de choses, et je sais que j'aurais dû t'en parler, mais je ne voulais pas t'en rajouter alors que j'étais censée t'alléger la tâche et…

— Mettons les choses au clair, Penny. Mon travail principal est de m'assurer que cet endroit réussisse. Si ça signifie que je doive faire des heures supplémentaires ou en faire plus, ça ne me dérange pas. Je suis la propriétaire. Le risque m'incombe. Tout comme la récompense. J'en suis tout à fait consciente. Je veux m'entourer des meilleures personnes possibles parce que je sais que c'est essentiel à la réussite. Mais ces personnes doivent aussi être honnêtes avec moi.

Penny a hoché la tête. — Je le serai. Je suis vraiment désolée de ne pas l'avoir été avant. Elle s'est levée pour partir, puis s'est arrêtée et m'a fait face. — Pour ce que ça vaut, je pense que Wendy était vraiment douée pour ce poste et que tu devrais le lui donner. Elle est intelligente, talentueuse et elle aime cet endroit autant que toi. Les seules choses que j'ai réussies, c'est grâce à elle.

— Merci de me dire ça. Et je lui ai déjà demandé de prendre le poste. Vous allez échanger vos rôles, et Jeff restera l'autre directeur du magasin.

Penny a eu un petit rire. — C'est une excellente idée, Daisy. Merci de me donner une autre chance.

— Je sais que tu ne vas pas tout gâcher. Tous ceux qui travaillent ici aiment cet endroit. On est tous dans le même bateau.

— Oui, c'est vrai, a dit Penny.

Je lui ai souri, et elle a quitté le bureau, me laissant à mes pensées.

Qui étaient tout aussi sombres qu'elles l'avaient été ces dix derniers jours. Mes doigts me démangeaient d'appeler Kingsley. De lui dire que les choses avec Penny étaient enfin résolues et que sa suggestion avait été la bonne.

Mais je ne pouvais plus l'appeler. Il avait été clair sur le fait que c'était fini, et je n'allais pas être cette ex folle qui continue d'appeler quand l'autre personne a très clairement signifié que tout était terminé.

Kingsley et moi, c'était fini, et plus vite je passerais à autre chose, mieux ce serait.

JE N'ÉTAIS PAS PRÊTE à tourner la page. Un père célibataire adorable est entré dans le magasin avec son petit garçon, et je n'ai pas eu le cœur à flirter en retour quand il m'a fait comprendre qu'il était intéressé. J'ai été polie, mais ça a été épuisant de lui résister.

Après ma journée, je suis rentrée chez moi et j'ai décidé que j'en avais assez de me morfondre. Kingsley n'a eu aucun problème à mettre fin à notre histoire, et je me devais cette même libération.

Mes amies avaient été géniales, essayant de me faire oublier Kingsley et me proposant de me présenter à d'autres hommes, mais ce n'était pas ce que je cherchais. Je voulais juste me sentir normale. Me sentir à nouveau moi-même.

Alors, quand Natalie a suggéré de dîner chez O'Kelley's, j'ai accepté. Nous n'avions pas reparlé de son déménagement et je voulais lui poser la question.

Nous avons trouvé une table et commandé des boissons et notre dîner avant que j'aie eu la chance de lui poser la question. — Alors, quand est-ce que tu emménages avec Omar ?

Elle a soufflé en riant. — Pas de sitôt.

— Quoi ? Pourquoi ? Qu'est-ce qui s'est passé ?

Elle m'a regardée comme si j'étais folle de poser la question.

— À cause de moi ? Et de Kingsley ?

— Eh bien, oui. Je ne vais pas te laisser tomber maintenant que tu as le cœur brisé.

— Non. On y va, lui ai-je dit en me levant.

— Où est-ce qu'on va ?

— Faire tes cartons pour que tu puisses déménager.

— Assieds-toi, a dit Natalie en attrapant ma main pour me faire rasseoir.

— Tu vas emménager avec l'homme que tu aimes. Je ne serai pas la raison pour laquelle tu n'es pas heureuse.

— Je suis heureuse de vivre avec toi. Et je serai heureuse quand j'emménagerai avec lui. Mais ce n'est pas le bon moment.

— Ce ne sera jamais le bon moment. Pas si tu attends que la vie de tout le monde soit parfaite.

— Pas tout le monde. Juste toi.

J'ai ricané et je me suis penchée en arrière. — Natalie, je t'aime, et tu seras toujours là pour moi. Tu n'as pas le choix. Et tu emménages avec ce foutu maire, donc je sais que tu ne vas pas quitter la ville. Mais tu ne peux pas mettre ta vie entre parenthèses pour moi. Tu dois la vivre pour toi.

— Daisy…

— Natalie ! Salut ! a dit un homme en s'arrêtant près de notre table.

— Andre ! Salut. Comment allez-vous ? a dit Natalie en souriant. Andre s'occupait de l'aménagement paysager de Retraite avec vue sur la montagne pour Natalie et possédait sa propre entreprise. Natalie n'avait pas tari d'éloges à son sujet de tout l'été.

— Je vais bien. Andre s'est tourné vers moi et m'a tendu la main. — Andre Davidson. Je ne suis pas sûr que nous nous soyons déjà rencontrés.

Je lui ai serré la main, remarquant qu'il n'y avait absolument aucune étincelle. — Daisy Lincoln. Enchantée de vous rencontrer.

— Daisy est ma colocataire, et elle est propriétaire de Jouets Lincoln, a expliqué Natalie.

— Un très bel endroit. J'y suis allé plusieurs fois pour acheter des choses pour ma nièce et mes neveux. Ravi de vous rencontrer. Le sourire d'Andre était gentil et amical, mais il ne me faisait toujours aucun effet.

— Merci. J'adore ma boutique. Ma mission est de permettre à tous les enfants de vivre leur enfance.

— C'est parfait. En tant que benjamin de ma famille, j'ai eu beaucoup de jouets d'occasion.

— Si vous pouviez faire revenir un jouet de votre enfance, quel serait-il ? lui ai-je demandé avant d'avoir eu le temps de réaliser que c'était la première chose que j'avais demandée à Kingsley, aussi.

— Ooh, votre jouet préféré ? demanda Andre. Il se frotta le menton en réfléchissant un instant. — Je crois que je ressortirais mes petites voitures. J'adorais jouer avec. Les rampes et les circuits qu'ils font maintenant sont assez géniaux, et j'adorerais pouvoir faire rouler mes voitures sur certains d'entre eux.

J'ai hoché la tête. — Sympa. C'est fou comme les jouets ont changé en seulement quelques décennies.

— Oui, c'est vrai. Quelqu'un a appelé Andre, détournant son attention de nous. — Enchanté, Daisy. Natalie, on se voit bientôt. Bonne soirée.

— Toi aussi, a dit Natalie. Elle lui a fait un signe de la main pendant qu'il s'éloignait.

— C'est toi qui as arrangé ça ? lui ai-je demandé.

Natalie a siroté sa boisson en m'étudiant par-dessus le bord de son verre. Elle l'a reposé lentement. — Non. Je te le promets, ce n'est pas moi. Je ne sais pas si Andre est célibataire, et si c'est le cas, c'est à toi de décider si tu veux sortir avec lui. Je n'essaierais pas de t'imposer un homme. Pour votre bien à tous les deux.

J'ai hoché la tête. — D'accord. Merci. Et désolée d'avoir demandé.

Natalie a secoué la tête. — Ce n'est rien. Je veux que tu sois heureuse, mais je sais que ça n'arrivera pas tant que tu ne seras pas prête.

— Je suis prête, mais je suis aussi encore un peu brisée.

— Je sais. Natalie a tendu la main vers la mienne et l'a serrée quand je l'ai prise.

Nous avons passé le reste de la soirée à parler de son emménagement avec Omar et, à la fin, je l'avais convaincue de commencer à faire des plans.

Au moins, quelqu'un vivait son conte de fées.

LE WEEK-END de la fête du Travail a été calme au magasin. Je l'avais appris dès mon premier été. Les familles étaient de sortie pour acheter les fournitures scolaires avant la rentrée des classes la semaine suivante, ou prenaient de dernières vacances avant la fin de l'été.

Le camp d'été était officiellement terminé et Natalie passait le week-end avec Omar, leur premier week-end de vie commune. Elle avait encore des affaires chez nous, mais elle avait commencé à déménager. Je cherchais tranquillement un ou une colocataire, mais je n'en avais pas encore trouvé.

Et moi, je travaillais. J'avais donné leur week-end à mes employés pour qu'ils puissent partir en voyage, voir leur famille ou faire ce qu'ils voulaient. Je savais qu'il n'y aurait pas un chat dans la boutique, et il n'y avait aucune raison de faire travailler tout le monde alors que, de toute façon, je cherchais à me distraire.

Cela faisait trois semaines que je n'avais pas vu Kingsley. Plus de deux semaines qu'il avait quitté la ville. Non pas qu'on m'ait prévenue de son départ, mais il a appelé Trent avant de partir, et Finley me l'a dit.

Trois semaines à me languir de lui, ce n'était pas assez pour tourner la page. Et l'arrivée de la saison hivernale, bien plus calme, n'allait pas faciliter les choses.

Mais je devais le faire.

Je n'avais jamais connu de chagrin d'amour, et c'était vraiment nul. J'avais l'impression de le voir et de l'entendre tout le temps. Bon sang, je croyais même entendre Isla, et je ne l'avais rencontrée que deux fois.

— Papa, je peux prendre ça ? demanda la petite fille.

Je ne pouvais pas les voir, mais je souris.

— Oui, Isla. Tu peux le prendre.

Mon cœur fit un bond. On aurait dit Kingsley. Et sa fille s'appelait Isla. Quelle était la probabilité ? Élevée, apparemment, car Kingsley était parti, et Isla aussi, donc la petite fille dans ma boutique devait être une autre Isla.

J'attendis à la caisse qu'ils arrivent tous les deux à l'avant de la boutique. Probablement avec une conjointe. Peu importe. Ils étaient juste là pour faire des achats.

Dommage que mon cœur ne l'ait pas compris. Il s'emballa pendant que j'attendais qu'Isla et son papa finissent de parcourir les rayons. Quand ils arrivèrent enfin à l'avant, je me forçai à sourire.

Jusqu'à ce que je les voie.

Oh, mon Dieu, c'était eux.

— Salut, Daisy, dit Kingsley, comme si nous nous voyions tout le temps.

— Bonjour. Bienvenue chez Jouets Lincoln. Avez-vous trouvé tout ce que vous cherchiez ?

— Papa a dit que je pouvais avoir une nouvelle maison de poupée pour ma chambre ! s'est écriée Isla.

Je lui ai souri, en me concentrant entièrement sur elle et non sur l'homme qui m'avait brisé le cœur. — C'est très gentil de sa part. Tu dois avoir un papa très gentil.

— Il a déménagé ici parce que je voulais rester. Je voulais

habiter près de ma mamie et de mon papi, alors Papa a dit qu'on pouvait.

J'ai eu le souffle coupé, luttant contre les larmes qui me montaient aux yeux. Et qui me serraient la gorge. — C'est... C'est vraiment bien pour toi.

— Daisy, a-t-il commencé.

J'ai secoué la tête, gardant les yeux baissés pour ne pas le regarder. Je ne pouvais pas. Je ne pouvais pas lever les yeux et voir la réponse dans son regard. Et je ne pouvais pas non plus poser la question. Pas alors que je savais que la réponse était que c'était toujours fini entre nous. — Je suis heureuse pour toi. On dirait que tu obtiens tout ce que tu veux. C'est tout ce que j'ai toujours voulu pour toi.

Il s'est penché et a posé sa main sur la mienne.

J'ai aspiré une bouffée d'air, et les larmes que je retenais ont coulé plus vite que je ne pouvais les ravaler. J'ai retiré ma main de sous la sienne et j'ai essuyé mes larmes.

— Regarde-moi, Daisy.

J'ai fermé les yeux très fort, priant pour que les larmes s'en aillent. C'était inutile. J'ai ouvert les yeux en clignant et j'ai laissé les larmes couler. Ce n'était pas comme s'il ne savait pas qu'elles étaient là.

— Il faut qu'on parle.

— Non, pas du tout. Tu as dit tout ce que tu avais à dire. Je ne vais pas t'empêcher de vivre ta vie ici.

— Tu ne m'en empêcheras pas.

J'ai pris une inspiration douloureuse. J'ai dégluti et j'ai hoché la tête, me concentrant de nouveau sur ma tâche.

— Ce que je voulais dire, c'est que tu ne serais jamais de trop. Tu es ma vie ici. C'est pour toi que je suis revenu.

— Non. Tu ne peux pas dire une chose pareille. Je sais ce que nous étions, je sais ce que tu voulais. Je ne vais pas insister pour avoir autre chose.

— D'accord, mais moi, si. Il s'est rapproché, le tapis de

caisse l'empêchant de m'atteindre. — Est-ce que je peux revenir quand tu auras fini ta journée ? Pour t'inviter à dîner ?

J'ai secoué la tête. — Tu n'as pas à faire ça. Tu n'as rien à m'expliquer. Tout va bien. J'ai essuyé mes larmes et me suis forcée à sourire pour la petite fille qui n'avait aucune idée de ce qui se passait. — Ça fera dix-neuf soixante et onze.

Isla m'a tendu un billet de vingt tout froissé. — Pourquoi tu es triste ?

— Parfois, les gens sont tristes quand les choses ne se passent pas comme ils l'espéraient.

— Comme quand quelqu'un te manque ?

J'ai hoché la tête. — Exactement. Quelqu'un m'a manqué, mais la façon dont il m'a manqué est différente de la façon dont je lui ai manqué, et je suis triste que les choses ne puissent pas être comme je l'espérais.

Isla a levé les yeux vers son père. — Tu devrais rendre Mademoiselle Daisy heureuse. Tu as dit que tu l'aimais. Pourquoi tu ne la fais pas sourire ?

J'ai eu un hoquet de surprise, laissant tomber la monnaie que j'allais lui rendre. Je me suis précipitée pour la ramasser, en m'excusant tout le temps.

— Daisy, a dit Kingsley, posant à nouveau sa main sur la mienne. — S'il te plaît, laisse-moi t'inviter à dîner ce soir.

— Tu n'es pas… Je me suis mordillé la lèvre et j'ai regardé Isla. — Quoi…

— Oui. Ce qu'elle a dit est vrai. Mais je voulais te le dire d'une manière un peu plus éloquente. Si tu me le permets.

Des larmes ont coulé sur mes joues, et je savais qu'il n'y avait qu'une seule réponse que je pouvais lui donner. — Oui.

KINGSLEY

Je n'ai pas pu m'empêcher de sourire quand elle a murmuré ce simple mot. C'était tout ce que j'avais besoin de savoir. Elle était partante, et j'allais m'assurer qu'elle sache que moi aussi, je l'étais.

Quitter L'anse MacKellar a été la chose la plus difficile que j'aie jamais faite de toute ma vie. Ça a été dur la première fois, après avoir surpris mon père et Sheila. Partir la deuxième fois, après avoir anéanti Daisy, a été pire. Je savais que c'était le mauvais choix, mais je devais le faire. Je ne la méritais pas.

Je ne la méritais toujours pas, mais j'allais me battre pour elle malgré tout.

Isla et moi avons quitté Jouets Lincoln et sommes allés chez mes parents. Nous avons réemménagé avec eux en attendant de trouver une nouvelle maison. Un endroit où l'on pourrait potentiellement s'épanouir. Peut-être qu'un jour Daisy emménagerait avec nous, peut-être qu'un jour Isla aurait des frères et sœurs.

Mais d'abord, il fallait que Daisy accepte de me donner une seconde chance.

— Comment ça s'est passé ? a demandé papa quand nous sommes entrés.

Isla a couru vers maman pour lui montrer le jouet que nous avions acheté. C'était une petite excuse pour voir Daisy, mais aussi un pot-de-vin pour ma fille. Non pas qu'elle en ait eu besoin. Isla a été un véritable cauchemar quand nous sommes retournés à Philadelphie. Elle tapait des pieds dans toute la maison et m'a dit qu'elle voulait réemménager chez sa grand-mère parce qu'elle était plus gentille que moi.

Tout a atteint un point critique quand Isla s'est mise à pleurer. Ce n'était pas de la colère. C'était une tristesse déchirante. Et ça m'a prouvé que je n'étais pas seul à ressentir ça.

Je devais encore me sortir les doigts du cul et réaliser que j'avais pris un tas de mauvaises décisions, mais ç'a été le premier pas vers notre retour à la maison. Pour de bon.

— Elle a accepté de dîner, ai-je dit à papa.

Papa a souri. — C'est tout ce dont tu as besoin. Une chance de lui dire que tu l'aimes.

— Isla lui a déjà dit cette partie-là.

Papa a reniflé en riant. — On peut compter sur elle pour s'assurer que tu ne partes pas encore.

J'ai hoché la tête. — Espérons que Daisy voie les choses de la même manière.

— C'est ce qu'elle fera, mon fils. Sois-en sûr.

Je l'espérais.

Daisy terminait son service une heure plus tard, mais elle m'a demandé de passer la prendre chez elle pour qu'elle puisse se changer. Je ne m'attendais pas à ce qu'elle fasse un effort, et je m'attendais même à devoir ramer pour obtenir son pardon, mais j'ai accepté. J'espérais seulement que ce ne soit pas un stratagème pour m'éviter avant que j'aie pu lui parler.

Au cas où, je l'attendais dans son allée lorsqu'elle est rentrée du travail. Elle est sortie de son véhicule utilitaire sport avec un sourire. — J'ai besoin de temps pour prendre une douche et me changer.

— J'attendrai. Je ne bouge pas d'ici.

— Pourquoi tu n'entres pas ?

— Tu es sûre ?

Elle a hoché la tête. — Tu n'es pas obligé de rester assis dehors. Je vais essayer de faire vite.

— Tu n'es pas obligée de faire vite. Prends ton temps. Je l'ai suivie à l'intérieur, allant m'asseoir sur le canapé avant que la tentation ne me pousse à la suivre dans sa chambre.

La porte s'est refermée au fond du couloir et une minute plus tard, le bruit de la douche s'est fait entendre.

J'ai regardé autour de moi dans le salon, remarquant qu'il y avait beaucoup moins de choses que la dernière fois que j'étais venu. Comme si Daisy était sur le départ.

Ma gorge s'est nouée à cette pensée. Est-ce qu'elle déménageait ? Elle était la seule dans sa boutique tout à l'heure. L'avait-elle fermée et quittait-elle la région ? Isla et moi étions revenus, mais Daisy ne restait pas ?

Non. Je devais la convaincre de rester. Elle était mon avenir, mais cet avenir se trouvait à L'anse MacKellar.

— Ça va ? a-t-elle demandé juste derrière moi.

Je me suis retourné vers elle, surpris. — Je ne t'ai pas entendue.

— Pardon ?

— Ce n'est rien. C'est… J'ai de nouveau regardé le salon. — Tu déménages ? Parce qu'Isla ne mentait pas quand elle a dit que je t'aimais. Être avec toi, être ici, c'est tout ce que je ne me suis pas autorisé à désirer pendant si longtemps. Y a-t-il quelque chose que je puisse faire pour te convaincre de ne pas déménager ? Je sais que c'est beaucoup demander, mais Isla adore cet endroit, et je vais reprendre le cabinet de mon père, et je te veux avec moi. Je t'aime, Daisy. Et je sais que c'est rapide, et je sais que tu n'en es pas au même point que moi, mais…

— Je t'aime aussi, a-t-elle murmuré.

— Tu… Vraiment ?

Elle a souri. — Espèce d'idiot. Bien sûr que je t'aime. Je t'aime depuis des semaines, mais ce n'était pas notre accord, alors je ne te l'ai pas dit.

— Mais tu… je n'ai pas été très gentil. Tu as dit que tu méritais mieux que moi.

— Oh, c'est vrai. Malheureusement, le cœur a ses raisons que la raison ignore.

J'ai laissé échapper un rire. — Et maintenant ?

— Eh bien, je pensais que tu allais m'inviter à dîner. Elle a pivoté, et j'ai enfin vu ce qu'elle portait. La même robe que celle qu'elle portait le soir où je ne suis pas venu. — Je me suis dit que j'allais donner une autre chance à cette robe.

— Et à moi ?

— On verra. Elle a affiché un grand sourire.

J'ai secoué la tête et me suis avancé vers elle. — Mon Dieu, je t'aime. Je n'aurais jamais cru que je retomberais amoureux, et pourtant. — Je ne peux pas vivre avec un fantôme, Kingsley, dit-elle en se mordillant la lèvre inférieure.

— Ça n'arrivera pas. Faith était… J'ai aimé Faith. Je l'aimerai toujours. C'est la mère d'Isla, et elle a été la première femme que j'aie jamais aimée. Si tu ne peux pas accepter ça, je ne sais pas…

— Je comprends que tu aies un passé. Que tu aies eu une vie avant nous. Je ne m'attendrais jamais à ce que tu me dises que tu ne l'aimes plus. Mais je ne peux pas non plus accepter que tu nous compares ou que tu souhaites que je fasse les choses comme elle.

J'ai secoué la tête. — Jamais. Je… Je sais que je le faisais avant, parce que j'avais du mal. Avec tellement de choses. Tu es la première femme avec qui j'ai une histoire depuis la mort de Faith, et il y a eu des moments où j'ai dû me rappeler que tu n'étais pas elle. Mais c'est aussi pour ça que je t'aime. Tu n'as pas à être elle. Tu ne devrais pas l'être. Je ne veux pas que tu le sois.

— Mais tu m'aimes toujours ?

J'ai souri, hochant la tête, incapable de faire passer le moindre mot au-delà de la boule que j'avais dans la gorge.

— Et tu déménages à L'anse MacKellar ?

— J'ai déjà déménagé. J'ai démissionné de ma clinique à Philadelphie la semaine dernière.

— Où vis-tu ?

— Chez mes parents pour l'instant. Je vais chercher une maison, mais je voulais d'abord qu'Isla commence l'école avant de m'inquiéter de ça.

— Ça t'intéresserait, une maison avec deux chambres dans une rue calme, déjà louée ?

— Eh bien, je… Attends. Cette maison ?

Elle a haussé les épaules.

— Tu ne déménages pas.

— Natalie emménage avec Omar.

J'ai eu un petit rire. — Et tu allais me laisser croire que tu partais.

— Tu ne m'as pas vraiment laissé en placer une.

J'ai hoché la tête et j'ai fait un pas vers elle. — Tu as raison. C'est vrai.

Elle a fait un pas vers moi. — Je sais que c'est rapide, mais je cherche une colocataire. Natalie sera partie d'ici la fin septembre.

— C'est dans un mois.

Elle a hoché la tête. — Oui. Trop rapide ?

J'ai secoué la tête. — Pas assez pour m'empêcher de te prendre dans mes bras. Je l'ai tirée contre moi.

Ses mains se sont posées sur ma poitrine, et elle a poussé

un soupir, comme si elle attendait encore que je lui dise que tout ça n'était qu'une blague.

— Tu es vraiment là pour de bon ?

J'ai hoché la tête. — Je suis vraiment là pour de bon.

— Et tu m'aimes vraiment ?

— Je t'aime vraiment.

— Et tu ne vas pas me poser un autre lapin ?

J'ai soupiré, et elle a essayé de reculer. Je l'ai retenue fermement. — Quand j'étais à l'école vétérinaire, mon père a eu une liaison.

— Quoi ?

— Je l'idolâtrais. C'était mon héros. Je voulais être comme lui quand je serais grand.

Elle m'a guidé jusqu'au canapé et s'est assise à côté de moi, en me tenant la main.

— Je les ai vus ensemble un jour, et je l'ai confronté à ce sujet. Il m'a demandé de ne rien dire à ma mère, et je suis parti. J'ai quitté la ville. J'ai déménagé et je ne pouvais pas revenir. Je ne pouvais pas lui faire face en sachant ce qu'il faisait, et je ne pouvais pas être près de lui. Alors, je suis parti.

— Oh, Kingsley, je suis tellement désolée.

J'ai hoché la tête. — Merci. Faith et moi, nous parlions toujours de vivre ici, d'y élever notre famille et que je reprenne son cabinet. Tout s'est terminé ce jour-là. Je n'en étais pas capable. Elle a compris, et quand j'ai terminé mes études, j'ai trouvé un travail là où il y avait une place. C'était bien, mais je n'ai jamais eu le sentiment que c'était le bon endroit pour nous. Puis elle est morte, et je n'arrivais plus à penser à rien. J'étais tellement anéanti par le chagrin et complètement dépassé à l'idée d'élever Isla tout seul, que ma seule préoccupation était de survivre.

— Jusqu'à la crise cardiaque de ton père. Tu es revenu à la maison pour être avec lui.

J'ai secoué la tête. — Non. Je... Ma mère m'a appelé. Je

sentais que je lui devais bien ça. Toutes ces années à ne rien lui dire sur la liaison de papa me faisaient crouler sous la culpabilité envers elle. Je suis venu parce qu'elle me l'a demandé.

— C'était quand même bien de ta part.

J'ai laissé échapper un rire. — J'ai été un vrai con avec mon père. Mais il m'a dit que ma mère était au courant pour la liaison. Il le lui avait dit il y a des années, mais il ne lui avait jamais dit que je savais. Elle lui a pardonné, ils sont restés ensemble, et ça s'est terminé avec Sheila.

— Sheila ? La technicienne qui travaille pour lui ?

J'ai hoché la tête. — Ouais.

— C'est pour ça que tu venais me voir après le travail, a murmuré Daisy.

— Parfois, ouais. Ce n'était pas juste pour toi, mais j'avais besoin… Enfin, j'avais besoin de toi. De ton soleil et de ta joie de vivre. Ça effaçait tout le mal qui existait dans mon monde. Travailler avec la maîtresse de mon père, travailler avec mon père, être chez lui, avoir l'impression de mentir à ma mère. C'était parfois trop lourd à porter. Sauf quand j'étais avec toi.

— Ce genre de situation mettrait n'importe qui à l'envers.

— Tu es trop gentille avec moi. J'ai été un connard. La semaine… La semaine où je ne suis pas venu, j'ai vu mon père et Sheila ensemble.

— Non.

— Pas comme ça. Mais c'était trop pour moi. J'ai cru que ça continuait. Je m'en suis pris à Sheila un jour, et j'ai eu l'impression que tout s'écroulait autour de moi. Papa trompait maman, et j'avais le sentiment de tromper Faith avec toi.

Elle s'est légèrement éloignée de moi à cette confession. — Oh.

— C'est pour ça que je ne suis pas venu ce soir-là. Je savais que j'étais amoureux de toi, mais je pensais que j'étais comme mon père. Que je ne valais pas mieux que lui. Je ne pouvais pas le faire.

— Alors pourquoi es-tu ici, maintenant ?

— Mon père m'a sérieusement remonté les bretelles. C'est après cette nuit-là qu'il m'a dit que c'était fini avec Sheila et que Maman était au courant. Et il m'a posé des questions sur toi. Il a dit qu'il savait qu'on était ensemble et il m'a dit que ce que j'avais fait n'avait rien à voir avec ce que lui avait fait.

Daisy n'a fait aucun commentaire, elle s'est contentée de me fixer du regard, en gardant ses distances.

— Il avait raison, mais il a quand même fallu que je parte pour que je m'en rende compte. Il a fallu que je parte et que je sache que j'avais laissé mon cœur ici avec toi pour que j'accepte que tomber amoureux de toi n'était pas une mauvaise chose. Que je pouvais aimer deux femmes en même temps et que l'une pouvait me manquer pendant que j'aimais l'autre.

— Je ne peux pas rivaliser avec la mère d'Isla, Kingsley. Je ne le ferai pas.

— Tu n'es pas en compétition avec elle. Tu ne l'as jamais été. J'étais complètement embrouillé à cause de toute cette histoire avec mon père. J'étais... j'avais peur. Isla ne se souvient pas de sa mère. Elle n'a aucun souvenir de Faith. Je craignais que si je ne la maintenais pas en vie pour Isla, Faith disparaîtrait tout simplement. Ce n'était pas juste pour elle, mais la garder au centre de mon monde n'aurait pas été juste pour toi.

— Alors, qu'est-ce qu'on fait ? a murmuré Daisy.

— Je vais commencer par une thérapie. Mes parents ont consulté quelqu'un, et je l'ai contactée et je commence à la voir la semaine prochaine. Si tu es d'accord, j'aimerais que tu la rencontres à un moment donné.

— Une thérapie ? Vraiment ?

J'ai hoché la tête. — Je n'ai jamais vraiment fait face à tout ce qui s'est passé. L'infidélité de Papa, la mort de Faith. Je dois le faire si je veux être un bon mari pour toi.

Elle a haussé les sourcils. — Mari ?

J'ai eu un petit rire. — Je ne voulais pas le révéler, mais j'espère qu'un jour, oui.

Elle s'est rapprochée doucement. — Je pense que cette idée me plaît bien.

— Ouais ?

Elle a hoché la tête et a attrapé ma main.

Je ne pouvais pas attendre une seconde de plus pour la reprendre dans mes bras. Je l'ai soulevée et l'ai assise sur mes genoux. — Je ne sais pas comment j'ai eu autant de chance de te trouver, mais je suis vraiment heureux que ce soit le cas.

Elle a plissé le nez en grimaçant légèrement. — Enfin, tu sais que c'est en fait ta mère qui m'a trouvée.

J'ai grogné. — Je te reprends enfin dans mes bras et tu me parles de ma mère ?

Elle a ri. — Eh bien, c'est avec elle que j'ai matché sur « À la Recherche du Héros Littéraire Parfait ».

— Non, ma chérie, c'était nous deux. Et tu es toute à moi.

— Oui, c'est vrai.

Je me suis penché pour l'embrasser, puis je me suis reculé. — Attends une minute. Pourquoi tu ne me punis pas pour ce que j'ai fait ?

— Que veux-tu dire ?

— J'ai été horrible avec toi. Tu mérites tellement mieux que moi. Pourquoi diable ne me mets-tu pas à la porte tout de suite ?

Elle a haussé les épaules et a souri. — Parce que je préfé-rerais de loin t'embrasser.

J'ai hoché lentement la tête en approchant mes lèvres des siennes. Elle s'est fondue contre moi dès que nos lèvres se sont touchées, ses bras glissant autour de mon cou. Je l'ai embrassée doucement et j'ai su qu'il n'y avait aucun autre endroit où je préférais être que dans ses bras, sur son canapé, avec mon avenir entre ses mains.

— Je t'aime, Kingsley, a-t-elle murmuré contre mes lèvres.

— Je t'aime, Daisy.

— Tu veux toujours dîner ?

— Le dîner peut attendre. Je te veux d'abord.

Elle quitta vivement mes genoux. — Bonne réponse. Elle attrapa l'ourlet de sa robe et la retira lentement, centimètre par centimètre, révélant une dentelle bleue et une peau crémeuse.

— Oh, putain.

— J'espérais que ce serait ta réaction, dit-elle. Puis, elle a tourné les talons et s'est éloignée, me laissant la poursuivre jusqu'à la chambre.

ÉPILOGUE

ANDRE

J'ai garé mon pick-up et j'ai attrapé le porte-bébé dans lequel Molly dormait. Jamais de ma vie je n'aurais cru devenir un papa à chats, mais cette petite boule de poils m'avait bien enroulé autour de sa patte. Tellement que j'ai acheté un porte-bébé en ligne pour qu'elle puisse m'accompagner pendant que je travaillais toute la journée.

Ma mère a plaisanté en disant que si je ne lui donnais pas de petits-enfants humains, au moins je lui avais ramené la plus adorable des petites-filles félines. Tout le monde a craqué pour Molly.

Y compris mon meilleur ami, têtu et allergique. Non pas qu'il me l'admettrait.

— Yo ! Landon ! ai-je crié en entrant par l'arrière de Blossom & Grow. La pépinière était à la fois le meilleur et le seul endroit en ville où acheter des plantes et des fleurs. Mais même s'il y avait eu d'autres options, c'est chez Landon que j'irais.

— Où es-tu ? ai-je hurlé en traversant la boutique.

Molly a miaulé pour aider à attirer l'attention sur nous, mais Landon n'était pas dans le coin.

— Il y a quelqu'un ? a demandé un homme depuis l'avant.

J'étais venu dans ce magasin plus souvent que n'importe qui d'autre, à part Landon, alors je me suis dirigé vers l'avant pour voir si je pouvais aider son client. — Je peux vous aider ? ai-je demandé. — Oh, salut, Kingsley !

Kingsley a souri et a tendu la main pour me la serrer. — Andre. Comment allez-vous ? Il s'est penché pour caresser Molly, et son sourire s'est élargi. — Et comment vas-tu, Molly ?

Molly a répondu en se frottant contre sa main et avec un miaulement que j'ai choisi de prendre pour un bonjour.

— C'est un joli porte-bébé. De toute évidence, elle va bien.

J'ai hoché la tête. — Oui. Complètement remise de son opération, mais elle hurle à la mort quand j'essaie de la laisser. Mes voisins ont dit qu'elle n'arrêtait pas de la journée. Sofia, qui s'occupe de la maintenance dans l'immeuble, a même dû entrer dans l'appartement pour s'assurer que Molly allait bien tellement elle criait fort.

— Oh, là là. Elle vous adore, tout simplement.

— Oui. Le sentiment est partagé. Mais vous n'êtes pas seulement passé pour prendre des nouvelles. Qu'est-ce qui vous amène, Kingsley ?

— J'espérais pouvoir prendre quelques fleurs. Natalie a emménagé avec Omar, et Isla et moi emménageons avec Daisy ce week-end. Isla passe une dernière nuit chez mes parents, donc Daisy et moi avons toute la nuit pour nous. Pour la toute première fois. Et je ne sais pas pourquoi je vous raconte tout ça.

J'ai eu un petit rire. — Pas de souci. Je suis sûr que vous recevez toutes sortes de confessions étranges dans votre travail. Landon aussi. Je pense que c'est la magie d'une boutique de fleurs. Il y a quelque chose lié à l'anxiété de ce que l'on s'apprête à faire. Mais c'est le bon type d'anxiété, n'est-ce pas ?

— Oui, c'est ça, a dit Kingsley.

— Très bien, voyons voir ce que nous pouvons trouver. Vous avez commandé quelque chose ou vous vous laissez guider par l'inspiration ?

— Non, je n'ai rien commandé. Je passais en voiture et je me suis dit que ce serait une gentille attention.

— Eh bien, je suppose qu'elle déteste les marguerites ou qu'elle les adore.

— Elle les adore, a-t-il dit.

— D'accord, pourquoi ne pas commencer par ça ? Quelques gerberas ? J'ai montré du doigt la vitrine contenant les grandes marguerites colorées.

Kingsley a hoché la tête. — Oui, ça me plaît.

— Parfait. Alors, on va en prendre quelques-unes. J'ai cueilli une fleur jaune, puis j'ai ajouté une rose vif et une rose pâle. « Ça vous va ? »

— Joli.

— Quoi d'autre ? ai-je demandé à Kingsley.

Nous avons fait le tour de la boutique et ajouté des fleurs qui s'harmonisaient bien avec les gerberas sans se perdre dans le bouquet ni éclipser les marguerites. Quand nous avons eu fini, je l'ai convaincu de prendre un vase pour contenir le bouquet d'une douzaine de fleurs.

— C'est parfait. Merci, Andre.

— Je vous en prie. Quand vous voulez. Et passez une bonne soirée.

Kingsley a souri, comme s'il ne pouvait pas être plus heureux. — Merci.

J'ai fait un signe de la main à Kingsley, puis je me suis retourné pour aller retrouver Landon. Ce n'était pas son genre d'abandonner sa boutique pendant quinze minutes.

J'ai marqué une pause, puis je suis allé à l'entrée pour retourner le panneau sur la porte afin que personne d'autre n'entre sans surveillance. J'atteignais presque les escaliers de l'appartement de Landon quand j'ai entendu des pas descendre.

— Où étais-tu ? Tu avais un client. Je m'en suis occupé, au fait, et de rien, ai-je dit.

— Désolée, Andre, a dit Reegan en me frôlant.

— Oh, merde. Désolé, Reegan. Je croyais que c'était Landon.

— Il... il descend dans une minute. Elle s'est précipitée dehors, laissant la porte se refermer derrière elle.

Je l'ai regardée partir, en me demandant pourquoi elle agissait si bizarrement. Et pourquoi Landon n'était pas descendu juste après elle.

Ils étaient ensemble depuis des années, six ou sept, alors en apprenant à connaître Landon, j'avais aussi appris à connaître Reegan. Nous n'étions pas aussi proches, mais elle était bien pour lui, et il parlait de la demander en mariage.

Mais quelque chose n'allait pas.

Comme Landon n'est pas descendu au bout de quelques minutes, je suis monté, me préparant à ce que j'allais trouver. J'ai frappé à sa porte en arrivant sur le palier. — Tu es habillé ? J'ai vu Reegan partir. Elle t'a épuisé ?

Il n'a pas répondu, alors j'ai frappé de nouveau. — Landon. Qu'est-ce qui se passe ? Ça va ? Réponds-moi, mec.

La porte s'est ouverte au moment où j'ai frappé, et Landon se tenait devant moi. Ses cheveux étaient en bataille, sa chemise froissée. Je n'y aurais pas prêté attention, si ce n'est l'expression de choc sur son visage.

— Tu vas bien ?

Il a secoué la tête. — Je... Je ne sais pas.

— Qu'est-ce qu'il s'est passé ? J'ai vu Reegan partir. Je me suis imaginé que vous étiez là-haut à coucher ensemble en plein milieu de la journée.

Landon a reniflé. — Non.

— D'accord. Alors qu'est-ce que vous faisiez ?

— On rompait.

— Quoi ? J'avais dû mal entendre.

— On... Je lui ai demandé d'emménager avec moi. Son bail arrivait à expiration. Elle a dit qu'elle allait y réfléchir. On est ensemble depuis toujours. Nos familles sont amies. On connaît tous les mêmes personnes. C'est logique d'emménager ensemble. De se marier.

Ce n'était pas la proposition la plus alléchante à mon avis, mais j'ai gardé cette réflexion pour moi. — Alors, qu'est-ce qu'il s'est passé ?

— Elle a signé un nouveau bail.

— Quoi ?

Il a haussé les épaules. — Elle était censée emménager ce mois-ci. Son bail arrivait à terme, et elle allait emménager. Mais elle a signé un nouveau bail. Elle reste dans son appartement. Elle ne veut pas vivre avec moi.

— C'est elle qui a rompu ?

Il a secoué la tête. — Non. C'est moi.

— Quoi ? Je croyais que tu l'aimais.

— Et moi qui pensais qu'elle m'aimait, mais elle ne veut pas vivre avec moi. Elle... Pourquoi est-ce qu'on est ensemble si on n'a pas vraiment envie de l'être ?

— C'est ce que tu veux ?

Il a de nouveau secoué la tête. — Je... je ne sais pas ce que je veux. Tout ce que je sais, c'est que ça n'a aucun sens de continuer à sortir ensemble s'il n'y a rien d'autre. Alors je lui ai dit qu'on devrait faire une pause. Qu'on voie ce qu'on veut tous les deux. Et si ce n'est pas l'un de l'autre...

— Mec, je suis désolé. Ça... ça craint.

Il a haussé les épaules. — Ouais. Il a pris une inspiration,

puis m'a regardé comme s'il me voyait pour la première fois.
— Tu n'es pas venu pour tout ça. Qu'est-ce qui se passe ? Oh,
ta commande pour le Auberge L'anse MacKellar. Je peux te
charger tout ça.

— Merci. Et je suis désolé pour Reegan.

Il a hoché la tête, puis a éternué. — Ah, mec, tu l'as fait
entrer dans mon appartement ?

— Qu'est-ce que j'étais censé en faire d'autre ?

— La laisser dans le camion ! a crié Landon en grattant la
tête de Molly.

— Tu l'aimes, et tu le sais.

— Le Patient Zéro n'a pas à être dans mon espace
de vie.

J'ai couvert les oreilles de Molly et j'ai suivi Landon en
bas. — Ne l'appelle pas comme ça. Tu vas la vexer.

— Elle n'a pas de sentiments. C'est un chat.

— Si peu cultivé.

Landon a reniflé. — C'est l'homme avec un chat dans une
écharpe et un jean qui est plus fait de terre que de tissu qui
dit ça.

— Parce que tu es si propre et si parfait, l'ai-je taquiné à
mon tour.

— Ouais, mais au moins, je ne suis pas céli...

Merde. Il allait dire célibataire. Je lui ai donné une tape
dans le dos. — Ça te dit d'aller boire une bière ce soir ? De
sortir un peu de la maison ?

— Je ne cherche pas un coup d'un soir le jour même où ça
se termine avec Reegan.

— Ce n'est pas ce que je suggérais. J'ai parlé d'une bière.

Landon a réfléchi un instant, puis a hoché la tête. —
Ouais. Ça me va. Merci, Andre.

— Quand tu veux.

— Les chats ne sont pas invités ! m'a-t-il lancé alors que je
reculais ma camionnette vers la porte.

— Ouais, ouais ! ai-je crié en retour. J'ai caressé la tête de Molly. — Ne t'inquiète pas, il t'adore.

Elle a miaulé en me regardant et s'est blottie encore plus contre moi. Elle savait qui gardait sa litière propre et sa gamelle pleine.

Et je savais que Landon et Reegan finiraient par se retrouver. Ils étaient trop bien ensemble pour que ça n'arrive pas.

S'ils n'arrivaient pas à faire en sorte que ça marche, je n'avais aucun espoir de trouver mon âme sœur. Alors, ils devaient trouver une solution.

MERCI D'AVOIR LU l'histoire de Daisy et Kingsley ! Dès la première apparition de Daisy dans cette série, je suis tombée éperdument amoureuse d'elle. Elle était la lumière dont j'avais besoin dans mon monde, une clarté qui m'a fait sourire à chaque mot de ce livre. Et qui de mieux pour elle qu'un père célibataire grognon qui avait besoin de cette même joie dans son monde.

Le prochain livre de la série est l'histoire d'Andre et Joelle. Joelle s'enfuit de son mariage… pour certaines raisons… et se retrouve coincée sur le bord de la route. L'homme qui lui propose de la raccompagner la dépose au Auberge L'anse MacKellar, et elle se surprend à ne pas pouvoir détacher son regard de l'homme sexy qui tond la pelouse… avec un chat en écharpe ? Lisez **Son Fascination aux Courbes Généreuses** maintenant !

VOUS VOULEZ en savoir plus sur Daisy et Kingsley ? Obtenir le pardon de Daisy a été facile, mais Sheila pourrait ne pas pardonner et oublier aussi vite. Découvrez comment Kingsley se fait pardonner son attitude envers Sheila. L'épilogue bonus est uniquement disponible pour les abonnés. Inscrivez-vous dès maintenant !

À PROPOS DE L'AUTEUR

Auteure à succès classée au *USA TODAY*, Mary E Thompson a passé la majeure partie de son enfance à souhaiter avoir quelques courbes en moins. Elle se cachait dans les pages des livres parce que ses personnages préférés ne se souciaient jamais de sa taille de vêtements. Aujourd'hui, Mary non plus, et elle écrit des histoires qui célèbrent les femmes comme elle. Des femmes réelles qui ont des courbes, poursuivent leurs rêves et trouvent l'amour, parce que nous devrions tous être heureux, quelle que soit notre taille.

Mary passe son temps hors écriture avec son mari et ses deux enfants, à regarder trop de télévision, à encourager l'équipe de football de sa ville natale (Allez les Bills !) et à cacher du chocolat à sa famille.

Inscrivez-vous maintenant à la newsletter de Mary. Les abonnés reçoivent des ebooks gratuits et d'autres choses amusantes, comme du contenu exclusif réservé aux membres et des concours, et sont les premiers à connaître les nouvelles parutions et les promotions !